Bernd Richard Knospe

Urlaub, bis der Arzt kommt

Roman

*Bibliografische Information der Deutschen Nationalbiblio-thek:
Die Deutsche Nationalbibliothek verzeichnet diese Publikati-on in
der Deutschen Nationalbibliografie; detaillierte biblio-grafische
Daten sind im Internet über http://dnb.dnb.de ab-rufbar.*

Lektorat: Joern Rauser
Korrektorat: Joern Rauser/Sylke Theissen
Covergestaltung: BoD - Books on Demand

Herstellung und Verlag:
BoD – Books on Demand, Norderstedt

ISBN: 978-3-7519-5661-3

Prolog: Diesmal also Griechenland

Meine Frau Christine hatte die Idee. Zuerst hieß es nur vage: Warum nicht mal Griechenland? Später konkreter: Warum nicht mal Korfu? Die Urlaubsplanungen fielen in ein Jahr, in dem Hamburg einen Jahrhundertsommer erlebte. Als ein mit allen Regenwassern gewaschener Hanseat musste ich mich erst an lässiges Wetter gewöhnen. Schon bald lähmte die Überdosis Sonne meine Reiselust. Ich lebte plötzlich in einer Stadt, die es in der Anzahl der Sonnenstunden mit jedem Ferienort der Welt aufnehmen konnte. Der Hamburger Sommer kam ungewöhnlich früh – und blieb wie ein lieber Freund. Monatelang! Warum also in irgendeine Ferne schweifen, wenn die Sonne direkt vor der Haustür mit dem Scheinen gar nicht aufhören wollte?

Diese bodenständige Haltung hat auch eine gesundheitliche Komponente. Vor knapp einem Jahr zwang mich eine seit langem fortschreitende Augenerkrankung in den vorzeitigen Ruhestand. Mit eingeschränktem Gesichtsfeld finde ich mich in vertrauter Umgebung immer noch gut zurecht, aber in unbekannter Umgebung ist es mit der Orientierung etwas abenteuerlicher geworden. Das fördert nicht gerade das Interesse an einem Ortswechsel.

Immerhin konnte ich den seltenen Hamburger Sommer von Anfang an in vollen Zügen genießen. Im Gegensatz zu meiner Frau Christine. Nach wie vor berufstätig, wollte sie raus aus dem Alltagstrott und aus der Stadt, egal welches Wetter hier herrschte, woanders Zeit verbringen.

Unter Berücksichtigung meiner besonderen Situation und der dadurch veränderten finanziellen Möglichkeiten hatte sie sich vom Reisebüro ihres Vertrauens rechtzeitig diverse Angebote zusammenstellen lassen, die unsere Vision eines gelungenen Urlaubs mit den realen finanziellen Möglichkeiten in Einklang bringen sollten. Ein ansprechendes Hotel in guter Lage, eingebettet in eine idyllische Umgebung, ausreichend Infrastruktur, ideale Bademöglichkeiten, Wanderwege und kulturelle Anlaufpunkte in erreichbarer Nähe – das alles bei angenehmen Temperaturen und zu einem erschwinglichen Preis: die ganz normalen Urlaubswünsche eines ganz normalen Ehepaares in den zweitbesten Jahren.

Schließlich fiel die Wahl auf Korfu, das alle Voraussetzungen zu erfüllen schien, und das zu einem verlockend ausgewogenen Preis-Leistungs-Verhältnis, allerdings im letzten Zipfel der Nachsaison.

Da kann es abends schon mal kühler werden und der eine oder andere Regentag dabei sein!

So, oder so ähnlich lauteten die Prognosen erfahrener Kenner der Region. Jeder sagte: „Super, aber ..."

Dieses *Aber* überzeugte mich von der Notwendigkeit, beim Packen auf keinen Fall Pullover und Regenzeug vergessen zu dürfen.

Als inzwischen von der Sonne verwöhnter Hamburger fand ich die Vorstellung, im Urlaub den einen oder anderen Regentag hinnehmen zu müssen, zwar ein wenig befremdlich, aber es blieb das einzige Manko.

Ich war noch nie in Griechenland gewesen, hab immer wieder Gründe gefunden, lieber nach Italien, Spanien oder Portugal zu reisen. Christine hat das nie verstanden, ich meine diesen Bogen, den ich bei Reiseplanungen beharrlich um Griechenland gemacht habe. Meine Haltung gegenüber griechischem Essen, mit dem ich nie warm wurde, und dem sogar schlagermäßig gepriesenen Wein, der mich eher kalt ließ, hält sie für Vorurteile. Das kann schon sein. In meiner Vorstellung wollen mich Fantasie-Griechen mit ausgebreiteten Armen immer nur zum hemmungslosen Ouzo-Konsum und Sirtaki-Tanzen verführen. Männer- und Frauenstimmen sind kaum zu unterscheiden, immer laut, rau und herzlich. Zu den Klischees läuft in Endlosschleife der Soundtrack aus *Alexis Sorbas.*

Die wenigen echten Griechen, die mir als Besitzer oder Bedienungen in von mir selten besuchten griechischen Restaurants über den Weg liefen, konnten daran kaum etwas ändern. Im Gegenteil. Sobald man sich gesetzt hatte, lauerte schon der erste Ouzo auf dem Tisch.

Es war an der Zeit, mich von diesem verwackelten Bild zu befreien. Also haben wir uns am Ende für vierzehn Tage Korfu entschieden. Halbpension. Drei-Sterne-Hotel im Norden der Insel, in einer malerischen Bucht an der Westküste. Ágios Geórgios. Familiär, sauber, traumhafte Lage, gutes Essen, in allen wichtigen Kategorien fallen die Urteile im Internet gut bis sehr gut aus. Was will man mehr? Und da uns Christines Beruf dazu zwingt, Korfu erst in der zweiten Oktoberhälfte zu bereisen, wird uns eine besonders ruhige Zeit bevorstehen. Schlussphase der Nachsaison! Mit Ablauf des Oktobers endet nämlich die Saison auf Korfu, die Inselbewohner begeben sich in den Winterschlaf bis Ende April. Also werden wir in diesem Jahr zu den letzten Touristen gehören, dürfen uns auf leere Strände und einsame Wanderwege freuen, auf entspannte Bummel durch Korfus Hauptstadt und vermutlich auch auf ein nicht mehr ausgebuchtes Hotel. Kein Kampf um Sonnenliegen am Pool, kein Gedrängel am Büffet, und zu jeder Zeit freie Tische, wenn man morgens und abends seine Mahlzeiten einnehmen möchte.

Uns stünde eine wunderbare und erholsame Zeit bevor, prophezeit mir Christine. Sie hat sich bereits mit allen möglichen Büchern über Korfu eingedeckt und umfangreiches Wissen aus Wanderkarten und Internet aufgesogen. Schon Wochen vor der Abreise ist sie zur ortskundigen Korfu-Spezialistin geworden, die mich täglich in weitere Details unseres Urlaubsziels einweiht, mir am Computer verlockende Fotos und kleine Filmchen vorführt oder von Wanderrouten und kulturellen Highlights schwärmt. Sie scheint immer noch zu glauben, mich von Korfu als idealem Reiseziel überzeugen zu müssen. Dabei versichere ich ihr bei jeder Gelegenheit, wie sehr ich mich freue. Und dann mustert sie mich mit zweifelndem Blick, als meine sie, ich täte das nur ihr zuliebe.

Dabei ist die Leidenschaft und Begeisterung ansteckend, mit der sie sich „korfusiert". Ich weiß, wie sehr sie den Urlaub braucht. Nicht nur, weil sie sich – stark beansprucht von Job und Alltagsrummel – nach einer Erholungsphase mit Tapetenwechsel sehnt; nein, es ist auch die latente Unruhe, die viele von uns um die Sechzig verspüren, weil wir – im Gegensatz zu den Generationen vor uns – aus heiterem Himmel und völlig unvorbereitet sechzig wurden und praktisch von einem Tag auf den anderen erkennen müssen, wie knapp und kostbar Zeit geworden ist. Von jetzt an will man alles rausholen, was das Leben zu bieten hat, und von den guten Tagen dürfen es gern etwas mehr sein! Dazu gehört auch, Neues zu entdecken, statt zum wiederholten Mal die Keramik- und Schuhgeschäfte in Malcesine am Gardasee zu durchstöbern. Vieles übt einen Reiz aus, aber der Reiz des Neuen gibt uns das Gefühl, fernab von Routine ganz besonders bewusst mit Zeit umzugehen. Sie wirklich zu erleben, statt ihr nur beim Vergehen Gesellschaft zu leisten. Dann haben Minuten wieder sechzig Sekunden, und der Tag besteht aus vierundzwanzig Stunden.

Diesmal also Griechenland!

Allerdings, mit der Sprache tu ich mich schwer. Auf Italienisch und Spanisch habe ich mir im Lauf der Zeit einen brauchbaren Wortschatz angeeignet. Grüßen zu jeder Tages- und Nachtzeit, Essen bestellen, sich bedanken, das Essen loben, um die Rechnung bitten und nach der Toilette fragen. Die Griechen aber haben eine eigene Schrift, und die Übersetzungen für schlichte Formulierungen kommen mir teilweise erschreckend kompliziert vor. Ein simples „Danke" wird zu „efcharistó" und "ja" heißt „nä"! Da wird einem der Zugang nicht gerade leicht gemacht. Ich seh mich schon in unverständliche Speisekarten starren, mit eingeschränktem Sehvermögen und leicht benebelt vom Begrüßungs-Ouzo hilflos auf irgendwas zeigen, was dann immer wieder dasselbe ist: auf reichlich Salat gebettete Fleischbrocken, großzügig mit Tsatsiki geflutet.

Mit Englisch oder Deutsch käme ich super über die Runden, beruhigt mich Christine. Und die griechische Küche böte auch viel Fisch und Gemüse.

Wir sind dann kurz vor der Abreise in Hamburg griechisch essen gegangen. Zum Eingrooven. Kaum dass wir saßen, gab es Ouzo. Ich trinke als Aperitif am liebsten einen eleganten, langstieligen Martini Dry, dagegen wirkt der Ouzo irgendwie hemdsärmelig. Egal. Runter damit!

Wenn ich schon mal beim Griechen bin, entscheide ich mich gern für gegrillte Calamari. Diesmal auch. Dazu Salat und Wein. Alles gut soweit, der Wein geht mir allerdings etwas zu humorlos über den Gaumen. Vor der Abreise muss ich unbedingt Tabletten gegen Sodbrennen besorgen. Nach den Pullovern und Regenumhängen sind sie die Nummer drei auf der Prioritätenliste.

Christine hat über den Tisch hinweg meine Hand ergriffen und kurz aufmunternd gedrückt, während sie mich aus ihren blauen Augen anstrahlt, als wolle sie meine letzten Zweifel zum Schmelzen bringen.

„Wird ein toller Urlaub", verspricht sie. „Verlass dich drauf!"

Also verlasse ich mich darauf!

Kapitel 1: Ankommen

Erst im Flugzeug wird mir bewusst, schon lange nicht mehr geflogen zu sein. Berufsbedingte Flüge liegen eine Weile zurück, und im Urlaub sind wir die letzten Jahre immer auf dem Boden geblieben, wobei das Steuer bei Autoreisen natürlich ausschließlich in Christines Händen lag. Da ist sie froh, endlich mal wieder Abstand zu überfüllten Autobahnen zu gewinnen, zu Staus auf der A7, nervigem Stadtverkehr und Parkproblemen.

Die grenzenlose Freiheit über den Wolken zeigt sich im Charterflugzeug von einer weniger romantischen Seite. Viel Nachwuchs im Vorschulalter ist hier versammelt, was den Eindruck weckt, in einer fliegenden Kita unterwegs zu sein. Eine Unterhaltung in normaler Lautstärke ist unmöglich. Auch die Musik aus dem *iPod* über Kopfhörer wird von Nebengeräuschen geschreddert. Zwei Babys in unmittelbarer Nähe brüllen sich mal im Wechsel und mal synchron die kleinen Seelen aus den Leibern. Denen macht das Fliegen absolut keinen Spaß, und dazu äußern sie sich im Rahmen ihrer Möglichkeiten.

Aber ein Nickerchen wäre für mich sowieso nicht in Frage gekommen, schon wegen der Sitze, die sich in keine bequeme Position bringen lassen. Genau genommen lassen sie sich gar nicht verstellen.

Über Borddurchsagen wird man nach der Vorführung der Sauerstoffmasken und Schwimmwesten ermuntert, für sechzig Euro pro Nase auf einen der letzten freien Premium-Plätze upzugraden. Premium bedeutet hier, gegen einen satten Aufpreis in den vorderen Reihen jenen Service zu bekommen, der vor einigen Jahren noch für alle Passagiere üblich war. Auf der anderen Seite wird Fliegen immer günstiger, gerade bei Pauschalreisen, irgendwann musste sich das ja rächen. Zwei dieser Megaplätze sollen aktuell noch verfügbar sein. Premium? Für knapp zweieinhalb Stunden werde ich diese fliegende *Villa Kunterbunt* auch ohne erkauften Luxus aushalten. Das Besondere erhoffe ich mir dann lieber von unserem Urlaubsort.

„Oder möchtest du vielleicht?", scherze ich. Aber Christine hat schon das erste ihrer heute früh noch schnell belegten *Man-weiß-ja-nie-Käsebrote* aus der Tasche gekramt und hält sich bei meiner Frage verständnislos eine Hand hinter das Ohr. Dabei bewegt sie sich unfreiwillig vor und zurück, weil der quirlige kleine Racker hinter ihr, sobald ihm etwas missfällt, immer wieder seine ADS-Beinchen gegen ihre Rückenlehne stemmt. Neben ihm die Mami, geduldig wie eine Bombenentschärferin, auf der Suche nach deeskalierenden Optionen, um Finn Louis' miese Laune zu verbessern.

In der Sitzreihe auf der anderen Seite des Ganges wird ein Baby gewickelt. Eine Prise frisch geöffneter Windel dämpft bei mir jede Lust auf ein Käsebrot.

Flach atmend drücke ich mir die Kopfhörer so tief wie möglich in die Ohren. Hätte ich ein zweites Paar dabei, ich würde es mir ebenso tief in die Nasenlöcher stopfen. Irgendwo in weiter Ferne zwischen Finn Louis' dreißigstem „NEIN!", dem schallenden Gelächter von weiter hinten, Kindergeschrei von überall, Babyweinen und der überlauten Durchsage zum Thema *Duty-Free*-Einkauf an Bord, höre ich Fetzen meiner Playlist wie etwas Vertrautes, von dem ich mich immer weiter entferne.

Wir landen am frühen Abend. Der Flughafen nahe Korfu Stadt oder besser gesagt nahe Kérkira, hat eine überschaubare Größe. Unsere Koffer gehören zu den ersten Gepäckstücken, die über das Laufband ruckeln. Ein gutes Zeichen. Spätestens jetzt glaube auch ich an den perfekten Urlaub. Bei Christine reichen Hoffnung und Zuversicht, ich aber benötige eindeutige Beweise dafür, dass sich das Schicksal wirklich Mühe mit uns gibt.

Gemeinsam mit nur einem weiteren Urlauber werden wir in einem Minibus bei Dunkelheit über die Insel kutschiert. So was macht mich gleich wieder misstrauisch. Warum interessiert sich außer uns nur noch ein Tourist für Ágios Geórgios? Und der sieht auch noch wie ein Schmetterlingssammler aus. Hoffentlich haben wir uns für das richtige Ziel auf Korfu entschieden.

Zu sehen gibt es nahezu nichts. Weder für meine schlechten noch für Christines gute Augen. Undurchdringliche Dunkelheit, hier und da ein müdes Gebäude oder ein lichtarmes Nest. Meine Frau starrt dennoch unverwandt aus dem Fenster, als wolle sie nichts verpassen, kein Idyll, kein Dorf, keine Tankstelle. Der Fahrer hört laut Musik. Nach einheimischer Folklore klingt das nicht. Es ist mit dem Popgedudel vergleichbar, das ich zuletzt im Hamburger Taxi auf dem Weg zum Flughafen gehört hab. Man könnte sonstwo sein.

Die Straße weist immer wieder Schlaglöcher auf, wenigstens hindert mich das am Einschlafen. So klappert, scheppert und rumpelt uns der Bus Richtung Norden. Der letzte Teil der Fahrt verläuft besonders kurvig. In schneidigen Serpentinen geht es der Küste entgegen, bis zu der Bucht, in der für die nächsten vierzehn Tage unser Zuhause sein wird.

Dann sind wir da.

Egal wohin ich in den Urlaub reise, der Ankunftstag stimmt mich immer etwas trübe. Es liegt in meiner Natur, auf eine neue Umgebung erst einmal distanziert und verhalten zu reagieren. Weit entfernt von allem Gewohnten. Getrennt von den meisten Dingen, die den Alltag ausmachen. Da wird es dauern, bis ich mich im Hotel, im Ort und in der Gegend gut genug auskenne, um mich einigermaßen heimisch zu fühlen.

Die meisten Menschen kommen irgendwo an und sind gleich da. Ich brauche noch eine Weile. Das war schon immer so und ist auf Korfu nicht anders.

Christine ist längst *da*, steht an der Rezeption und kümmert sich um unser Zimmer. Den älteren Herrn hinter dem Tresen hat sie in Landessprache begrüßt. Kali...

Rasch geselle ich mich zu ihr, denn ich habe die Unterlagen und Ausweise, nach denen sie rückwärtig schon die Hand ausstreckt. Der Herr am Empfang lotst uns auf Deutsch charmant durch alle Formalitäten der Anmeldung. Kurze Zeit später erhalten wir den Schlüssel unseres neuen Domizils. Es ist spät geworden, wir müssen uns beeilen, um im Hotelrestaurant noch Abendessen zu bekommen. Also, rauf ins Gemach, Koffer abstellen, kurz umschauen, ein Blick ins Bad, einmal auf den Balkon hinaustreten, um in der Dunkelheit dem gemächlichen Rauschen der Brandung zu lauschen, den besonderen Duft des Meers einzuatmen, etwas frisch machen und gleich wieder runter zum Essen.

Wir bekommen einen Tisch zugewiesen, der auch während des gesamten Aufenthalts unser fester Platz bleiben wird. Das gefällt mir, kommt mir entgegen, in der fremden Umgebung hier und da etwas Gewissheit zu haben. Der verbindliche Standort im Hotelrestaurant besänftigt den heimlichen Autisten.

Eine entspannte weibliche Bedienung, die unsere Getränkewünsche entgegennimmt, verspricht uns für morgen einen sonnigen Tag und zum Frühstück von unserem Tisch einen herrlichen Ausblick auf die Bucht und das Meer. Dabei zeigt sie in die Dunkelheit außerhalb der Fensterfront, die einen großen Teil des Speisesaals umschließt. Da irgendwo soll dann das unvergleichliche Panorama sein. Die wunderschöne Bucht. Kristallklares Wasser. So haben es die Prospekte versprochen. Dazu herrliches Wetter. So hat es die Bedienung gerade eben versprochen. Das klingt so gut, dass ich am liebsten wachbleiben würde, um vom morgigen Tag keine Sekunde zu verpassen.

Christine zwinkert mir zu. Sie kann das Meer bestimmt jetzt schon sehen. Ich muss bis morgen warten. Selbst dann werde ich mich ein wenig anstrengen müssen.

Zum Essen dürfen wir uns am Büffet bedienen. Eine kleine kompakte Auswahl an frischen Salaten, eine Tagessuppe, verschiedene warme Gerichte von Vegetarisch über Fisch bis Fleisch, landestypische Beilagen, Pommes und Nudeln für Kinder, diverse Desserts, Obst, Kuchen ... es mangelt an nichts, ohne den üppigen Überfluss zu erreichen, den ich von anderen Büffets kenne.

Was soll ich sagen? Alles was ich probiere, schmeckt. Sogar vorzüglich! Dazu ein guter Wein und Christines

Lächeln. Nun sind wir angekommen. Vierzehn Tage Korfu. Mal schauen, was wir daraus machen. Oder was Korfu aus uns macht.

Wir heben die Gläser auf einen schönen Urlaub.

An dieser Stelle könnte ich behaupten, plötzlich eine kleine, düstere Vorahnung zu verspüren, während wir da so hoffnungsvoll anstoßen. Oder zumindest ein Unbehagen, ein Vorbote des Zweifels? Aber da ist nichts. Ein bisschen Müdigkeit. So eine wohlig träge Zufriedenheit. Und auch bei mir stellt sich das Gefühl ein, wirklich da zu sein.

Zufrieden beenden wir ein gutes Essen und suchen glücks- und leicht weinselig das Hotelzimmer auf.

Kapitel 2: Ágios Geórgios

Am ersten Urlaubstag inspizieren wir weit entfernt von jeglicher Zielstrebigkeit die unmittelbare Umgebung. Das Hotelgelände. Den kleinen unauffälligen Ort. Die Einkaufsmöglichkeiten. Die Gastronomie. Den Strand. Lassen die Atmosphäre wirken. Ágios Geórgios präsentiert sich ohne Glamour, ein Küstenort unplugged. Die weitläufige Bucht bietet einen fast menschenleeren feinsandigen Strand, das träge Meer begnügt sich damit, entspannte Wellen am Ufer auslaufen zu lassen. Tatsächlich glasklares Wasser! Während ich mit hochgekrempelten Hosenbeinen barfuß neben Christine durch den Sand stapfe, wächst mein Bedauern, weder Badehose noch Handtuch dabei zu haben. Die Temperatur des Wassers ist angenehm. Dazu das erleuchtete Blau über uns – ideales Badewetter! Wer weiß, wie lange es noch so bleiben wird? Die mahnenden Ratschläge der Korfu-Kenner klingen mir noch in den Ohren. Die wären bestimmt enttäuscht, wenn sie uns jetzt so sehen könnten, ganz ohne Regenzeug.

Christine wagt sich nur mal kurz mit den Füßen ins Wasser und findet es zu kalt. Sie hat sich für unseren ersten Erkundungsgang trotz der Wärme eine Strickjacke übergezogen. Fröstelt sogar zwischendurch. Kein Grund zur Besorgnis. Sie friert halt schnell. Mit ihrem niedrigen Blutdruck und bei der kiloarmen Statur ist das normal.

Wir laufen das ganze Ufer ab, in beide Richtungen und machen einige markante Entdeckungen. Der Ort an sich ist klein und bietet eine einfache und unspektakuläre Infrastruktur, die sich hauptsächlich über den mittigen Bereich der Bucht erstreckt. Es gibt weder hohe Gebäude noch einen historischen Stadtkern, dafür ein paar Hotels und Apartmentanlagen, einige meist strandnahe Tavernen, die alle einen schlichten und authentischen Eindruck machen, drei Supermärkte, ein Bootsverleih, eine Surfschule, eine Autovermietung und zwei große Müllberge etwas abseits des Stadtkerns. Allerdings wirklich große Müllberge, so auffällig, als habe ein exzentrischer Künstler sie geschaffen, als Mahnmal für das irdische Müllproblem. Eigentlich sind sie schon gewaltig und mehr als nur das denkbare Ergebnis eines aktuellen Streiks der Müllabfuhr. Das hier muss über Monate angehäuft worden sein, vielleicht über Jahre, hauptsächlich in blauen Säcken. Gärend, gammelnd und faulend.

Christine erzählt mir, im Internet gelesen zu haben, Korfu habe wohl schon seit Jahrzehnten immer wieder Engpässe bei der Müllentsorgung, weil es auf der Insel nur eine offizielle Deponie mit längst erschöpften Kapazitäten gebe. Die Suche nach Alternativen sei immer wieder gescheitert und habe sich letztlich zu einem Politikum hochgeschaukelt. Aber mit einem Müllproblem solchen Ausmaßes habe sie dann doch nicht gerechnet. In einer Urlaubsidylle wirkt das erschreckend deplatziert. Solange aber der Tourismus als wichtigster Wirtschaftszweig nicht Anstoß an diesen Auswüchsen nimmt, scheinen verantwortliche Politiker vor Ort keinen Handlungsbedarf zu sehen.

Wenn man das so krass vor der Nase hat, stimmt es einen nicht gerade zuversichtlich, weder für Korfu noch für den Rest der Welt.

Christine kehrt dem hässlichen Müllberg entschlossen den Rücken und zeigt auf einen natürlichen Berg am südlichen Ende der Bucht.

„Schau dort, Richard", sagt sie und schirmt gegen die Sonne blickend die Augen mit der Hand ab. „Da geht es rauf zu den Bergdörfern Krimi und Makrádes. Laut Reiseführer können wir bei einer Wanderung einen Teil des Corfu Trails laufen."

Corfu Trail? Klingt cool! Irgendwie westernmäßig. Ich kenne bisher nur den *Chisum Trail*. Aus *John Wayne* Filmen.

Ich reiße mich von dem Anblick der organisatorischen Schande los, um mich wieder Korfus natürlicher Schönheit zu widmen. Will wissen, was es mit dem Corfu Trail auf sich hat. Dann könnte ich zuhause beiläufig erwähnen, den gewandert zu sein.

Laut Christine handelt es sich um einen Weitwanderweg, der von Süd nach Nord durch die Insel verläuft. Mit seinen ungefähr zweihundertzwanzig Kilometern soll er trotz guter Markierungen ein noch nicht so bekannter Wanderweg sein. Auf Korfu steckt diese Art des Tourismus in den Kinderwanderschuhen. Solche Möglichkeiten werden offenbar noch nicht so offensiv vermarktet wie auf anderen Inseln.

„Willst du den ganzen Trail laufen?", frage ich meine Frau und versuche im Kopf die Gesamtlänge auf das ungefähre Tagespensum umzurechnen.

Sie lacht.

„Keine Angst. Nur Teile davon."

Wir wollen in unseren Urlauben die ideale Mischung verschiedener Aktivitäten finden. Von allem etwas. Wandern und Kultur, Baden und Faulenzen, Essen und Trinken.

Christine strahlt mit der Sonne um die Wette, diese Begeisterungsfähigkeit habe ich schon immer an ihr geliebt. Vor vielen Jahren hat sie damit meinen bis dahin eher phlegmatischen Lebenskompass ganz neu ausgerichtet und mich neugieriger auf die Welt gemacht. Wenn es früher im Urlaub unten schön war, blieb ich auch meistens dort und das oben war mir egal. Christine aber wollte schon immer mehr sehen, mit verschiedenen Perspektiven und Blickwinkeln. Deshalb interessiert sie sich am Strand stehend für Bergdörfer wie Makrádes und Krimi und ist immer neugierig, was hinter der nächsten Kurve kommt.

„Krimi klingt auf jeden Fall spannend", witzele ich. „Wann willst du da rauf?"

„Morgen vielleicht?", schlägt sie vor und belauert meine Reaktion. „Wir können natürlich auch später ... ich meine, wenn du erst mal ..."

Aber nein, morgen passt mir ausgezeichnet!

Nur müssen wir leider zum Thema Wandern gleich am Nachmittag einen Rückschlag einstecken. Im Hotel nehmen wir an der Sprechstunde der Reiseleitung vor Ort teil, und Christine möchte ihre letzten offenen Fragen klären.

Die Reiseleiterin, die wir bereits von dem kurzen Empfang am Flughafen kennen, trägt die Informationen über den Urlaubsort und die Möglichkeiten auf der Insel etwas statisch und uninspiriert vor. Die Präsentation ist so mitreißend wie ein Einführungskurs ins Deutsche Steuerrecht. Auch ihr Angebot, am Ende des Vortrags noch für Fragen zur Verfügung zu stehen, klingt eher wie die verschlüsselte Bitte, keine zu stellen. Echte Begeisterung zeigt sie nur, als sie erwähnt, heute ihren letzten Tag auf Korfu zu haben. Ob sie danach für immer geht, oder nur für diese Saison? Ich vermute, sie wird nicht wiederkommen. Doch vorher muss sie noch einen Härtetest überstehen: Christines Fragen!

Meine Frau will auch das letzte Geheimnis der hiesigen Wandermöglichkeiten in Erfahrung bringen, alles was sich aus anderen Quellen nicht ermitteln ließ. Dabei geht es ihr um Touren auf eigene Faust ebenso wie um geführte Trips in Korfus mehr oder weniger unberührte Natur. Ihr Interesse ist furchterregend, ihre Hartnäckigkeit erbarmungslos, die Reiseleiterin wirkt völlig überrumpelt.

„Wandern?", wiederholt die junge Frau gedehnt und lächelt starr. Das Thema scheint außerhalb ihrer Kernkompetenz zu liegen.

Als geführte Tagestour, so erklärt sie uns dann, gibt es das hier nicht. Der Reiseveranstalter habe nur Bus- und Bootstouren im Angebot. Alle Infos dazu fänden wir in einem Ordner, der im Hotel ausläge. Nur direkt über Spezialveranstalter wären Wanderungen mit Führung möglich. Das aber hätte man vorab schon von Deutschland aus buchen müssen. Damit scheint das Thema für sie erledigt zu sein. Sonst noch Fragen?

Da wir uns das Wandern auf Korfu ähnlich gut organisiert wie beispielsweise auf La Palma erhofft hatten, mit diversen geführten attraktiven Touren, wird es nach diesen Auskünften unvermeidlich sein, unsere Pläne den realen Gegebenheiten anzupassen. Die neue Devise muss lauten: Wandern auf eigene Faust! Aber auch dazu möchte Christine mehr erfahren. Doch je verbindlicher sie das Thema anzugehen versucht, desto unverbindlicher reagiert die Reiseleiterin. Geradezu störrisch! Immerhin gibt sich die junge Frau mit osteuropäischem Akzent große Mühe, den Unwillen hinter einer maskenhaften Freundlichkeit zu verbergen. Wandern im üblichen Sinne gebe es hier nicht. Man müsse oft kleineren und größeren Straßen folgen, um zu bestimmten Zielen zu gelangen. Mehr ist ihr nicht zu entlocken. Fortan verschanzt sie sich hinter einem frostigen Lächeln und schüttelt bei jeder weiteren Frage Christines entweder den Kopf oder hebt bedauernd die Schultern an. Vermutlich würde Christine ihr am liebsten den *Rother Wanderführer* von Korfu an den Kopf schleudern.

Später, bei einem Kaffee auf der Terrasse am Pool warte ich erst einmal ab, wie meine Frau den Rückschlag verkraftet hat. Normalerweise kann sie sich mit Tatsachen schnell abfinden, aber bestimmt nicht mit einer derart schlaffen und lustlosen Vorstellung. Es brodelt in ihr, und sie wird nach diesem Reinfall nicht einfach zur Tagesordnung übergehen. So sitzen wir eine sonnige Weile schweigend da, bevor sie nach einigen Schlucken Kaffee und intensiven Grübelns ärgerlich hervorstößt:

„Wie hat die es bloß geschafft, hier Reiseleiterin zu werden! Die hat ja von nichts eine Ahnung gehabt."

Ich gebe ihr recht. Vermutlich war die junge Frau gedanklich schon auf dem Heimflug. Wollte die Sache schnell hinter sich bringen. Wobei Wandern ohnehin nicht ihr bevorzugtes Wissensgebiet zu sein schien.

„Warum wohl gibt es Wanderführer über Korfu?", fährt Christine ärgerlich fort. „Außerdem wird unser Hotel regelmäßig von den *Wikinger Reisen* gebucht. Für Wandergruppen! Ich kann mir schon denken, warum diese ... *Dame* ... hier ihren letzten Tag hat. Wurde wahrscheinlich gefeuert. Wegen Unfähigkeit. Keine richtigen Wanderwege auf Korfu? Dass ich nicht lache!"

Aber … ähm … eben keine geführten Wanderungen …

Ein grimmiger Seitenblick erinnert mich, wie ungeschickt es ist, Christine in solcher Stimmungslage durch gedankenlose Einwände noch zusätzlich zu reizen, beispielsweise durch das schlichte Nachplappern gleichgültiger Aussagen einer inkompetenten Reiseleiterin. Ganz egal, was hier auf Korfu möglich ist oder nicht, Christine wird sich davon nicht entmutigen lassen.

„Wir haben Karten und Bücher mit Wegbeschreibungen", sagt sie. „Wir kommen allein klar."

Und ob! Wozu sonst habe ich diese mächtigen Wanderschuhe mitgeschleppt, knöchelumschließend mit einem Profil wie die Reifen eines Traktors. Ich will schwierige Pfade, bei denen ich mich dazu beglückwünschen kann, diese monströsen Dinger eingepackt zu haben. *Gott sei Dank*, möchte ich mich sagen hören, *hab ich das passende Schuhwerk für diesen harten Trail dabei!*

Selig grinsend sehe ich mich schon mühelos und professionell ausgestattet über steile, rutschige Pfade auf- oder abwärts kraxeln und trotz losem Gestein und zahlreicher Unebenheiten jederzeit festen Stand finden. Mit Klamotten, die atmungsaktiver sind, als ich es je sein könnte. *Jack Wolfskin* vom Scheitel bis zur Sohle! Christine vorneweg mit den Wanderführern bewaffnet und klaren Zielen vor Augen. Dem Corfu Trail und vielen anderen wunderbaren Traumpfaden zu den interessantesten Plätzen der Insel.

Ich sende den Blick Richtung Himmel. Wolkenlos. Immer noch. Dann konzentriere ich mich wieder auf Christine. In deren Stimmung ist es vorübergehend stark bewölkt. Sie leert ihre Kaffeetasse und mustert mich zweifelnd. In ihr spult sich garantiert ein Motivationsprogram ab, ein Update mit Lösungsansätzen für die veränderte Situation. Klare Zielsetzung: Jetzt erst recht!

Zur Kaffeetasse sagt sie: „Quatsch!"

Kapitel 3: Falsch abgebogen

Am nächsten Morgen fragt mich Christine, ob ich den Aufkleber im Badezimmer neben der Toilette bemerkt habe. Ich bin noch nicht ganz wach, habe irgendeinen Blödsinn geträumt, von Wanderwegen, die sich immer wieder in Straßen verwandelten und dann ins Nichts führten.

Welcher Aufkleber?

Sie klärt mich darüber auf, dass man hier im Hotel und wahrscheinlich überall auf der Insel kein Papier ins Klo werfen darf. Wegen zu enger Rohre des Abwassersystems bestünde die Gefahr der Verstopfung. So hätte sie das auch im Internet gelesen. Das benutzte Papier muss in dem geschlossenen Behälter neben der Toilette entsorgt werden. Gut, das werde ich ab sofort beherzigen. Insgeheim überschlage ich, wie viel Papier ich bisher schon in die Toilette geworfen habe. Glücklicherweise hatte meine Unachtsamkeit keine erkennbaren Auswirkungen.

Dabei kann man weder von einer Besonderheit Korfus noch von einer ausschließlich griechischen Eigenart sprechen. Das soll es auch in anderen Ländern und Regionen geben. Aber für uns … ungewohnt.

Nun hab ich auch eine ungefähre Vorstellung, mit welchem Inhalt diese vielen prallen blauen Müllsäcke, die außerhalb des Ortes am Straßenrand vor sich hin müffeln, überwiegend gefüllt sind.

Ob die Lagerung des benutzten Klopapiers in einem schlichten Behälter nebenbei möglicherweise unangenehme Gerüche erzeugt, lässt sich allerdings schwer beurteilen. Im Badezimmer hat es vom ersten Moment an etwas faulig gerochen. Nicht aus dem Eimerchen, sondern direkt aus den Abflüssen. Alte Rohre höchstwahrscheinlich. Da muss in Korfus Kanalisation auch schon ohne Klopapier einiges im Argen liegen, und ich fühle mich irgendwie an *ES* von *Stephen King* erinnert, wo sich der Schrecken zu Beginn in den Abflüssen einnistet. Der amerikanische Kult-Autor hat in der Kanalisation einer Kleinstadt in Maine das Böse angesiedelt. Vielleicht lauert in Korfus Abwassersystem etwas ähnlich Grauenhaftes, und der Gestank ist nur der Anfang einer Invasion aus der Hölle. Das würde auch den erleichterten Eindruck der Reiseleiterin erklären, den ich im Zusammenhang mit ihrer Abreise von Korfu zu erkennen glaubte. Vermutlich hatte sie gar nicht vor den Fragen wissbegieriger Touristen fliehen wollen, sondern wusste etwas, von dem wir noch keine Ahnung haben. Etwas, das in den nächsten Tagen geschehen wird, das uns längst belauert, auf uns wartet. Vielleicht bricht dann Korfus Abwassersystem zusammen und die Untoten werden aus der Tiefe nach oben gespült, um Jagd auf die letzten Urlauber der Nachsaison zu machen. Möglicherweise krabbeln aus den Müllbergen finstere

Kreaturen, um Rache an uns zu nehmen, weil wir Touristen Jahr für Jahr diese Insel überschwemmen, mit unseren Ansprüchen, unserer Dekadenz, all dem Unrat und Unmengen an benutztem Klopapier.

ZOMBIES AUF KORFU!

Erste Ideen für einen Öko-Schocker, der auf einer beliebten griechischen Ferieninsel spielt, nehmen in meinem Kopf üble Gestalt an.

„Was ist los mit dir?" Christines Stimme dringt zu mir durch, und die Zombies torkeln aus meinen Gedanken ins Nichts. Meine Frau hat bereits Wanderhose, Wanderschuhe und ein Sportshirt bereitgelegt, während ich auf der Bettkante sitze und vergessen habe, was ich als Nächstes tun wollte. Wenn mich kreative Gedanken in Atem halten, ist der Weg zurück in die Wirklichkeit gelegentlich beschwerlicher als mancher Wanderpfad.

Langsam sickert die Erinnerung an den Corfu Trail in mein Bewusstsein, der heute auf uns wartet. Ein freundliches Ehepaar aus Wuppertal hat uns erst gestern Abend erzählt, wie wundervoll und mit welch herrlichen Ausblicken gespickt der Wanderweg hoch hinauf bis Krimi und Makrádes führen soll.

Entschlossen greife ich nach meinen klobigen Wanderstiefeln. Heute zieh ich die Dinger an! Heute werden wir dieser ahnungslosen Reiseleiterin zum Trotz auf verschlungenen Pfaden unsere erste Wanderung machen, an jeder freien Stelle mit Panoramablick juchzend die Arme ausbreiten und uns an der Schönheit und Erhabenheit der Landschaft laben.

Aber erst noch schnell duschen und frühstücken!

Christine hat schon längst wieder alle Zweifel und allen Unmut abgeschüttelt und freut sich auf die geplante Tour. Fragt mich aber auch immer wieder, ob ich wirklich Lust habe, heute zu wandern. Es verspricht der nächste heiße Tag zu werden, und das verlockende Rauschen des Meeres ist durch die geöffnete Balkontür des Zimmers unüberhörbar. Aber für mich ist Wandern heute okay.

Es ist der zweite Tag nach unserer Ankunft und wir haben noch so viel Zeit für alles Mögliche. Christines Instinkten zu folgen hat sich oft genug bewährt.

Nach dem Frühstück gibt es für mich kein Halten mehr, ich fühle mich stark, unternehmungslustig und zu großen Taten bereit.

Wir werden uns noch mit Wasser, Obst, Keksen und Brot versorgen müssen. Ein voller Rucksack wird mir das Gefühl geben, dass es nun endlich losgeht. Also besuchen wir den nahegelegenen Supermarkt und decken uns mit allem ein, was für eine Expedition in die Wildnis nötig sein könnte. Danach stiefeln wir durch den kleinen stillen Ort, vorbei an vereinzelten Touristen, von denen einige links der Straße in den Tavernen ein spätes Frühstück einnehmen und andere rechts am Strand in der Sonne liegen oder zum ersten morgendlichen Schwimmen ins Meer waten. Am Ende der Bucht führt uns eine Schotterstraße zum ersten Anstieg. Es läuft sich gut, alles fühlt sich richtig an. Anfangs bewegen wir uns meist im Schatten einiger Olivenhaine. Der Weg aufwärts verläuft sanft, und die erhofften Ausblicke auf die Bucht lassen nicht lange auf sich warten, werden immer reizvoller, je höher wir kommen. Nur Schatten gibt es weniger.

An jeder Weggabelung prüfen wir kurz, ob wir noch richtig sind, um die Wanderung dann fortzusetzen. Irgendwann wird es steiler, bis der Pfad plötzlich an einer Straße endet. Den Schildern vertrauend müssen wir jetzt der Straße folgen, um unser Ziel zu erreichen. Die Richtung stimmt also noch, aber gefühlt ist das nicht mehr der

Weg, von dem alle geschwärmt haben. Statt abgeschiedenem Eselspfad sind wir jetzt genau da gelandet, wo wir gerade nicht wandern wollten.

Doch nicht das beunruhigt mich. Wenn wir uns möglicherweise wegen einer falschen Abbiegung verfranzt haben sollten, ist das Pech, aber kein Weltuntergang. Was mir mehr zu schaffen macht, ist Christines Verfassung. Sie sagt nichts, schimpft nicht. Beklagt sich nicht. Sie stapft weit hinter mir die Straße bergauf. Sehr langsam, geradezu schleppend. Mit müden Schritten. Das passt nicht zu ihr. Sie hat eigentlich eine sehr gute Kondition, ist zäh wie ein Shettland Pony, wie ihr Vater gern voller Stolz zu sagen pflegte. Sie läuft auch gern mal vorweg und macht nicht ständig Pause, um Atem zu schöpfen. Wie heute.

Ich warte. Sobald sie mich erreicht hat, bleibt sie schweratmend stehen und stemmt die Fäuste in die Hüften. Ihr Gesicht ist vor Anstrengung gerötet. Nachdem sie einen Schluck Wasser getrunken hat, frage ich:

„Ist was?"

„Was soll sein?" Sie versucht sich hinter einem Lächeln zu verstecken, aber selbst das wirkt angestrengt. „Nichts ist. Ich lauf nur nicht gern auf Asphalt. Weißt du doch!"

Klar weiß ich das. Aber bisher hat sie das nie so ausgepowert.

„Vielleicht hatte die Reisetante doch ..."

„Quatsch!"

Bevor ich etwas antworten kann, murmelt Christine mit Blick auf den Straßenverlauf kopfschüttelnd:

„Das nimmt und nimmt kein Ende. Wir müssen den Einstieg in den Corfu Trail vorhin irgendwo verpasst haben. Weiter unten."

„Wollen wir zurück?"

„Bloß nicht!" Sie trinkt wieder. „Kann doch jetzt nicht mehr so weit sein."

Wenn ich das nur wüsste! Ein Blick auf die Uhr macht mich unruhig. Die Wuppertaler hatten die Dauer des Aufstiegs mit zweieinhalb Stunden beziffert. Den Weg waren sie in Turnschuhen gelaufen. Wir sind jetzt schon über drei Stunden unterwegs, und vom Zielort ist noch immer nichts zu sehen. Jedes Mal, wenn ich hoffe, er käme gleich, zeigt sich nur die nächste Kurve. Und so weiter, und so weiter. Und das alles ohne Schatten! Es ist richtig heiß, und ständig brausen Autos vorbei. Hitze, Abgase, Asphalt – wir haben uns verwandert!

Besorgt schaue ich Christine an. Zweifellos hadert sie mit ihrer schlechten Kondition selbst noch viel mehr als ich. Die gute Fitness, eine jugendliche Frische und Leichtigkeit, ihre Neugier und der Ehrgeiz bei unseren Touren, das hat sie immer ausgezeichnet. Nun steht sie da vor mir, immer noch außer Atem. Echt kaputt. Vermutlich zu viel Stress in den letzten Monaten, und für Sport hatte sie auch kaum noch Zeit. Ich dagegen bin drei bis vier Mal die Woche in der *Kaifu-Lodge* gewesen, unserem Fitness-Studio um die Ecke, für mich ist das hier gerade mal leichtes Anschwitzen.

„Angeber!", sagt Christine. Dabei habe ich nichts gesagt. Oder doch?

„Ich könnte dich tragen", schlage ich vor. Ihr Lachen klingt nicht wirklich amüsiert.

Nach einer kurzen Rast ist es dann doch wieder sie, die zum Weitergehen drängt. Sie hat Hunger und hofft, hinter der nächsten Kurve am Ziel zu sein. Aber erst eine gute halbe Stunde und einige Kurven später erreichen wir die ersten Ausläufer von Makrádes, und viel weiter wollen wir auch nicht mehr. Ein kleines, nettes Zentrum, ein beschaulicher Marktplatz und ein Restaurant, in dem auch noch die örtliche Poststelle untergebracht ist. Wir bleiben gleich hier, setzen uns unter einen Sonnenschirm. Durstig und hungrig. Die Speisekarte bietet außer Fast Food überwiegend kleinere landestypische Snacks, aber spielt das eine Rolle? Man sitzt hier nett und schattig und kann die Füße mit den aufgeschnürten Wanderschuhen weit von sich strecken.

Inzwischen ist uns mehr als klar, falsch abgebogen zu sein. Eigentlich hätten wir über Krimi kommen müssen. Das liegt den Schildern nach zu urteilen in entgegengesetzter Richtung. Wir sind der Straße einmal um den Berg gefolgt, statt über den Corfu-Trail mitten durch die Natur abzukürzen. Um mehr von den beiden Bergdörfern zu sehen, müssten wir ab hier die Straße weitergehen. Dazu hat Christine keine Lust mehr. Mir ist es egal. Eine Wanderung den ganzen Weg zurück kommt für Christine allerdings auch nicht mehr in Frage. Aus meiner Sicht wäre das schon deshalb nicht ratsam, weil wir dann wohl den untersten Teil der Strecke nach Anbruch der Dämmerung bewältigen müssten. Nicht mal mit normaler Sehkraft wäre das eine leichte Sache.

Deshalb frage ich die freundliche Chefin im Restaurant, ob sie uns vielleicht ein Taxi rufen könne. Kann sie leider nicht. Sie bedauert sehr. Ihre Begründung verstehe ich nicht, an den wichtigsten Stellen spricht sie Griechisch. Doch dann weist sie auf einen jungen Burschen, irgendein entferntes Familienmitglied im Innenraum des Restaurants. Er werde uns zu unserem Hotel fahren, weil er sowieso noch unten im Ort etwas zu erledigen habe, und da könnten wir für zwanzig Euro mitfahren. Noch nimmt er gemütlich an einem Ecktisch im Restaurant eine Mahlzeit zu sich und sieht gar nicht danach aus, gleich noch etwas unten im Ort erledigen zu müssen. Selbst als die Wirtin ihn anspricht, wirkt er überrascht. Und es scheint eine Weile zu dauern, bis auch ihm klar ist, dass er gleich nach Ágios Geórgios fahren will. Mit uns.

Als ich Christine über die improvisierte Rückfahrmöglichkeit informiere, reagiert sie erleichtert. Sie ist in der Zwischenzeit mit einem deutschen Paar ins Gespräch gekommen. Die sind ganz locker mit einem Mietwagen hier hochgefahren und haben sich in aller Ruhe umgesehen.

Na, das kann jeder!

Wir haben jetzt auch einen Wagen und sogar mit eigenem Chauffeur, der fährt uns wenig später bequem nach unten, direkt bis vor das Hotel. Ob der Fahrer hier wirklich noch etwas anderes zu tun hatte, werden wir nie erfahren. Egal! Wir sind nur froh über die Hilfe und darüber, uns die Wanderung zurück erspart zu haben. Unter normalen Umständen hätten wir den Weg nach unten mit höherem Tempo und weniger Pausen auch zu Fuß geschafft, aber nicht mit Christines Konditionsmängeln. Im Hotel versucht sie das schnell zu relativieren. Die blöde Straße! Aber blöde Straße oder was auch immer, das passt nicht zu ihr. In mir regt sich die Ahnung einer Ahnung. Inzwischen habe ich den Verdacht, Christine ist in einer Art Light Version mit nach Korfu gekommen. Irgendwas …

Abends im Restaurant, bei gutem Essen und Wein, gibt sich meine Frau wieder gewohnt kämpferisch und kündigt an, in den nächsten Tagen noch einmal zu den beiden Bergdörfern hinaufwandern zu wollen. Dann aber auf dem richtigen Weg!

Kapitel 4: Pool Position

Es bleibt spätsommerlich heiß, und man muss sich zwischendurch immer wieder mal klar machen, dass es schon Mitte Oktober ist. Nicht das kleinste Wölkchen.

An den Pool haben sich außer uns nur wenige Hotelgäste verirrt. Die friedliche Stille auf der Anlage wird durch das Geräusch gemächlicher Wellen des nahegelegenen Meeres angenehm akzentuiert. Eine therapeutische Einrichtung könnte keine besseren Rahmenbedingungen für die Entspannung von Nerven und Seele schaffen. Die Natur spricht mit uns, wird zum Menschenflüsterer.

Wir haben zwei Sonnenliegen in bester Position, einen Schirm, alles, was wir sonst für einen faulen Tag benötigen. Bücher, Badetücher, Mineralwasser, Kekse, *iPod*, Kopfhörer, Badezeug, Sonnencreme. Die Umstellung der Füße von Wanderschuhen auf Badelatschen klappt mühelos. So gern ich mich auch in der freien Natur bewege, Landschaften erkunde, Städte besichtige und neue Eindrücke sammle, einfach nur mal in sich hineinzuwandern ist auch Urlaub. Gleichzeitig genieße ich, wann immer mir danach ist, in das glitzernde Wasser des Beckens einzutauchen. Es kommt mir viel kälter vor als das Meerwasser! Das belebt erst recht die Sinne und entspannt die Muskulatur nach der gestrigen Wanderung. Ich schwimme eine Weile hin und her, lasse mich immer tiefer in eine träge Stimmung fallen, jenseits aller Sorgen, Planungen oder Analysen; da trübt nicht ein dunkler Gedanke die tiefblaue Entspannung! ICH BIN DA! Bei bestem Wetter. Gutgelaunt. Auf Korfu. In dieser schönen Hotelanlage. Als Einziger in diesem großen Pool. Mir gefällt das alles viel besser, als ich gedacht habe. Vielleicht gerade deshalb.

Bin ohne große Erwartungen angereist. Ohne jede Ahnung, was mich hier erwartet. Den Kopf voller griechischer Klischees. Jetzt erkenne ich, wie sich hier alles wunderbar zusammenfügt. Und ich mitten drin – als das letzte fehlende Teil, das genau ins Zentrum passt.

Während ich aus dem Wasser steige, erfüllt mich eine tiefe Befriedigung. Ich komme mir wie jemand vor, der gerade den Sinn des Lebens entdeckt hat. Christine ist auf der Liege eingeschlafen, das Buch ihren Händen entglitten. Seit wir hier sind, ist sie häufig müde. Anstrengende Zeiten liegen hinter ihr. Manches ist in den letzten Monaten nicht immer einfach gewesen. Zusätzlich zu dem beruflichen Stress kommen die Belastungen, die sich aus meiner gesundheitlichen Situation ergeben haben und einiges in unserer Zukunft unberechenbar machen. Das ließe sich natürlich runterspielen: Wir werden das schon irgendwie schaffen. Aber in mancher stillen Stunde fragt man sich, wie genau das gehen soll, wenn der Zustand meiner Augen schlechter werden, und meine Mobilität immer weiter einschränkten sollte.

Während andere sich auf ihren Ruhestand freuen und letzte große Pläne schmieden, sind unsere Aussichten – im wahrsten Sinne des Wortes – ein wenig eingetrübt.

Vielleicht steckt gerade in diesem Urlaub hier auf Korfu mehr, als wir ursprünglich annahmen. Ist das diesmal eine Art Weichenstellung? Einiges haben wir ja schon anders geplant und gedacht, alles etwas günstiger und eine Nummer kleiner als sonst, etwas einfacher. Trotzdem haben wir Hotel und Urlaubsort besonders sorgfältig ausgewählt. Und tatsächlich vermisse ich bisher nichts. Im Gegenteil!

Eine leichte Brise huscht vom Meer herüber. Ich hülle mich in ein großes Badetuch und lasse den Blick über die

Hotelanlage schweifen, über die niedrige Abgrenzung hinaus direkt aufs Meer. So richtig scheinen die Wellen heute auch keine Lust zu haben, sich besonders ins Zeug zu legen.

Die traumhafte Lage des Hotels war in den Beschreibungen und Bewertungen häufig erwähnt worden. Keine Übertreibung! *Traumhaft* bringt es sachlich auf den Punkt.

Christine ist wachgeworden, vermutlich weil mein Schatten auf sie fällt. Sie nimmt die Sonnenbrille ab und blinzelt mich fragend an. Will wissen, wie es im Wasser war.

Na, wie wohl? Nass und erfrischend.

Sie richtet sich auf und schaut sich um.

Ich versuche sie zu ermuntern, ebenfalls mal in den Pool zu steigen, Geist und Körper in Schwung zu bringen. An dem unbehaglichen Kopfschütteln scheint sich ihr ganzer Körper zu beteiligen. Allein der Vorschlag lässt sie frösteln. Das überrascht mich wieder, sie ist so eigentümlich gebremst. Hat der Job sie mehr geschlaucht als sonst? Konnte sie den Alltag bis jetzt einfach noch nicht hinter sich lassen? Oder lastet mehr Schatten auf ihr als nur der von mir, während ich da vor ihr stehe und herauszufinden versuche, was mit ihr nicht stimmt.

Noch einmal frage ich nach. Alles in Ordnung? Alles gut? Oder ist da was?

Schon wieder täuscht ihr Mund das erzwungene Lächeln vor, das mir fremd ist und dem sie selbst nicht zu trauen scheint, weil es immer nur kurz aufflackert, wie eine defekte Leuchtreklame. Dann der schnelle Griff nach dem Buch, die Flucht vor weiteren Fragen, wie das Huschen hinter eine Hecke. Okay, also lass ich sie in Ruhe.

Seufzend strecke ich mich auf der Liege neben ihr aus, um mich wieder den sorgenfreien Gedanken hinzugeben.

Wäre schön, wenn mir meine Frau möglichst bald in diese gelassene Stimmung folgen könnte.

Kapitel 5: Afiónas

Christine ist kontaktfreudiger als ich und kommt auch hier im Hotel schnell mit anderen Gästen ins Gespräch. Plaudert mal mit dem Ehepaar aus Wuppertal und mal mit einem aus der Nähe von Bremerhaven. Oder unterhält sich mit dem etwas schüchtern wirkenden Mann aus Hamburg-Harburg, der mit uns zusammen angereist war. Tatsächlich sammelt er keine Schmetterlinge, sondern ist ein ehemaliger Bäcker, der nach langwieriger Krankheit eine Umschulung macht und über den ersten Urlaub nach einigen Jahren wieder in die Spur zurückfinden will.

Man tauscht sich über Touren aus, die man schon gemacht hat oder noch machen will. Busverbindungen und Abfahrtszeiten. Auch das Thema Busfahrten nach Korfu Stadt zwingt uns zum Umdenken. Der in unserem Ort ausgehängte Busfahrplan soll nicht mehr gelten und die für uns interessante Bustour morgens in die Hauptstadt der Insel seit zwei Tagen nicht mehr möglich sein. Inzwischen wurde auf Winterfahrplan umgestellt. Jetzt fährt der Bus morgens schon um 6 Uhr und dann noch mal mittags. Keine touristenfreundlichen Zeiten für einen entspannten Stadtbesuch. Längst trifft man hier eifrig Vorbereitungen für ein Leben ohne uns. Von November bis Ende April will Korfu sich weitgehend vom Tourismus erholen. Die Busfahrpläne erwecken den Eindruck, als wären wir schon nicht mehr da.

Was nun? Auf eine Busfahrt „kurz nach Mitternacht" verspüren wir beide wenig Lust. Deshalb will Christine kommendem Montag für vier Tage ein Auto mieten. Das hatte sie in diesem Urlaub eigentlich vermeiden wollen, doch ist es angesichts der aktuellen Situation alternativlos geworden. Zumindest, wenn man etwas mehr von der Insel sehen will. Korfus beginnender Dornröschenschlaf zwingt uns zur Wachsamkeit.

Bis zum Ende der ersten Woche aber haben wir noch zwei interessante Wandertouren in der näheren Umgebung geplant, die unser Reiseführer empfiehlt und die wir unbedingt machen wollen.

Zunächst gehen wir an einem schönen sonnigen Morgen nach dem Frühstück Richtung Afiónas. Das liegt auf der nördlichen Seite der Bucht und ist mehr ein Spaziergang als eine echte Wanderung. Da auch das Wetter mitspielt, bewegen wir uns bei angenehmen Temperaturen auf reizvollen Wegen, unterhalten uns über alles Mögliche, genießen die entspannte Stimmung und das Panorama, fotografieren viel und freuen uns, zur rechten Zeit am rechten Ort zu sein. Bis zuletzt plagten Christine Zweifel, ob ich mich hier wirklich wohl fühlen werde, weit entfernt von Pasta oder Tapas. Aber ich fühle mich wohl. Sehr sogar!

Christine dagegen kommt erst jetzt so langsam zur Ruhe, weil hier alles so zu passen scheint, wie sie es sich erhofft hat. Das hat natürlich nicht nur mit mir zu tun, aber letztlich hat sie sich von Anfang an für diesen Urlaub stark gemacht, und es liegt in ihrem Naturell, immer wieder neue Ziele zu finden, so wie es in meinem liegt, mich gern auf Altbewährtes zu stützen.

Der Besuch des Bergdörfchens Afiónas lohnt sich schon wegen des Ortes an sich, aber auch wegen eines atemberaubenden Ausblicks, der sich einem da oben am Ortsende eröffnet. Fantastisches Panorama! Richtung Süden blicken wir in „unsere" Bucht von Ágios Geórgios. Richtung Norden auf die Insel Kraviá und die Diapontischen Inseln. Man steht da oben und kann sich an so viel Ausblick kaum satt sehen.

Später schauen wir uns im Zentrum Afiónas um, mit schmucken Gässchen und dörflicher Geruhsamkeit. Viel Stille und ein paar gedämpfte Alltagsgeräusche. Wenn ich mir das tägliche Gewusel Hamburgs in Erinnerung rufe, komme ich mir wie auf einem anderen Planeten vor. Sollte ich jetzt dichter an dem wahren Leben dran sein, was ist dann das, was ich zuhause mache?

Hier herrscht Mittagsruhe.

Mittag? Ach, deshalb hab ich schon wieder Hunger. Christine noch nicht. Doch wir suchen und finden ein wunderbar gelegenes Restaurant, und ich verspüre Lust auf gegrillte Calamari. Mit dem Ausblick lässt es sich hier oben bestimmt göttlich speisen. Zum Essen ein guter Hauswein, vorweg Brot, Salat und die typischen kleinen und im Geschmack sehr intensiven Oliven, mein Wohlbefinden steigert sich. Christine beschränkt sich auf einen Zitronensaft und sonst nichts. Nein, irgendwas stimmt nicht. Okay, sie isst nie besonders viel, aber über den Tag verteilt doch immer mal hier und da eine Kleinigkeit. Seit wir auf Korfu sind, hat sie kaum noch Appetit, wirkt schlapp und trinkt plötzlich ständig Säfte. Sobald ich mich dazu besorgt äußere, schaltet sie auf stur. Ich solle mir keine Gedanken machen, es gehe ihr gut!

Allein die Aufforderung, mir keine Gedanken machen zu sollen, steigert die Sorge erst recht. Wir leben schon über dreißig Jahre zusammen, da spüre ich selbst Nuancen einer Veränderung wie einen Stein im Schuh. Vielleicht besser als sie selbst. Außerdem esse ich nicht gern allein. Das ist nur ein halber Genuss. Gibt sich aber meist, sobald ich erst mal begonnen habe.

„Wenigstens einen Salat", schlage ich ihr vor.

Sie schüttelt den Kopf. Den Mund fest zusammengekniffen zieht sie ein Gesicht, als hätte ich ihr den Verzehr gegrillter Heuschrecken empfohlen. Ich habe keine Lust, das Thema zu vertiefen. Ich habe Hunger, sie nicht. Ist ja kein Drama. Mein Essen kommt. Zusammen mit dem Wein. Also genieße ich, während Christine über einen Strohhalm Zitronensaft zu sich nimmt und so tut, als sei gerade das ein kulinarischer Höhepunkt. Dieser unfassbar leckere Zitronensaft!

Ich empfehle ihr, lieber die Eiswürfel aus dem Glas zu entfernen. Es heißt, sie könnten einen unerwünscht flotten Verdauungsprozess begünstigen, zumindest meine ich, das gelesen zu haben.

Sie findet meine Besorgnis übertrieben, den befürchteten Effekt bei auf Reisen oft entgegengesetzter Entwicklung geradezu wünschenswert, klaubt die Eiswürfel dann aber doch aus dem Glas. Man will sich ja im Urlaub nicht noch was einfangen.

Inzwischen füllt sich das Restaurant langsam. Wo immer die Touristen auch bis eben noch gesteckt haben mögen, pünktlich zur Mittagszeit kommen sie in Scharen den Weg am Restaurant entlangmarschiert. Einige kehren ein, eine lebhafte Wandergruppe, ein verliebtes Pärchen und eine größere Familie mit Kindern. Man schiebt Tische zusammen und bringt Leben in die Bude. Zwei ältere Damen am Nebentisch mit schwäbischem Dialekt, fast identisch eisgrauen Kurzhaarfrisuren, strengen Brillen, Wandersandalen, wirken auf mich wie pensionierte Geschichtslehrerinnen, schwätzen mit dem Wirt vertraulich wie Stammgäste. Dem nachfolgenden Gespräch entnehme ich, dass die beiden Frauen hier täglich ihren Cappuccino trinken, und sie das nur noch wenige Tage machen können. Danach schließt das Restaurant für fünf Monate. Auf Korfu der normale Lauf der Dinge. Überall herrscht Abschiedsstimmung.

Was er denn die nächsten Monate ohne uns Touristen machen werde, wollen die Frauen vom Wirt mit kecken Blicken wissen, und der schmunzelt geheimnisvoll und sagt: „Schlafen!"

Wer's glaubt! Über Winter bringen die Einheimischen die Insel wieder in Schuss, um sich für den Ansturm der kommenden Urlaubssaison zu wappnen.

Doch augenblicklich brummt der Betrieb noch, die Taverne hat sich inzwischen in nur wenigen Minuten bis auf den letzten Platz gefüllt. Da habe ich längst eine gute Mahlzeit intus und einen Viertelliter griechischen Weißwein in gute Laune verwandelt. Fühle mich angenehm satt und von einer heiteren Leichtigkeit erfüllt. Als wäre das allein mein Moment, und alle anderen hier nichts weiter als Statisten.

Christine betrachtet mich nachdenklich über das halbvolle Glas Zitronensaft hinweg, als könne sie meine Gedanken lesen. Kann sie auch oft. Sie erkennt schnell, in welcher Stimmung ich bin. Im Zusammenhang mit gutem Essen in einer gemütlichen Taverne wie dieser ist es auch gar nicht so schwer. Vermutlich wirke ich satt und zufrieden wie die Figur aus einem Werbefilm über die schönsten Ecken Korfus.

Am Nachmittag wollen wir im Hotel am Pool weiter entspannen. Das wird nichts. Einige hyperaktive Kids animieren sich auf der Anlage selbst, direkt vor den im Schatten der Sonnenschirme an der Poolbar plaudernden Erziehungsberechtigten, die von ihrer Berechtigung keinen Gebrauch machen. Entsprechend unbekümmert entwickelt sich das Unterhaltungsprogramm. Die Arschbombenmeisterschaft vom Beckenrand gewinnt ein kleiner dicker Junge, der auch beim Vergleich der lautesten Stimmen einen der vorderen Ränge beanspruchen dürfte. Den Kreischwettbewerb dominieren zwei Mädchen einer anderen Familie, die gar nicht zu der Gruppe gehören. Es gibt Versteck- und Fangspiele zwischen den Liegen, auch denen der wenigen Hotelgäste, die noch nicht geflüchtet sind, Ballspiele und Rangeleien um Luftmatratzen im Wasser, und das alles begleitet von einer zielgruppengerechten und themenaffinen Kommunikation, deren Lautstärke taube Ohren wieder an den Rand des Hörens bringen müsste. Der Pool ist randvoll mit überschäumender Lebensfreude, da würde im Augenblick nicht mal der magere ältere Herr ein Plätzchen finden, der jetzt zur Abkühlung in das Kinderbecken ausgewichen ist, in dem er herumstakst wie ein Storch auf einer überfluteten Wiese. Die lebhafte Begeisterung, aber auch die Ausdauer, mit der sie sich ausbreitet, steht im krassen Gegensatz zu der antiken Vorstellung von Erholung und Entspannung, mit der ich hierhergekommen bin. Nach zwei Stunden Adrenalin pur und kurz vor einem Hörsturz verglimmt in mir der letzte Funken Hoffnung, auf der Sonnenliege dösen, Musik hören oder im Pool eine Runde schwimmen zu können.

Ich komme mir immer alt, spießig und intolerant vor, wenn ich zu solchen Situationen keinen Zugang finde, nicht in das Gesamtbild passe. Der Übermut der Kinder ist mit meiner Stimmung nicht mehr kompatibel. Ich erinnere mich daran, in der Hotelbeschreibung den Hinweis gelesen zu haben, hier sei es „sehr familienfreundlich". Jetzt weiß ich, was damit gemeint ist.

Christine erahnt meine missmutigen Gedanken. Ich lese es von ihren Lippen ab.

Du warst auch mal Kind!

Sie lächelt. Keine Ahnung, was sie sich da gerade vorstellt.

Mich hat man als Kind kaum gehört oder gesehen. Damals war es noch klüger, sich in der Nähe der Eltern unsichtbar und lautlos zu verhalten, sie hatten ihre Ruhe und wir auch. Damit will ich nicht behaupten, dass früher alles besser war. Nur leiser.

Etwas später packt mich endgültig die Sehnsucht nach unserem Hotelzimmer, nach meinem Bett und einem Stündchen Ruhe.

Christine senkt ihr Buch und beobachtet mich beim Packen. Ich kann sogar vor mich hin fluchen, das hört niemand.

Sie fragt mich irgendwas.

Ich schaue sie an, ohne zu antworten. Hab ich alles? Nein, da liegt noch meine zweite Badehose. Die, mit der ich immer bade. Schön trocken und unbenutzt.

Christine erhebt sich ebenfalls und stopft die restlichen Sachen in die Badetasche. Wir verlassen den Poolbereich wie zwei Kinobesucher einen schlechten Film.

„Glaubst du, ich werde langsam alt?", frage ich, nachdem ich kurze Zeit später auf dem Zimmer einige Male tief durchgeatmet habe.

Christine bleibt die Antwort schuldig, liegt ausgestreckt neben mir auf dem Bett und schläft.

Ich hadere weiter mit meiner abgesackten Laune. Vielleicht ist das eben die Normalität gewesen, und man stellt eines Tages fest, ihr nicht mehr gewachsen zu sein, dem offensiven, wilden und sorglosen Leben. Dabei habe ich es immer mit *W. C. Fields* gehalten, der mal sinngemäß geäußert haben soll, dass jemand, der Hunde und kleine Kinder hasse, kein ganz schlechter Mensch sein könne. Früher klang das lustig, jetzt wirkt es ... alt.

„Weißt du", hat vorhin der dicke Junge zu einem etwa gleichalten Mädchen im Pool stehend gerufen. „Ich versuch jetzt mal, wie lange ich unter Wasser die Luft anhalten kann."

Da hab ich ihm die Daumen für einen neuen Weltrekord gedrückt.

Am Abend ist die Horde erneut im Einsatz. Erst laden sie im Hotelrestaurant mit Pommes und Nudeln die leergetobten Depots wieder auf, um danach an einem großen runden Tisch mitten in der Hotelbar versammelt mit einem lebhaften Spiel mehrere Ausschläge auf der Richterskala zu erzeugen.

Die letzte Ausflucht wäre ein weiteres Mal das Hotelzimmer. Ich brülle Christine diesen Vorschlag ins Ohr. Sie antwortet mir etwas Unverständliches. Da wir aber gleichzeitig von den Barhockern rutschen, ist von einer grundsätzlichen Übereinstimmung auszugehen. Nichts wie raus hier!

Auf dem Weg nach oben fühle ich mich an die Besuche von Rockkonzerten erinnert, wenn man noch Stunden später meint, der ganze Kopf sei von innen voller Watte.

„Was ist?", will Christine wissen, während ich versuche, durch das mehrfache weite Öffnen meines Mundes die Ohren frei zu bekommen.

Im Zimmer auf dem Bett liegend frage ich sie:

„Hast du es jemals bereut, keine Kinder zu haben?"

Christine verschwindet im Bad und lässt mich mit der Frage allein.

Es dauert noch eine Weile, bis sich das Vibrieren meiner Trommelfelle und Nerven beruhigt hat.

„Es war ein sehr schöner Tag", ruft Christine mir aus dem Badezimmer zu. Offensichtlich muss sie sich das aber auch noch einmal selbst in Erinnerung rufen. Es klingt sowohl überzeugt als auch trotzig. Als würde jemand mit einem Sonnenbrand von herrlich sonnigem Wetter schwärmen.

Kapitel 6: *James Bond*

Nach Pagi soll ein Teil des Corfu Trails führen. Wir machen uns am nächsten Tag gleich nach dem Frühstück auf die Suche danach. Der Einstieg soll etwas außerhalb unseres Ortes liegen. Wir finden ihn aber nicht und bleiben stattdessen die ganze Zeit immer auf einer Straße. Egal, welche Abzweigungen wir zwischendurch rechts und links ausprobieren, jede endet früher oder später im botanischen Nichts. Wege, die der Olivenernte oder sonstigen landwirtschaftlichen Zwecken dienen, sich aber nicht für wanderlustige Touristen eignen. Ich verliere langsam den Glauben an die Existenz des Corfu Trails, habe zunehmend das Gefühl, mich hauptsächlich mit der Suche nach ihm zu beschäftigen. Den Beweis als echtes Wanderparadies ist uns die Insel bis jetzt noch schuldig geblieben. Vielleicht ist der Corfu Trail nur ein Mythos, ein Traumpfad, von dem alle reden, den aber keiner jemals gewandert ist.

Christine ist enttäuscht, schon wieder auf Asphalt laufen zu müssen. Nicht nur, weil der Autoverkehr nervt, sondern auch wegen der bitteren Erkenntnis, Wandern auf Straßen könnte hier vielleicht doch häufiger vorkommen, als einem lieb ist. Hat die wenig inspirierende Reiseleiterin doch recht gehabt? Aber warum beschreiben die Wanderführer so viele andere Wege? Und die *Wikinger*-Wandergruppen werden ganz sicher auch nicht ständig auf Straßen laufen. Wo zum Teufel verstecken sich die zweihundertzwanzig Kilometer des Corfu Trails?

Glücklicherweise lässt sich Pagi über die Straße recht zügig erreichen, keine Höhe, in dem man mit hängender Zunge ankommt.

Das ist einer der Orte Korfus, in dem Aufnahmen zu dem *James Bond* Film *For Your Eyes Only* entstanden sind: beispielsweise eine Verfolgungsjagd mit gelber Ente, noch mit *Roger Moore* als smartem *007*-Agenten. Wie sollte es anders sein, in diesem sonst wie ausgestorben wirkenden Dörfchen ist die einzige offene Bar oder besser gesagt Taverne mit *Bond*-Bezug proppenvoll bis auf den letzten Platz. Eine Reisegruppe, deren Bus wir am Ortseingang gesehen haben, genießt das *Bondfeeling* auf sämtlichen Innen- und Außenplätzen bei erfrischenden oder erheiternden Getränken, vermutlich hauptsächlich damit beschäftigt, cool grinsend Selfies an alle *Facebook*-Freunde zu posten.

Ratet mal, wo ich gerade bin?

Mich würde interessieren, ob es auf Korfu geführte *Bond*-Touren gibt. Ich weiß nicht mal, welche Orte der Insel in dem Film zu sehen sind. Hätte uns nicht das Pärchen aus Bremerhaven davon erzählt, wir hätten unseren Urlaub glatt an Pagi vorbeigeplant.

„Wir sollten etwas später noch mal wiederkommen", schlägt Christine vor. Sie wird nicht ernsthaft glauben, die Bar könnte in – sagen wir mal einer halben Stunde – plötzlich wie leergefegt sein. Ich habe eher die Befürchtung, die nächste Busladung *Bond*-Pilger ist bereits in Richtung Pagi unterwegs.

Mein Interesse an dem kleinen Ort sackt haltlos Richtung Nullpunkt.

Ich bin ja nicht mal ein *Bond*-Fan.

Christine schon gar nicht.

Bleibt die Frage, ob es in Pagi noch andere Sehenswürdigkeiten gibt. Doch unser Reiseführer erwähnt den Ort lediglich als wichtigen Knotenpunkt, wenn man mit dem Auto auf kürzestem Weg von Ágios Geórgios zur Inselhauptstadt fahren möchte.

Nehmen Sie in Pagi die entsprechend ausgeschilderte Abzweigung ....

„... und folgen Sie dann der gelben Ente", denke ich belustigt.

„Das ist alles?", staunt Christine.

„So ist es", bestätige ich. „Kein Wort über *James Bond*."

Mir ist das wirklich nicht so wichtig, in dieser Taverne in der Mittagshitze einen Wodka-Martini getrunken zu haben, weder geschüttelt noch gerührt. Wir schauen uns den Rest des Dörfchens an und wollen wenigstens noch einmal versuchen, von hier den oberen Einstieg in den Corfu Trail zu finden. Dafür fehlt uns inzwischen aber der unbedingte Wille, der uns noch hier hochgetrieben hatte. Nachdem ich einen uralten Einwohner nach dem Weg aller Wege gefragt und nur ratloses Kopfschütteln geerntet habe, verliere ich am Corfu Trail ebenso das Interesse wie an der *Bond*-Taverne. Wir gehen so zurück, wie wir gekommen sind und haken das Örtchen unter der Rubrik ab: *Kann man sich ansehen, muss man aber nicht.*

Die Idee, noch ein Stündchen am Pool zu verbringen, verliert jeglichen Reiz, als schon von Weitem die Kita-Atmosphäre zu hören ist. Die Party geht also weiter – aber ohne uns. Auch ein Schläfchen im Hotelzimmer kann erholsam sein.

Nach dem Abendessen erfahren wir von dem Pärchen aus Bremerhaven ein wichtiges Detail zum unteren Einstieg in den Corfu Trail am Rande unseres Ortes. Die Stelle, die wir vergeblich suchten, wird aktuell von einem der riesigen Müllberge verdeckt. Den muss man umrunden. Das steht natürlich in keinem Reiseführer. Und Pagi war jetzt auch nicht aufregend genug, um eine zweite Wanderung dorthin ins Auge zu fassen. Nur den Müllbergen werden wir ab sofort als mögliche Orientierungspunkte bei Wanderungen einen höheren Stellenwert einräumen.

Verlassen Sie den Ort in südlicher Richtung, gehen Sie bis zum nächsterreichbaren Müllberg, umrunden Sie diesen und betreten dann direkt dahinter den Wanderweg – darauf muss man erst mal kommen!

Kapitel 7: Auf einem guten Weg

Die Atmosphäre rund um den Pool bleibt auch am Folgetag unvermindert lebendig und familiär. Wir beziehen diesen Teil des Hotels vorerst nicht mehr in unsere Planungen ein.

Als flexible Geister sind wir verstärkt im Ort und am Strand unterwegs, haben sogar das Glück, in der bisher meistens geschlossenen Autovermietung des Ortes zufällig eine junge Frau anzutreffen. Als ich mich nach den offiziellen Öffnungszeiten erkundige, erklärt uns die werdende Mutter, offen sei immer dann, wenn sie da sei. Das scheint mir eine für die Nachsaison plausible Regelung zu sein. Nichts ist in Stein gemeißelt, aber irgendwie funktioniert es trotzdem.

Die Gunst der Stunde nutzend machen wir lieber gleich einen Mietvertrag für ein Auto ab Montag nächster Woche. Vier Tage. Das sollte reichen. Wir wollen doch noch einige weiter entfernte Ziele der Insel erkunden, und natürlich bevorzugt Kérkira, die reizvolle Hauptstadt Korfus, mit dem reizvollen Flair verschiedener kultureller Strömungen und einer Fülle an Sehenswürdigkeiten.

Nach dieser sinnvollen Entscheidung für die zweite Urlaubshälfte wagen wir uns zum Ende der ersten Woche noch einmal auf die Wanderung Richtung Krimi und Makrádes, verbunden mit der festen Absicht, diesmal aber wirklich den Corfu Trail zu finden.

Wir bewältigen zunächst wieder die uns bekannte Anfangsstrecke und stoßen nach ungefähr der Hälfte des Weges auf einen markanten Findling mit dem schon etwas verblichenen Symbol des Corfu Trails. Das hatten wir beim ersten Mal glatt übersehen. Da möchte man doch vor Freude auf der Stelle niederknien und den Stein umarmen, so glücklich macht uns die erste Begegnung mit dem lang gesuchten Wanderweg, der uns bisher immer verborgen geblieben war. Diesmal also biegen wir richtig ab und besonders dieser alte Eselspfad, dem wir nun folgen, ist wirklich seinen Aufstieg wert. Er führt uns durch eine bezaubernde Landschaft mit herrlichen Ausblicken auf die Bucht und das Meer. Weit entfernt von allen störenden Alltagsgeräuschen stehen wir schon bald über den Dingen, mit erhabener Sicht und restlos überwältigt. Man hört lediglich Vogelstimmen und das Raunen des Windes in den Bäumen.

Christine freut sich über den erfolgreichen zweiten Anlauf. Aufgeben ist noch nie ihre Sache gewesen.

Auf dem Corfu Trail erreichen wir zunächst Krimi. Ist wirklich nichts los hier! Kommen danach – diesmal von der anderen Seite – in das deutlich touristischere Makrádes mit einigen Andenkenläden und Souvenirshops in beachtlicher Ausdehnung. Zur Hauptsaison sollen Touristen aus zahlreichen Bussen in die Geschäfte links und rechts der Hauptstraße strömen, um sich mit allem einzudecken, was die Insel hergibt: Arbeiten aus Olivenholz, Inselspezialitäten, Olivenöl, Kleidung, Deko-Gegenstände, Keramiken und Andenken jeglicher Art.

Christine kommt in einem der Geschäfte mit einer Frau ins Gespräch, die ein wenig aus dem regionalen Nähkästchen plaudert. Sie mag um die Vierzig sein, stammt aus Deutschland und ist vor zwanzig Jahren als junge Touristin auf Korfu hängengeblieben. Hat sich in einen Inselbewohner verliebt, ihn geheiratet und zwei Kinder geboren, die jetzt schon in Studium und Ausbildung stecken. Mit trockenem Humor schildert sie uns die Eigenarten der Einheimischen, beschreibt deren Vorliebe für Botox und Schönheits-OPs, die Bereitschaft, mehr Geld in die eigene Optik zu stecken, als damit alltägliche Notwendigkeiten zu finanzieren, gelegentlich gepaart mit einer gewissen Sorglosigkeit beim Verprassen familiärer oder staatlicher Gelder. Im Streben nach ewiger Jugend mit allen Mitteln wäre so manches griechische Kopfhaar inzwischen derart mit Chemie angereichert worden, dass, würde eins davon versehentlich im Mund seiner Besitzerin oder seines Besitzers landen, dies vermutlich zum sofortigen Tod durch Vergiftung führen könnte.

Sogar über die Chefin unseres Hotels weiß die gut informierte Ladenbesitzerin etwas zu berichten: die habe nämlich das Hotel vor einigen Jahren vom Vater geschenkt bekommen. Seitdem führe sie es nach klaren Regeln. Die gesamte Belegschaft wäre persönlich von ihr ausgesucht worden. Alle müssen in ein familiär geprägtes und menschliches Konzept passen, was wir als Gäste bestätigen können. Genau so ist es in unserem Hotel. Familiär und menschlich.

Später essen Christine und ich in einem wunderschön gelegenen Restaurant auf halbem Weg zwischen Makrádes und Krimi zu Mittag. Hier ist es wie in einer Postkarte, und wir sind die einzigen Gäste auf einer großzügigen Terrasse mit Blick in ein traumhaft schönes Tal. In der Ferne sieht man blau schimmernd das Meer, und ich habe das Gefühl, Korfu überträfe sich heute mit malerischen Ausblicken. Erst auf dem Weg hier herauf und nun auch von dieser Terrasse aus. Dazu gesellt sich schon wieder die Vorfreude auf eine inseltypische Mahlzeit. Sogar Christine will sich einen Salat bestellen. Welch ein Tag!

Weil nach einem derartigen Hochgefühl gleich wieder eine gewisse Erdung nötig ist, damit wir nicht den Sinn für die Realität verlieren, lässt das Schicksal kurze Zeit später eine größere Welle Touristen auf die Terrasse schwappen. Die machen sich aufgeregt plappernd und in alle Richtungen ausschwärmend und fotografierend um uns herum an sämtlichen Tischen breit, so willkommen wie eine Heuschreckenplage. Direkt neben uns platziert sich der Guide der Gruppe, ein Mann mit einer sehr, sehr, also *sehr* vernehmlichen Stimme – wirklich *laut* – der nicht nur gern redet, sondern praktisch ununterbrochen. Er ist es halt gewohnt, größere Reisegruppen fortwährend mit Informationen zu versorgen, in einer Lautstärke, die selbst in den hinteren Reihen mühelos zu verstehen ist. Befindet man sich allerdings in unmittelbarer Nähe seiner Stimme, zum Beispiel am Nebentisch, dann fühlt man sich an Ansagen durch ein Megafon erinnert, unmittelbar neben dem eigenen Ohr platziert. Immerhin ist vieles von dem, was das Megafon im entspannten österreichischen Dialekt erzählt, gar nicht mal so uninteressant, und auf diese Weise erhalten Christine und ich eine weitere Lektion über Land und Leute, aber auch einige Informationen aus dem abenteuerlichen Leben eines Reiseführers, ob wir wollen oder nicht.

Man kann ja sowieso nichts anders machen als zuhören. Zeitweise kommt es mir vor, als säßen wir direkt vor einem Lautsprecher.

Aktuelle Durchsage: *Wissenswertes über Korfu.*

Die meist älteren Herrschaften der Gruppe hängen an den nie stillstehenden Lippen, und bestimmt haben sie längst ein inniges Verhältnis zu dieser Stimme aufgebaut. Die begleitet, führt und lenkt sie und füttert sie unermüdlich mit Details und wäre auch dann noch vernehmbar, wenn jemand aus der Gruppe zwischendurch mal kurz auf Toilette verweilen oder das eine oder andere Hörgerät ausfallen würde.

Christine und ich erfahren so ganz nebenbei noch einige Hintergründe über die marode Kanalisation Korfus und wie hier getrickst wurde, um EU-Normen wenigstens zum Schein zu erfüllen, ohne viel investieren zu müssen. In Erinnerung an den kostspieligen Schönheitswahn schließt sich für mich der Kreis. Das reibungslose Flutschen beim

Fettabsaugen ist wichtiger als das im heimischen Abfluss-rohr.

Während wir nach einem guten Essen keine Eile zum Aufbruch verspüren, dauert die Mittagsrast der Gruppe nur eine knappe Stunde, dann verkündet der unterhalt-same *Lautsprecher* den Aufbruch. Man habe noch einiges auf dem Zettel. So schnell, wie man über die Taverne hereingebrochen ist, zieht man sich wieder zurück. Das verläuft routiniert und geordnet wie bei einem Manöver. Vielleicht geht es jetzt weiter in die *James-Bond*-Taverne von Pagi, wer weiß?

Einen versprengten Touristen der Gruppe, der mit ge-hetztem Blick von der Toilette kommt und den anderen hinterhereilen will, halte ich kurz mit der Frage auf, ob sie eine geführte Wandergruppe seien.

Sie kämen, so klärt er uns mit einem stolzen Funkeln in den Augen auf, von der *MS EUROPA* und hätten hier nur ein paar Stündchen Landgang.

„Mit einen hervorragenden Reiseleiter", fügt er in gera-dezu sektenähnlicher Verehrung hinzu. Dann ist er weg, und gleich danach hört man den startenden Reisebus. Schon brausen sie davon, Traumschiffpassagiere auf Blitzbesuch, dem nächsten Höhepunkt Korfus entgegen. Wir bleiben zurück, mit der ursprünglichen Stille, dem herrlichen Ausblick auf das Tal, dem vor sich hin pfeifen-den jungen Ober, der ohne Hektik die Tische rund um uns herum abräumt, im Schein der verlässlichen Sonne.

Es ist genau der richtige Zeitpunkt, einmal tief durchzu-pusten und sich noch einen Kaffee zu bestellen. Wir ge-nießen die Freiheit, gehen oder bleiben zu können, ganz wie es uns beliebt. Also verweile ich weiter träge auf mei-nem Stuhl und lasse mich wie eine Eidechse von der Son-ne wärmen.

„Für mich wäre das nichts, so eine Kreuzfahrt", sage ich schläfrig zu Christine. „Allein dieser Besichtigungsstress. Und dazu noch ständig … diese Stimme!"

Christine aber freut sich auf die eigenen Besichtigungstouren nächste Woche in unserem individuellen Tempo.

Ja, darauf freu ich mich auch! Auf noch mehr Mobilität. Spontanität. Die Chance, unseren Radius auf der Insel zu erweitern.

Wie hätten wir zu diesem Zeitpunkt auch nur ahnen können, was wirklich auf uns zukommen wird?

Am Abend jedenfalls gibt es erst einmal eine Überdosis Griechenland. Im Hotel ist ein Griechischer Abend angekündigt. Die Chefin klärt uns gern auf: Man folge mit der Veranstaltung einer jährlichen Tradition. Auf diese Weise wolle man zusammen mit den Hotelgästen Abschied feiern. Von der diesjährigen Saison, von einem guten Sommer. Abschied von der erfolgreichen Zusammenarbeit als Serviceteam und Abschied von den letzten Gästen in diesem Jahr.

Natürlich wird Sirtaki getanzt und natürlich fließt der Ouzo in Strömen, es wird ein ausgewähltes Abendessen geben mit vielen griechischen Spezialitäten, man wird singen, tanzen und feiern und pure griechische Lebensfreude zelebrieren.

Genau so kommt es dann auch, was niemanden überrascht.

Im Gegensatz zu folkloristischen Veranstaltungen, denen ich in anderen Ländern oft nicht mehr rechtzeitig entkommen konnte, empfinde ich den griechischen Abend heute als – naja – echt. Ehrlich. Hier wird keine reine Unterhaltungsshow für die Hotelgäste veranstaltet, hier feiert tatsächlich eine sympathische Hotelbesitzerin mit ihrer Crew den Abschluss der Urlaubssaison 2018. Fröhlich, ausgelassen und darauf bedacht, die Gäste in diese unbeschwerte Stimmung einzubinden, soweit sie Lust dazu verspüren. In der Hauptsache dominiert das griechische Lebensgefühl.

Christine wird schnell von der guten Stimmung erfasst. Ich bin nur mal kurz weg gewesen, und als ich an unseren Tisch zurückkehre, hat sie sich, wie viele andere Gäste, zum Sirtaki eingereiht. So passt das ganz gut. Sie tanzt. Ich trinke Ouzo.

Es ist ein unvergesslicher Abend, bei dem auch eine melancholische Note mitschwingt. Ein Hauch Vergänglichkeit liegt in der Luft. Ab der nächsten Woche soll das Hotel mit jedem Tag immer leerer werden. Täglich werden nun Urlauber das Haus verlassen, aber keine neuen Gäste mehr nachrücken. Auch einige der Servicekräfte werden dann für dieses Jahr nicht mehr gebraucht. Christine und ich werden zum Ende unseres Urlaubs vermutlich zu den letzten Mohikanern zählen. Dann werden die Tische um uns herum nur noch spärlich besetzt sein. Die letzte *Wikinger*-Truppe wird sich bereits zum Wochenende verabschieden, viele der Hotelgäste, die wir inzwischen kennengelernt haben, reisen Anfang der kommenden Woche ab, auch die mit Kind und Kegel. Ein Teil am Montag, ein Teil am Dienstag – wir werden am Pool vereinsamen!

Sobald wir nächsten Samstag am Abend das Hotel verlassen haben werden, so hat mir die Chefin erzählt, schließe man hinter uns endgültig die Türen ab.

Auch das, finde ich, ist ein außergewöhnliches Urlaubserlebnis.

An der Algarve gehörten Christine und ich vor einigen Jahren mal in einem neu eröffneten Hotel zu den ersten Gästen. Wir bezogen unser Zimmer in einem frisch erbauten Gebäude, in dem die Inneneinrichtung während der ersten Tage noch einige Lücken aufwies, die von den Verantwortlichen einiges an Improvisationstalent erforderten. Dieses Jahr nun werden wir am Ende zu den letzten Gästen einer Hotelsaison gehören.

Dass ich den griechischen Abend ziemlich lustig fand, sage ich zu Christine, als wir weit nach Mitternacht auf dem Zimmer sind.

Meine Frau liegt platt auf dem Bett, wirkt total erledigt, außerstande, irgendwas irgendwie zu finden. Sie hat kaum etwas gegessen, einen halben Ouzo getrunken und viel Sirtaki getanzt. Ich habe sie unter weitaus härteren Belastungen deutlich weniger erschöpft erlebt.

„Geht es dir gut?", frage ich einmal mehr.

Sie murmelt schläfrig eine unverständliche Erwiderung, die alles mögliche bedeuten könnte, nur nicht, dass es ihr gut geht.

Kapitel 8: Das Rügen-Syndrom

Zum Frühstück muss sich Christine in den Speisesaal des Hotels quälen, trinkt nur Kaffee und isst nichts. Klagt über Gliederschmerzen und Übelkeit.

Meine Bemerkung, sie könnte es am Vorabend mit dem Sirtaki übertrieben haben, kann sie nicht aufheitern, und gemessen am gestrigen Ouzo-und Weinkonsum müsste es eigentlich mir mies gehen. Für Christines schlechte Verfassung gibt es keine Erklärung.

Mutig wagen wir noch einmal einen Poolbesuch, in der Hoffnung, dort endlich entspanntere Verhältnisse vorzufinden, zur Abwechslung vielleicht mal wieder … Ruhe. Leider erfüllt sich diese Hoffnung nicht. Wir kommen gerade rechtzeitig zum ersten Synchronarschbombenspringen. Trotzdem suche ich uns zwei Liegen etwas abseits des Rummels aus und besorge einen Sonnenschirm. Christine verzieht sich in den Schatten, ich wage mich noch einmal am Rand ins Wasser.

Kurze Zeit später müssen wir zurück aufs Zimmer. Christines Übelkeit hat sich verstärkt, sie will nicht den ersten Kotzwettbewerb am Pool einleiten. Sie muss dringend ins Bett und in einen abgedunkelten Raum. Ich begleite sie gern, weil meine Nerven für einen längeren Aufenthalt am Pool inzwischen zu instabil geworden sind.

Christine sieht elend aus, es wäre allerdings wenig hilfreich, ihr das zu sagen.

„Ich muss das rausschlafen", erklärt sie.

Aber was ist *das*?

Sofort fällt mir unser Urlaub auf Rügen vor einigen Jahren ein. Da hat sie aus heiterem Himmel auch etwas gequält, eine urplötzlich ausbrechende Übelkeit, und dann litt sie darunter vier Tage. Unwohlsein, Magenprobleme, Appetitlosigkeit und eine bleierne Müdigkeit. Das gipfelte sogar in einem Ohnmachtsanfall. Ein Notarzt diagnostizierte damals einen Virus. Ich nenne es seither das Rügen-Syndrom.

Und womit haben wir es diesmal zu tun? Mit dem Korfu-Syndrom? Was genau steckt dahinter? Wieder so ein verdammtes Virus?

„Scheiße", sage ich. Damit ist die augenblickliche Situation präzise analysiert.

Fröstelnd zieht sich Christine die Decke bis unter das Kinn, hält aber meine besorgte Anwesenheit an ihrem Krankenbett trotz ihres Zustands für unnötig. Der Vorstellung allerdings, alternativ dem Treiben der Kids am Pool beizuwohnen, kann ich nichts Verlockendes abgewinnen, sehe deshalb zum Bleiben keine Alternative. Christine ist längst wieder eingeschlafen, deshalb brauchen wir uns zu diesem Thema nicht weiter auszutauschen. Neben meiner Frau auf dem Bett liegend aktiviere ich den *iPod* und höre endlich mal ohne Nebengeräusche Musik. Denke über unsere Lage nach. Sollte Christines Unwohlsein die Ausmaße wie damals auf Rügen erreichen, können wir den Mietwagen gleich wieder abbestellen. Dann wird mehr als die Hälfte der zweiten Urlaubswoche für die Regenerierung draufgehen.

Nach mehreren Stunden Schlaf fühlt sich Christine unvermindert schlecht. Was immer in ihr steckt, mit Schlaf allein ist dem nicht beizukommen. Schmerzen, besonders im Kopf und Rücken, Übelkeit, Schwindelgefühl, alles wie gehabt. Ich darf das Wort „Essen" nicht aussprechen. Auch das erinnert mich an den Rügen-Urlaub, da hat Christine tagelang nichts runterbekommen.

Also suche ich das Hotelrestaurant am Abend allein auf und werde schon bald von anderen Gästen besorgt nach Christine gefragt. Klar, es muss ihnen seltsam vorkommen, wie ich da so einsam an unserem Tisch sitze und das Essen wie eine Pflichtaufgabe abarbeite. Da könnte der Verdacht aufkommen, wir hätten uns gezofft. Ich erzähle also allen, die sich nach dem Verbleib der lebenslustigen Frau an meiner Seite erkundigen, wie schlecht es ihr momentan gehe. Ein Virus vermutlich. Eine Infektion. Was weiß ich? Wir wollen mal abwarten und hoffen auf schnelle Besserung.

Die Frau des Pärchens aus der Nähe von Bremerhaven besorgt extra aus ihrem Hotelzimmer ein paar Tabletten für Christine. Die Pillen würden immer irgendwie helfen, verspricht sie. Die beiden mitfühlenden Menschen wünschen uns alles Gute, bevor sie bei immer noch milden Temperaturen auf der Terrasse den Tag ausklingen lassen.

Heute Abend zeigt sich kein einziges Kind in der Hotelbar. Es ist richtig kuschelig. Typisch!

Ohne viel Enthusiasmus beende ich das Abendessen. Hier allein am Tisch zu sitzen fühlt sich fremd an. Unnatürlich. Niemanden zum Reden zu haben. Zum Planen. Lachen. Keiner da, mit dem ich über den heutigen Tag sprechen könnte. Meine Schwiegermutter hat einmal gerade das Reisen ohne Partner als besonders schwer erträglich beschrieben, daran erinnere ich mich jetzt. Sie ist seit mehr als neun Jahren Witwe und trotzdem noch in der Welt unterwegs. Gerade auf Reisen habe die Last des Alleinseins besonders schwer gewogen, hat sie gesagt. Allein im Hotel. Allein im Restaurant. Allein bei Stadtführungen und Ausflügen. In fremder Umgebung wächst das Bedürfnis, mit einem vertrauten Partner sprechen und Eindrücke teilen zu wollen, aus dem Erlebten zusammen ein doppeltes Vergnügen zu machen.

Heute verstehe ich die Empfindungen meiner Schwiegermutter besser denn je. Auch wenn es für mich nur ein vorübergehender Zustand ist. Ein Verlustgefühl, von dem ich hoffe, es möge nicht allzu lange anhalten. Einfach bedrückend. Man sitzt vor seinem Essen und hat das Gefühl, von anderen Hotelgästen verstohlen beobachtet zu werden. Man hätte viel zu sagen, aber …

Im Hotelrestaurant umgeben mich hauptsächlich Paare, dazu einige Familien und zwei Wandergruppen. Vorher habe ich diesem Umstand wenig Beachtung geschenkt. Jetzt umso mehr. Und dann gibt es noch den allein reisenden Mann aus Harburg zwei Tische von meinem entfernt, den Christine von Anfang an bedauert und den sie oft in ein Gespräch verwickelt hat. Am liebsten hätte sie ihn zu uns an den Tisch geholt. Aber ich war dagegen, weil wir dann nicht mehr für uns gewesen wären. Zu zweit und nur mit uns beschäftigt. Nun bin ich also auch allein. Wenn ich in seine Richtung schauen würde, könnte ich ihn zwar nicht genau erkennen, stelle mir aber vor, wie er mir mitfühlend zunickt, als wisse er am besten von allen hier, was ich gerade durchmache. Als wäre mein Alleinsein noch schlimmer als seins. Weil er es gewöhnt ist, ich aber nicht.

Der Folgetag verläuft ähnlich. Christines Zustand bleibt unverändert schlecht. Sie verweigert immer noch das Essen. Will auf dem Zimmer bleiben. Schlafen. Nimmt Schmerztabletten. Hofft, morgen wieder fit zu sein. Denn dann ist Montag. Ab Montag haben wir das Auto gemietet, es wird uns vormittags zum Hotel gebracht.

Ich frühstücke allein und versorge die Gäste, die sich abermals nach Christines Zustand erkundigen, mit dem neuesten Stand: es ist der alte, unverändert. Man nimmt großen Anteil an unserem Pech und verabschiedet sich anschließend, um die heute geplanten Wanderungen, Autotouren oder Besichtigungen zu machen. Beneidenswert! Ich laufe einmal kurz durch den Ort, verbinde das mit ein paar nützlichen Einkäufen im Supermarkt und kehre zu Christine zurück.

Als sie zwischendurch kurzzeitig wach ist, brauche ich sie nicht nach ihrem Befinden zu fragen. Es geht ihr schlecht. Eigentlich noch schlechter. Ich sehe das, es bedarf keiner weiteren Worte.

„Du musst trotzdem was essen", dränge ich, während sie nur die Augen verdreht. „Außerdem müssen wir für morgen den Mietwagen abbestellen.

Aber das will sie nicht, wird richtig ärgerlich. Klammert sich entgegen jeder Wahrscheinlichkeit an die Hoffnung, morgen könne der Spuk wie durch ein Wunder vorbei sein und unser Urlaub wie geplant fortgesetzt werden.

Und wenn nicht?

Klar, meine Einwände nerven sie, das weiß ich. Sie hadert auch so schon genug mit sich und der Situation. Mit ihrem verdammten Zustand, der sie lähmt und alles in Frage stellt. Der noch verbliebene Urlaub steht auf der Kippe. Das ärgert sie. Sie ist böse, weil ich nicht an eine schnelle Genesung glaube. Ärgert sich, von mir zu hören, was sie selbst schon befürchtet.

Wir können unsere Pläne erstmal in die Tonne treten. Das ist die Realität!

„Und ich bin schuld", stößt sie bitter hervor.

So ein Blödsinn.

„Hier geht's nicht um Schuld", widerspreche ich. „Du bist krank."

„Ja", sagt sie und kann die Tränen nur mit Mühe zurückhalten.

Ich hätte sie gern in den Arm genommen und getröstet, aber wir haben uns geeinigt, lieber etwas Abstand zu wahren. Wegen einer möglichen Ansteckungsgefahr.

Am Abend speise ich wieder allein, hastig und ohne Genuss. Natürlich! Der Single aus Harburg traut sich jetzt auch mal zu mir an den Tisch, um sich nach Christine zu erkundigen. Ich bringe ihn auf den aktuellen Stand, und er nickt mitfühlend. Dann erzählt er mir, als wolle er mich damit aufmuntern, dass morgen schlechtes Wetter drohe. Der erste Regentag, seit wir hier sind. Vielleicht sogar Gewitter. Das beruhigt mich. Schlechtes Wetter ist doch super, dann muss ich mir keine Gedanken machen, was wir während der unfreiwilligen Auszeit verpassen. Wenn wir nur endlich wüssten, was konkret Christine quält. Die Tabletten sind nahezu wirkungslos in ihr verschwunden, ich habe ihr nun *Aspirin* besorgt. Aus dem Supermarkt. Habe dort ein ganzes Arsenal an Medikamenten vorgefunden, und nach einer kurzen Beratung mit der Kassiererin fiel unsere Wahl auf *Aspirin*. Das würde immer und gegen so ziemlich alles helfen, hat mir die Frau an der Kasse versichert. Inzwischen bin ich bereit, jedes Mittel einzusetzen, was irgendwie Hoffnung machen könnte. Selbst wenn ich um Mitternacht hinter einer Friedhofsmauer eine tote Katze vergraben müsste, ich würde es tun. Dazu kommen die Ratschläge von allen Seiten. Unbedingt was essen, viel trinken. Viel Schlaf. Ruhe. Vielleicht mal einen Ouzo? Das mit der Katze aber hat bisher noch niemand vorgeschlagen.

Kapitel 9: Die Ärztin

Wegen der Erkrankung schläft Christine zwar viel aber trotzdem schlecht. Wälzt sich in der Nacht von Sonntag auf Montag unruhig hin und her, stöhnt und seufzt. Ich bleibe fast die ganze Nacht wach, weil ich immer denke, sie braucht etwas oder müsse sich übergeben, bekäme keine Luft oder hielte es vor Schmerzen nicht mehr aus. Am Morgen hat sich ihr Zustand nicht gebessert. Im Gegenteil! Es geht ihr noch mieser. Ich tippe inzwischen auf eine Grippe der härteren Art und treffe gleich am frühen Morgen die notwendigen Entscheidungen:
Ich werde den Mietwagen kurzfristig abbestellen! Außerdem muss ein Arzt her, und zwar sofort!

Christine mustert mich ebenso unglücklich wie hilflos. Auch wenn beide Punkte absolut logisch sind, bin doch ich derjenige, der sie offen ausspricht. Ohne ärztliche Hilfe geht es nicht mehr, und der Plan, Korfu ab heute mit dem Auto erkunden zu wollen, ist passé.

„Ein Arzt ist okay", sagt sie. „Wenn der mir Antibiotika verschreibt, bin ich bestimmt in kurzer Zeit wieder fit. Aber ich gehe hier nicht ins Krankenhaus. Auf keinen Fall!"

Wer redet denn von einem Krankenhaus? Gibt es überhaupt eins auf Korfu? Christine meint sich zu erinnern, dazu etwas in unserem Reiseführer gelesen zu haben, aber an solchen Stellen liest man sich ja nicht unbedingt fest. Trotzdem will ich vorsichtshalber wissen, ob sie die Karte für ihre Auslandskrankenversicherung dabeihat. Sicher ist sicher.

Kleinlaut gesteht sie, bereits danach gesucht, sie aber nicht gefunden zu haben. Es gebe eine, die vermutlich zuhause in einer Schublade läge.

Na super! Ich hab zwar nicht die geringste Ahnung, was zu tun wäre, wenn es hart auf hart käme, aber egal in welche Richtung sich meine Befürchtungen bewegen, immer spielt die Karte der Auslandskrankenversicherung eine maßgebliche Rolle. Wie der Name schon sagt.

„Was meinst du bitte mit hart auf hart?", will Christine wissen.

„Jetzt nur keine Panik", beruhige ich sie, darum bemüht, mir wenigstens meine Panik nicht anmerken zu lassen. „Das mit dem Arzt und Antibiotikum klingt nach einem verdammt guten Plan! Außerdem werde ich mit deiner Krankenkasse telefonieren. Vielleicht haben die einen Rat."

Zunächst aber gehe ich erst mal runter zur Rezeption und kläre dort das weitere Vorgehen. Alles auf Englisch, was mich mal wieder so richtig fordert und mich an die Pläne erinnert, über die Volkshochschule mein verstaubtes Schulenglisch endlich mal wieder aufzupeppen. *My wife* seit Tagen *ill*, benötigt *urgent* einen *doctor*, und ich *need help* bei der Stornierung unseres Mietwagens *for today*. Das mit dem Mietwagen ist keine große Sache. Ein kurzes Telefonat, und der Fall ist erledigt. Auch der Arzt ist schnell bestellt. In ungefähr einer Stunde käme jemand aus dem Nachbarort Sidári. Die Concierge weist aber auf die 150 Euro in bar hin, die dieser ärztliche Besuch kosten werde, über eine Krankenversicherung vermutlich nicht abgedeckt.

Nun, das ist mir so was von egal, wenn der Arzt Christine nur die richtige Dosis Antibiotika verordnet und sie in den folgenden Tagen wieder langsam gesund wird. Dabei denke ich schon gar nicht mehr an die Rettung der zweiten Urlaubswoche, sondern an den Rückflug. Denn zurzeit wäre Christine nicht in der Lage, einen Flieger zu besteigen, geschweige denn die Heimreise anzutreten.

Ich gebe also mein Okay für den 150-Euro-Arzt und kehre mit diesen Informationen ins Hotelzimmer zurück. Draußen hat sich inzwischen, wie es mir der Harburger gestern prophezeite, der bisher so konstant blaue Himmel hinter düsteren Wolken verborgen. Es regnet und stürmt bereits. Und ich, ich freue mich. Auf den bevorstehenden Arztbesuch. Darüber, dass wir den Mietwagen problemlos und ohne Kosten stornieren konnten. Und natürlich über das Wetter. Heute verpassen wir nichts. Da macht es auch nichts, wenn sich Christine nach dem Arztbesuch noch einen weiteren Tag ausruht, dann hoffentlich mit einer stimmigen Diagnose und vollgepumpt mit hilfreichen Medikamenten.

Angesichts der neuen Nachrichten schöpft sie sofort Hoffnung, ist sich nun fast sicher, „nur" das Antibiotikum zu benötigen, um in den nächsten Tagen wieder auf die Beine zu kommen.

Spekuliert sogar schon mit der Möglichkeit, vielleicht doch noch ein oder zwei Tage einen Mietwagen buchen zu können, um den Urlaub nach dem Zwischentief wenigstens harmonisch ausklingen zu lassen.

Dann könnten wir uns vielleicht doch noch Korfu Stadt anschauen und am Wochenende zufrieden nach Hause fliegen.

Angesichts ihrer augenblicklichen Verfassung fehlt mir der Glaube. Das wäre ein Wunder.

Während Christine in Gedanken schon wieder hinter dem Steuer eines Mietwagens sitzt, wäre ich erst einmal froh, hier so bald wie möglich einen Arzt begrüßen zu können.

Eine gute Stunde später klopft es endlich an die Tür des Zimmers, und eine vornehm wirkende Frau reiferen Alters mit einer schmucken Arzttasche tritt ein. Perfekt frisiert, chic gekleidet. Stilvoll und distinguiert.

Ihr Englisch klingt hart und sie spricht nur wenig. Ihr ganzes Verhalten wirkt kontrolliert und unterkühlt, fast ein wenig herablassend. Mühsam arbeiten wir uns durch ihre Fragen, mit denen sie zunächst nach Grundlagen für eine Diagnose sucht. Mein englischer Wortschatz ist auf medizinische Vokabeln bezogen besonders lückenhaft, und wir klären viel über Gesten. Das Mienenspiel der Ärztin ist schwer zu lesen, wirkt emotionslos, und man kann nicht erkennen, *was* bei ihr *wie* ankommt. Ob es überhaupt ankommt. Vielleicht ist Botox im Spiel. Vielleicht aber hält sie uns auch für verweichlichte Touristen, die ihr wegen einer lausigen Erkältung die Zeit stehlen. Dafür wird sie ja im Gegenzug mit 150 EURO entschädigt.

Nach der Befragung untersucht sie Christine, horcht sie mit einem Stethoskop ab, inspiziert Hals und Zunge und macht sich mit stoischem Gesichtsausdruck einige Notizen. Sie spricht dann von „Infektion" und weist mit ihrer Hand auf den oberen Brustbereich. Ich denke, sie meint damit wohl eine Bronchitis oder so was. Sie verpasst Christine eine Spritze und stellt ein Rezept aus. Ein Antibiotikum und noch zwei andere Präparate. Dann bietet sie mir an, mich im Auto nach Sidári mitzunehmen. Ich verstehe nicht ganz. Warum das? Um das Rezept einzulösen, erklärt sie mir. In der dort ansässigen Apotheke. Zurück müsste ich allerdings ein Taxi nehmen. Vielleicht ist ihre Schwester die Apothekerin in Sidári und ihr Neffe Besitzer des örtlichen Taxiunternehmens? Ich schäme mich für meine Gedanken, erinnere mich aber an unseren letzten Versuch, mal eben ins Hotel zu kommen, der auch nur mit tatkräftiger einheimischer Unterstützung umsetzbar war. Stelle mir vor, wie ich mit meinem beschränkten Sehvermögen in einer mir völlig unbekannten Stadt kein Taxi finde. Hilflos durch die Straßen irre. Nee, nee, da möchte ich lieber weiterhin auf die Hilfe der Hotelrezeption bauen, die werden uns da schon irgendwie beistehen. Meine Ablehnung der angebotenen Mitfahrgelegenheit scheint die Ärztin kurzeitig zu verblüffen. Mit ruhigen Bewegungen verstaut sie ihre Sachen wieder in der edlen Arzttasche und streckt mir anschließend die gepflegte und stark beringte Hand entgegen. Fast hätte ich, mich leicht vorbeugend, einen Handkuss angedeutet, erkenne erst in letzter Sekunde den wahren Grund dieser Geste: Das ärztliche Honorar ist fällig, in bar. Ich zahle ihr den Betrag, und sie stellt mir darüber eine Quittung aus. Alles auf Griechisch! Da beschleicht mich sofort die Befürchtung, mit dieser Unterlage im weiteren Verlauf der Geschichte nichts mehr anfangen zu können. Damit kann man höchstens noch für Heiterkeit in der Fachabteilung für Leistungsabrechnungen der Krankenkasse sorgen: „Schaut mal, Leute, was diese ahnungslosen Würstchen so alles einzureichen versuchen! Würden die doch nur mal unsere Bestimmungen lesen!"

Nachdenklich begleite ich die Ärztin bis zur Tür. Bedanke mich für den Besuch. Ich kann nicht erkennen, ob sich ihre Mundwinkel zum Abschied doch mal an einem Lächeln versuchen. Sie verlässt uns wortlos. Wir sind wieder allein. Aber wir haben eine Diagnose und ein Rezept. Darauf lässt sich aufbauen.

Christine hockt auf dem Bett und starrt erst die Tür des Zimmers an, die sich kurz zuvor hinter der mondänen Ärztin geschlossen hat und dann mich. Hustet. Sieht krank aus. Blass. Nicht wie jemand, der gerade mitten im Urlaub steckt. Sie braucht jetzt Medikamente. So schnell wie möglich!

„Eine seltsame Frau", meint Christine. „Findest du nicht?"

Ob nun seltsam oder nicht, das ist mir ziemlich egal. Die Frau hat ihren Job erledigt. Jetzt bin ich dran. Erneut führt mich mein Weg zur Rezeption, um mir Hilfe bei der Beschaffung der Medikamente zu organisieren. Im Fokus eines ratlosen Blickes der Concierge wird mir sogleich etwas unbehaglich. Meine Hoffnung auf schnelle und unkomplizierte Lösungen war wohl doch etwas voreilig, um nicht zu sagen naiv. Im Ort hier gebe es keine Apotheke. Ich schlage vor, sie solle *einfach* in der nächsterreichbaren Apotheke anrufen und die erforderlichen Medikamente *einfach* ins Hotel liefern lassen. Das Rezept könne man ja *einfach* faxen. Die Anlieferung würde ich natürlich bezahlen. Ich würde gern wissen, was *EINFACH* auf Griechisch heißt, aber vermutlich gibt es dafür keine passende Übersetzung.

Die Frau starrt mich inzwischen so mitleidig an, als hätte ich ihr erklärt, wie man Korfus Müllentsorgungsproblem innerhalb einer Woche lösen könne. Ein ahnungsloser Tourist erzählt einer erfahrenen griechischen Concierge, wie simpel er sich die Welt vorstellt. Einfach mal faxen. Einfach mal anliefern. Bestimmt fällt es ihr schwer, einen Lachkrampf darüber zu unterdrücken, wie simpel ich mir derart komplexe Abläufe auf dieser Insel vorstelle.

Ich kann es an ihrer Mimik ablesen, bevor sie es mir auf Englisch erklärt. Geduldig erklärt. Extrem geduldig sogar:

Das! Geht! So! Nicht! Nichts von dem, was ich vorgeschlagen habe.

Und schon gar nicht *einfach*! Ich hätte doch mit der Ärztin fahren sollen. Wie aber hätte ich das voraussehen können? Die nächste Apotheke liegt tatsächlich rund 25 EURO entfernt. Wo? Natürlich in Sidári, wo sonst? Wie die Ärztin es bereits gesagt hat. Und ich bin der depperte Touri, der die einmalige Chance ungenutzt ließ. In Wahrheit bietet Griechenland jede Menge einfacher Lösungen, wenn man fähig ist, sie zu erkennen! Okay, jetzt ist mir klar, warum die Ärztin mich wie einen Dummkopf gemustert hat, nachdem ich ihr großzügiges Angebot zum Mitfahren so leichtfertig ausschlug.

Was nun? Mir steht jetzt bestimmt die pure Verzweiflung ins Gesicht geschrieben. Da drückt die Frau von der Rezeption beruhigend meinen Arm. Sie will die Sache mal schnell mit der Chefin besprechen.

Beflissen verschwindet sie in einem kleinen seitlich angrenzenden Büro, und ich warte mit dem Rezept in der Hand und neu entflammter Hoffnung auf ihre Rückkehr. Eigentlich könnte ich schon längst in Sidári sein, wenn ich nicht so blöd gewesen wäre.

Um mich herum geht das normale Treiben eines normalen Hotelalltags weiter, trotz des miesen Wetters. Viele Gäste kommen gerade vom Frühstück, zu dem ich bis jetzt noch keine Zeit gefunden habe. Alle sehen gesund und unternehmungslustig aus. Beneidenswert! Bis vor kurzem gehörten Christine und ich noch dazu, als Teil eines unbeschwerten Ganzen. Jetzt werde ich es nicht mal mehr zum Frühstück schaffen, die Tische werden bereits für den Abend neu eingedeckt. Aber inzwischen habe ich nicht mal mehr Zeit für Hunger.

Draußen stürmt und regnet es unverändert heftig. Bei dem Wetter hätte die erste Tour mit dem Mietwagen sicher wenig Spaß gemacht. Ein minimaler Trost in dieser verkorksten Situation. Wir brauchen jetzt dringend ein echtes Erfolgserlebnis. Das Antibiotikum. So schnell wie möglich.

Die Concierge kehrt zurück und erklärt mir, dass Rezepte nur direkt in den Apotheken eingelöst werden können. Es gebe keine andere Möglichkeit. Aber die Chefin höchstpersönlich werde im Lauf des Tages die Medikamente besorgen. Sie müsse sowieso einige wichtige Dinge erledigen und werde das für uns übernehmen. Ich ringe das Bedürfnis nieder, die Frau überglücklich an mich zu reißen. Tiefe Dankbarkeit erfüllt mich. Was für ein wunderbares Hotel! Was für liebenswerte Angestellte! Was für eine tolle Chefin! Superlative für eine erstklassige Internetbewertung des Hotels strömen mir warm und herzlich in den Sinn. Fünf Sterne plus!

Ich gebe der Frau das Rezept und eile mit all den wunderbaren Neuigkeiten zurück zu Christine, um ihr Mut zu machen. Bald wird sie das ersehnte Antibiotikum einnehmen können, und dann wird alles wieder gut.

Allerdings hält sie das Antibiotikum erst am späten Nachmittag in Händen, aber immerhin hat sie es endlich, dazu noch irgendein Vitaminpräparat und Magentabletten gegen die Übelkeit. Auf den Verpackungen ist handschriftlich vermerkt, wie die einzelnen Medikamente zu dosieren sind, und mit der sofortigen Einnahme kehrt auch die Hoffnung zurück. Ich sehe wieder Licht am Horizont, während Christine aus schmalen Augen skeptisch die Verpackung des verschriebenen Antibiotikums studiert. Irgendwie macht sie keinen zufriedenen Eindruck. Ich will wissen was los ist, leicht gereizt, weil ich bei schlechten Nachrichten einen Übersättigungsgrad erreicht habe.

Sie zuckt mit den Achseln.

„Da steht, ich solle einmal am Tag eine Tablette nehmen. Die Dosierung kommt mir viel zu gering vor."

„Du musst der Ärztin vertrauen", sage ich. Nein, ich sage es nicht einfach nur, ich beschwöre es förmlich. Wie soll ich zuversichtlicher werden können, wenn immer wieder neue Zweifel und Bedenken auftauchen?

„Wir werden sehen, ob es hilft", sagt Christine. Wie sie es sagt, klingt nicht gut.

Kapitel 10: Diagnose eines Zimmermädchens

Am nächsten Tag zeigt sich ein erster Hoffnungsschimmer. Nach einem stürmischen und verregneten Montag beruhigt sich das Wetter am Dienstag leicht. Passend dazu rafft sich Christine auf, mich in den Frühstücksraum zu begleiten. Das hat weniger mit der Besserung ihres angeschlagenen Zustands zu tun, sondern ist viel mehr purer Wille. Sie hofft auf das Antibiotikum und hat der Erkrankung auch mental den Kampf angesagt. Freudig wird sie von jenen Hotelgästen begrüßt, die sich seit Tagen um sie sorgen. Einige aber sind auch schon abgereist. Das Paar aus Bremerhaven ist noch da und auch der Mann aus Harburg kommt zu uns an den Tisch, um seiner Freude Ausdruck zu verleihen, Christine hier im Frühstücksraum anzutreffen. *Gesund und munter* wäre allerdings eine schamlose Übertreibung, und deshalb sagt er es wohl auch nicht. Ich sehe ihr an, wie sie die Zähne zusammenbeißt, um allen etwas vorzumachen, vor allen Dingen aber sich selbst. Sie trinkt einige Schlückchen Kaffee, nagt lustlos an einem Stück Brot herum. Lächelt tapfer. Zurück im Hotelzimmer fällt sie wieder wie von einer Axt gefällt auf das Bett. Von Besserung kann nicht die Rede sein.

„Es geht einfach nicht", stöhnt sie. Fühlt sich schlimmer als vorher, hat Schmerzen und fröstelt.

„Laut Meinung der Ärztin müssten wir uns zwei bis drei Tage gedulden, bevor das Antibiotikum wirkt", erinnere ich sie.

„Bei der niedrigen Dosierung muss ich wahrscheinlich zwei bis drei Monate warten, bevor das Zeug wirkt", beklagt sie sich. „Zuhause nehme ich Antibiotikum im Ernstfall dreimal am Tag in deutlich höherer Dosierung.

Hier einmal. Wie soll diese blöde Infektion davon wegge-
hen?"

Darauf weiß ich keine Antwort. Es ist zermürbend, mit-
erleben zu müssen, wie sie leidet und kämpft, ohne dass
irgendwas besser wird, wie unser Urlaub nach normalem
Beginn langsam den Bach runtergeht.

Draußen bezieht es sich erneut, wird richtig finster.
Schwarze Wolken am grauen Himmel. Erst morgen soll
sich die Sonne nach der zweitägigen Pause wieder zeigen.
Vielleicht ließe sich daraus auch für unsere Lage irgendeine passende Symbolik ableiten?

Christine schläft den Rest des Tages. Abends bringe ich
ihr etwas Salat und Fisch aufs Zimmer, aber davon rührt
sie kaum etwas an. Danach esse ich selbst unten im Restaurant und nehme Abschied von dem Ehepaar aus Bremerhaven und dem Harburger. Morgen früh reisen sie ab.
Es speisen täglich tatsächlich immer weniger Gäste hier
im Restaurant. Sämtliche Wandergruppen sind fort. Die
meisten der Radaukinder ebenso. Im Hotel ist es still geworden.

Ich trinke mit dem Ehepaar aus Bremerhaven und dem
Harburger einige Gläser Abschiedswein. Dann ist auch
dieser Abend vorüber. Wieder versuche ich mit der Hoffnung einzuschlafen, es werde Christine morgen endlich
besser gehen. Aber sie stöhnt, wälzt und seufzt sich durch
die Nacht und wirft sich unruhig hin und her. Ich bekomme kaum ein Auge zu.

Am nächsten Morgen geht es Christine noch schlechter.
Als würden die Medikamente ihr den Rest geben.

Beharrlich verweigert sie das Essen, kriegt nichts runter.
Heute ist Mittwoch. Zum ersten Mal kommen mir Zweifel
an unserem bisherigen Umgang mit der Erkrankung.
WAS hat Christine wirklich? Wie schlimm ist das? Am

Samstag geht unser Flug nach Hause. Sollte sich an ihrem Zustand aber nichts Wesentliches ändern, werden wir unmöglich fliegen können.

Sobald ich das anspreche, reagiert Christine gereizt. Und ob sie am Samstag nach Hause fliegen werde! Selbst wenn sie sich ein Stück Holz zwischen die Zähne klemmen müsse, um das durchzustehen.

„Aber es wird immer schlimmer statt besser", gebe ich zu Bedenken. „Momentan kommst du mit Ach und Krach ins Badezimmer. Wie willst du da den Weg zum Flughafen schaffen, geschweige denn einen Flug überstehen? Wir müssen die Sache langsam mal realistisch betrachten. Findest du nicht?"

„Glaubst du, das weiß ich nicht alles selbst", entgegnet Christine bitter. „Die Ärztin hat mir eine viel zu schwache Dosierung Antibiotikum verordnet. Das ist die Realität! Wie soll man davon gesund werden?"

„Dann muss die Dame hier eben noch mal antanzen."

„Bloß nicht!"

„Was denn sonst?"

Sie schweigt. Weiß nicht weiter. Ich auch nicht. Betrachte meine Frau voller Sorge. Wenn ich ihr sagen würde, wie elend sie inzwischen aussieht, wird ihr das nicht helfen, aber vielleicht ihre Bereitschaft erhöhen, den Ernst der Lage zu akzeptieren. Damit wir endlich die richtigen Maßnahmen ergreifen können. Welcher Infekt da auch immer in ihr wütet, vom Antibiotikum zeigt er sich nicht beeindruckt. Von nichts was wir bis jetzt versucht haben.

„Wir müssen was tun", beharre ich. Bloß was?

Es klopft.

Ich öffne die Tür, und das freundliche Zimmermädchen steht vor mir. Marina. Sie hat längst mitbekommen, in welcher Lage wir stecken und zeigt sich mitfühlend und besorgt. Sie reinigt das Zimmer stets in Absprache mit Christine. Wir bitten sie herein, wollen so lange draußen warten, bis sie Zimmer und Bad in Ordnung gebracht hat.

Marina nickt, verspricht sich zu beeilen, und während sie das sagt mustert sie Christine, die sich mühsam vom Bett erhoben hat, sehr aufmerksam. Sagt in einem Tonfall tiefster Überzeugung:

„Your eyes! You have fever!"

Warum sind wir eigentlich nicht schon längst selbst darauf gekommen? Warum hat die Ärztin während der Untersuchung kein Fieber gemessen?

Ich besorge mir von der Rezeption sofort ein Fieberthermometer, und wir messen Christines Temperatur. Dummerweise kann ich danach den Wert auf diesem komischen Instrument nicht ablesen. Das Thermometer erinnert an ein Spielzeug aus einem Arztköfferchen für Kinder. Also muss ich wieder nach unten. Die Frau an der Rezeption kann das Ergebnis auch nicht ablesen, hält das merkwürdige Ding in alle Richtungen und schüttelt bedauernd den Kopf. Wir müssen mal wieder die Chefin befragen. Die kommt aus ihrem kleinen Büro, wirft einen prüfenden Blick auf das Thermometer und wiegt skeptisch den Kopf hin und her.

Neununddreißigsieben!

Das ist hoch. Für morgens verdammt hoch!

Die Frau aus der Rezeption empfiehlt mir, mich mit dem Reiseveranstalter in Verbindung zu setzen. Das habe ich längst versucht, und man hat mir unter der deutschen Servicenummer versichert, jemand vor Ort würde sich umgehend bei uns melden. Ich warte immer noch auf ein Zeichen und finde zwischen all den Sorgen und Hiobsbotschaften wenig Zeit, mich intensiver um eine Kontaktaufnahme zu kümmern.

Besorgter denn je überbringe ich Christine die schlechte Nachricht.

„Du hast hohes Fieber", sage ich. „Neunundreißigsieben. Wir müssen was tun!"

Sie schaut mich aus geröteten Augen so verständnislos an, als spräche ich griechisch. Spätestens jetzt wird mir klar, alle weiteren Entscheidungen allein treffen zu müssen. Christine ist krank. Hat Fieber. Nimmt Medikamente. Isst kaum noch. Sie wird die Lage oft nicht mehr objektiv einschätzen können. Im Zusammenspiel mit ihrem Dickkopf kann ich mich nicht mehr auf ihre Urteilsfähigkeit verlassen, was wirklich das Beste für sie ist.

„Was können wir denn tun?", fragt sie kläglich.

„Nun, im schlimmsten Fall musst du doch in eine Klinik", sage ich.

Da richtet sie sich kämpferisch auf. Protestiert mit letzter Kraft und hochrotem Kopf. Ganz sicher werde sie nicht ins Krankenhaus gehen, das könne ich vergessen. Sie will bis morgen warten. Es würde bestimmt bald besser. Gut genug, um nach Hause zu fliegen, und in Hamburg könnten die Ärzte dann machen, was sie wollten. Da ginge sie sogar freiwillig ins Krankenhaus. Aber nicht in einem fremden Land!

Mich würde aber schon interessieren, wie sie am Samstag in den Flieger kommen wolle. Ob ich sie vielleicht tragen solle.

Sie schweigt. Denkt nach. Weiß, dass ich recht habe. Würde mir trotzdem gern widersprechen.

„Verdammter Mist", stößt sie schließlich hervor. Mehr fällt ihr nicht ein.

Gleich morgen werde ich die 150-Euro-Ärztin noch mal herbestellen, das nehme ich mir fest vor. Die soll Christine eine volle Dröhnung Antibiotika verschreiben. So geht es jedenfalls nicht mehr weiter!

Das Zimmertelefon klingelt. Ich zucke zusammen, weil ich in unserer Situation die Existenz einer Außenwelt fast völlig verdrängt habe. Es hat sich nicht einmal in meinem Bewusstsein verankert, hier über ein Zimmertelefon zu verfügen. Urlaub, Hotel, Korfu, das muss man sich erst mal wieder in Erinnerung rufen!

Am anderen Ende meldet sich eine Reiseleiterin unseres Reiseveranstalters. Eine der letzten, die noch auf Korfu weilt, wie sie mir erklärt, denn bis Ende Oktober, Anfang November werden die meisten Beschäftigten die Insel verlassen. Sie stellt sich als Marita vor, hat einen polnischen Akzent, wird während des Telefonats von den lebhaften Lauten eines Babys begleitet und verspricht uns Hilfe. Der Kontakt zum Reiseveranstalter ist beruhigend. Die müssen doch eigentlich wissen, was jetzt zu tun ist. Als Pauschalreisender geht man ja im Normalfall davon aus, sich wie auf Schienen durch einen perfekt organisierten Urlaub zu bewegen. Was soll einem da schon passieren? Umso hilfloser fühlt man sich, sobald man plötzlich mit dem Unerwarteten konfrontiert wird, wenn des Schicksals erste Schüsse aus dem Hinterhalt aufpeitschen. Man wünscht sich verlässliche Hilfe. Ist das jetzt die Kavallerie, die uns hier rauspauken wird? Marita *Wayne*?

Sie habe es schon einige Male auf meinem Handy versucht, erklärt sie, und ich solle mir keine Sorgen machen. Wir werden eine Lösung finden!

Ihr Baby gibt im Hintergrund unbekümmert glucksende Laute von sich, und ich fühle mich gleich etwas besser.

Kapitel 11: Marita

Mein Versuch, am nächsten Tag die Ärztin telefonisch noch einmal ins Hotel zu locken, schlägt fehl. Die Medizinerin lehnt das strikt ab. Stattdessen sollen wir zu ihr nach Sidári kommen. Dort sollen zunächst Christines Atemwege und Lunge geröntgt werden, bevor über weitere Behandlungsschritte entschieden werden kann.

Das klingt plausibel. Auch Marita, die uns in den folgenden Tagen am Telefon regelmäßig betreuen wird, findet die Idee grundsätzlich gut. Aber sie hält die Ärztin, mit der wir es bisher zu tun hatten, für viel zu teuer.

Sie erzählt mir, sie sei vor einiger Zeit an einer Lungenentzündung erkrankt und von einem guten Facharzt in Róda behandelt worden. Der Ort läge gleich hinter Sidári, und in der Nähe befände sich auch ein Röntgenarzt. Beide Ärzte wären zwar auch privat abzurechnen, würden aber für ein günstigeres Honorar arbeiten. Dazu kämen natürlich noch die Taxikosten. Marita würde uns in Róda erwarten und uns zum Arzt und zum Röntgen begleiten können. Sie würde uns unterstützen und alle notwendigen Maßnahmen mit den Ärzten besprechen. Wir hätten endlich eine Dolmetscherin für unsere dringendsten Fragen. Geld hin oder her, ich halte es für wichtig, mit Marita jemanden an der Seite zu haben, die sich hier auskennt und uns sprachlich helfen kann. Sich mit ihr in Róda zu treffen, wäre ein guter Plan für morgen. Donnerstag. Langsam wird die Zeit knapp.

Ich bespreche die Lösung mit Christine. Wir halten das unter den gegebenen Umständen am Ende beide für das Beste.

„Die Reiseleiterin hatte eine Lungenentzündung?", fragt Christine.

„Hat sie gesagt."

„Sie denkt, ich hab auch eine?"

„Was auch immer du hast, sie werden es hoffentlich auf dem Röntgenbild sehen."

„Und wenn es tatsächlich eine Lungenentzündung sein sollte?"

Ich starre sie hilflos an. Was soll ich dazu sagen? Mir sind inzwischen die Antworten ausgegangen. Warum neigt der Mensch immer dazu, gleich vom Schlimmsten auszugehen? Wobei eine Lungenentzündung nicht mal das Schlimmste wäre.

Egal welche Krankheit Christine haben mag, uns bleiben jetzt noch zwei Tage plus Abreisetag, um zu einer vernünftigen Lösung zu kommen. Da sollte der nächste Schritt unbedingt in die richtige Richtung führen.

Ich rufe Marita an und gebe ihr grünes Licht. Wir sind bereit für das Treffen morgen mit ihr in Róda. Sie wirkt erleichtert und bittet um etwas Geduld, bis sie alles vor Ort geregelt hat.

Also warten wir. Wieder einmal.

Ich würde Christine gern mit dem Versprechen beruhigen, es werde ab jetzt alles gut, aber zum einen glaube ich selbst nicht fest genug daran, um es überzeugend rüberzubringen und zum anderen … ist sie schon wieder eingedöst. Ich kann mir nicht erklären, woran das liegt, aber mein Vorrat an Zuversicht ist fast aufgebraucht.

Warten. Warten. Warten. Zeit verrinnt ungenutzt. Urlaubszeit, die sich längst in das Gegenteil verwandelt hat. Tage, an denen man statt eigener Entscheidungen von Sachzwängen getrieben wird. Von anderen Menschen abhängig ist, von deren Zuverlässigkeit und Engagement.

Endlich meldet sich das Telefon. Marita! Sie hat in Róda versucht, für uns kurzfristig beide Untersuchungstermine zu koordinieren. Die gute Nachricht: Das Röntgen klappt. Die schlechte: Der Facharzt ist morgen nicht in seiner Praxis. Erst am Folgetag ab 11 Uhr wären beide Termine machbar. Am Freitag. Also noch einen Tag später, noch vierundzwanzig Stunden länger im Status Quo ausharren. Die Ungewissheit ertragen müssen. Christine den Zustand der ungeklärten Krankheit und ich das nervenaufreibende Drumherum. Lieber wäre ich selber krank, damit kann ich besser umgehen.

Die endgültige Entscheidung liegt bei Christine. Einen Tag länger warten. Will sie das? Kann sie das? Reicht die Kraft?

Resignierend zuckt sie mit den Achseln, scheint keine Alternativen zu sehen.

Ich habe vorhin noch mit der Concierge des Hotels und mit der Chefin über die Möglichkeit gesprochen, das staatliche Hospital der Insel aufzusuchen. Beide reagierten eher zurückhaltend. Als ich diese Option später gegenüber Marita erwähnte, klang sie ebenfalls skeptisch. Ja, das könne man natürlich auch machen. Doch wenn man da erst mal drin sei, käme man nicht so bald wieder raus. Ihre Lungenentzündung sei beispielsweise mit Erfolg ambulant von dem Arzt behandelt worden, den sie uns empfohlen habe.

Mit Christine brauche ich nicht darüber zu sprechen. Ich kenne ihre Einstellung. Bloß nicht ins Krankenhaus. Schon gar nicht in der Fremde. Lieber würde sie sich mit letzten Kräften nach Hamburg schleppen, als sich fern der Heimat einem Hospital anzuvertrauen. Aber was, wenn der Lungenfacharzt nach seiner Untersuchung genau diesen Schritt anordnet?

„Dann fliege ich trotzdem nach Hause", beharrt Christine.

Den Kopf voller Sorgen und Zweifel beende ich den Mittwoch mit alleinigem Abendessen in einem jetzt schon fast deprimierend leeren Hotelrestaurant, in dem ich niemanden mehr kenne. Nur noch ein spärliches Drittel aller Tische ist besetzt. Später schaue ich Christine auf dem Hotelzimmer dabei zu, wie sie von dem Essen, das ich für sie nach oben gebracht habe, einige Salatblätter und zwei Bissen Fisch mit einer Gabel voll Reis hinunterwürgt und verbringe anschließend die nächste unruhige und nahezu schlaflose Nacht, jeden Laut und jedes Geräusch registrierend.

Es folgt der Donnerstag. Wir werden ihn in dem Wissen verstreichen lassen müssen, nichts Konkretes tun zu können. Christine ist morgens fieberfrei. Sie hat aber auch die Nacht mehrfach *Paracetamol* eingenommen, und ich habe ihr immer wieder Wadenwickel verabreicht. Geduldig und schweigend lässt meine Frau alles über sich ergehen. Schluckt Tabletten, die ich ihr reiche, trinkt viel Wasser, weil ich sie dazu dränge, hebt brav die Beine an, wenn ich die nassen Handtücher wechsele. Damit Matratze und Bettdecke nicht feucht werden, habe ich einen unserer Regenumhänge zweckentfremdet, den ich abschließend als Schutz um die Beine mit den nassen Handtüchern wickle. Am Ende ergibt alles einen Sinn. Außerdem zeigt es mal wieder, wie klug es war, auf die guten Ratschläge der Korfu-Experten gehört zu haben. „Ihr glaubt gar nicht, wie froh wir waren", höre ich mich irgendwann mal mit viel Abstand in launiger Runde sagen, „dass wir Regenzeug mithatten!"

Mittags ist das Fieber wieder da, und am Abend knacken wir erneut die neununddreißig Grad, trotz kontinuierlicher Wadenwickel.

Mehrfach telefoniere ich mit Marita, klammere mich an jede beruhigende Aussage, während das Baby auf ihrer Seite der Leitung fortwährend zu hören ist, mal weinend, mal brabbelnd, mal glucksend.

Am kommenden Montag, erklärt mir die junge Mama, gehe es für sie und ihr Töchterchen endlich nach Hause. Zurück nach Polen. Sie freue sich riesig. Auf die Heimat und die Familie. Ja, auf ihrer Seite klingt alles normal und gut geregelt. Ich gönne es ihr. Andererseits frage ich mich, wo wir Montag sein werden. Christine und ich. Wenn Marita samt Baby längst in Polen ist, werden wir vielleicht immer noch auf Korfu festsitzen. Mit wem soll ich dann sprechen?

Marita beruhigt mich, es werden bis Mitte nächster Woche noch andere Reiseleiter auf der Insel erreichbar sein. Bis dahin flögen auch noch Chartermaschinen zurück nach Deutschland. Vielleicht sogar nach Hamburg. Man werde alles tun, uns auch dann noch zu unterstützen, um gegebenenfalls einen späteren Rückflug zu organisieren.

Es liegt aber in meinem Naturell, immer weiter zu fragen bis hinein in die tiefste Ausweglosigkeit.

Was wäre, wenn wir noch länger bleiben müssten, länger als bis Mitte nächster Woche? Über die Deadline hinaus?

Es gibt immer eine Lösung!

Das ist Maritas tiefste Überzeugung, und ich beschließe, dass es für mein Nervenkostüm besser ist, ihr zu glauben. Sicher. Christine muss erst einmal gesund und flugfähig werden. Und irgendwelche Flüge von Korfu wird es natürlich auch in den folgenden Wochen und Monaten geben. Nach Hamburg müssen wir dann mit einem Umweg über Athen rechnen, im schlimmsten Fall noch einen weiteren Zwischenstopp einplanen. Das wird insgesamt länger dauern und teurer werden. Aber noch nie haben Urlauber wegen eines Notfalls auf Korfu überwintern müssen. Oder sind für immer geblieben. Bisher habe man noch jeden Gast wieder heimgeflogen, versichert mir Marita.

Die Nacht von Donnerstag auf Freitag wird zur schlimmsten, die wir in dieser Phase durchstehen müssen. Christine fühlt sich heiß an und hat Schmerzen. Ich bin wieder kurz davor, einen Notarzt zu rufen und das Krankenhaus doch als beste Lösung anzusehen. Christine dagegen setzt alle ihre Hoffnungen in den morgigen Tag. Ein Arzt, der sie untersucht, einen grippalen Infekt feststellt, sie mit der richtigen Dosierung Antibiotika versorgt und für den Rückflug am Samstag fit macht. Richtig auskurieren will sie die Sache dann in Hamburg.

Die ganze Nacht mache ich Wadenwickel und zwinge Christine immer wieder, Wasser zu trinken. Wir bringen die Temperatur zwischendurch runter, so fühlt es sich jedenfalls an. Das blöde Fieberthermometer kann ich beim besten Willen nicht lesen.

Frühmorgens messe ich damit gleich wieder Fieber und rase zur Rezeption. Dort ist niemand und auch das Büro auf der anderen Seite ist nicht besetzt. Im Hotelrestaurant treffe ich eine junge Angestellte und frage sie, ob sie das seltsame Thermometer lesen könne. Sie nimmt es mir aus der Hand, dreht und wendet es eine Weile prüfend hin und her, erstarrt schließlich und blickt mich aus geweiteten Augen erschrocken an.

Über vierzig Grad!

Da weiß ich, was zu tun ist!

Auf dem Weg zurück begegne ich der Concierge in der Halle und informiere sie über meine ebenso spontane wie unumstößliche Entscheidung: Ich werde meine Frau ins Hospital bringen! Jetzt!

Ich erkläre der Concierge die Lage, und sie gibt mir Recht. Das hohe Fieber ist alarmierend.

Im Zimmer bespreche ich alles mit Christine, und deren Reaktion verstärkt meine Besorgnis:

Sie ist einverstanden! Fügt sich! Sieht inzwischen genau wie ich keinen anderen Ausweg mehr.

Sie ist krank, hat hohes Fieber, und ich will sie jetzt so rasch wie möglich im Krankenhaus sehen, umringt von Ärzten und Schwestern, mit hilfreichen Geräten verbunden und wirksamer Medizin versorgt.

Ich rufe Marita an, um ihr ihr den neuesten Stand der Dinge mitzuteilen, sage das Treffen mit ihr in Róda endgültig ab. Unter diesen Umständen hält sie es auch für das Beste, wenn ich mit Christine umgehend das staatliche Hospital aufsuche. So viel sie weiß kann ich als Angehöriger auch über Nacht mit in der Klinik bleiben. Das sei hier üblich. Man werde mir sogar nachts eine Schlafgelegenheit ermöglichen. Auch für unser Reisegepäck, da ist sie sich sicher, werden wir irgendwo ein Plätzchen finden.

Nach dem Gespräch packe ich unsere Koffer, sofern man hektisches und planloses Drücken, Pressen und Stopfen wirklich als Packen bezeichnen darf. Danach checke ich unten in der Rezeption aus, bedanke mich für die nette, hilfsbereite und liebenswerte Betreuung, ohne die alles noch viel schlimmer gewesen wäre.

Vor der Tür wartet schon das Taxi. Die Fahrerin ist instruiert und wird uns gut und sicher zur Notaufnahme des General Hospitals bringen.

Der Abschied ist rührend. Concierge und Hotelchefin begleiten uns zum Wagen, stützen Christine, helfen ihr beim Einsteigen wünschen uns viel Glück und winken, bis wir um die Ecke gebogen sind.

Ich werfe Christine einen prüfenden Blick zu. Noch sind wir nicht am Ziel. Über eine Stunde Fahrt muss sie durchhalten. Danach die übliche nervenaufreibende Prozedur in einer Notaufnahme, die kaum anders sein wird, als wir es aus Deutschland kennen. Die werden im Hospital sowieso nicht gerade mit offenen Armen auf uns warten. Wir werden ein Notfall von vielen sein, ein ausländischer Notfall zwischen lauter inländischen. Ich verspüre ein ungutes Gefühl wegen sprachlicher Barrieren. Wie wenig mein Englisch für medizinische Angelegenheiten taugt, habe ich bereits ausreichend feststellen müssen. Das wird die Situationen, die uns bevorstehen, nicht einfacher machen.

Christine wirkt vollkommen ausgelaugt und abwesend, als würde sie unsere augenblickliche Situation gar nicht mehr realisieren. Der Weg vom Zimmer durch das Hotel zum Taxi hat ihr alles abverlangt. Viel weiter wäre sie nicht mehr gekommen.

Nun verlassen wir endgültig unseren Urlaubsort. Längst herrscht wieder herrliches Wetter, Himmel und Meer buhlen um das schönere Blau, ein paar Menschen baden. Wir passieren Tavernen, in denen wir nie waren, einen Supermarkt, den beachtlichen Müllberg am Ortsende, und folgen der Straße in Richtung Pagi, die wir letzte Woche noch gelaufen sind. Wir bekommen einige abwechslungsreiche und interessante Ansichten und Eindrücke von einer schönen Insel geboten, von der wir viel zu wenig gesehen haben. Wälder, Olivenhaine, kleine Dörfer ...

Christine seufzt.

„Schön ist es hier", sagt sie leise. „Wirklich schön."

Klingt fast so, als befänden wir uns gerade auf einer Ausflugstour über die Insel.

Tja.

Schön war gestern.

Urlaub war gestern.

Heute werden wir das nächste Kapitel einer Reise nach Korfu aufschlagen, die ihren ganz eigenen Verlauf nimmt. Aber ehrlich gesagt wird man ruhiger, sobald man erst eine klare Entscheidung getroffen hat. Wenn es kein links oder rechts mehr gibt, sondern es nur noch vorwärts geht.

Dieses Taxi wird uns zu einer Lösung bringen, und dann werden die dort verantwortlichen Ärzte bestimmen, wie es weitergeht. Das verschafft mir nach all der Ungewissheit zwar immer noch kein gutes, aber auf alle Fälle ein deutlich besseres Gefühl!

Kapitel 12: Notaufnahme

Das staatliche Hospital der Insel liegt in einem nördlichen Vorort der Hauptstadt mit Namen Kóntokali. Die Beschreibung dieses Ortes in unserem Reiseführer hätte uns unter normalen Umständen nie zu einem Besuch verleitet. Da ist von einem schmalen Küstentreifen die Rede, mit einigen Geschäften, Häusern, Hotels, Tavernen, Lagern und Tankstellen. Mit einem kleinen Hafen und einem wenig aufregenden Naturstrand. Trotzdem soll der Ort in den Neunzehnhundertsechziger Jahren der Ausgangspunkt für den erwachenden Massentourismus auf Korfu gewesen sein. Eine erstaunlich hohe Anzahl einladender Tavernen kann zumindest als Zeugnis für den noch immer existierenden Tourismus gewertet werden. Zusätzliche Bedeutung aber hat der Ort letztlich durch die moderne Poliklinik gewonnen, und genau vor der Notaufnahme dieses großen blau-weißen Gebäudekomplexes hält jetzt das Taxi. Christine ist nach dem Aussteigen nicht besonders standfest. Doch ich muss mich zusätzlich um das Gepäck kümmern. Zwei schwere Rollkoffer, eine rote Sporttasche mit der tiefsinnigen Aufschrift HEUL DOCH! und ein prall gefüllter Rucksack. Mit unserem Gepäck sind wir in der Notaufnahme der Klinik nicht gerade unauffällig.

Am gläsernen Schalter der Anmeldung wirken wir wie ein verirrtes Touristenpaar beim Check-In. Eine junge füllige, gelangweilt kaugummikauende und erstaunlich niedrig sitzende Frau blickt zu uns auf, als würden wir ihr die Sicht auf etwas verstellen, was sie viel lieber sehen möchte als uns. Sie spricht ausschließlich Griechisch. Meine auf Englisch vorgetragenen Erklärungen verpuffen im Nichts. Außer meinem holprigen Touristenenglisch aber habe ich nichts zu bieten.

My wife is very ill with very high Fever!

And by the way, we are Germans!

Nachdem mir die dramatischen Superlative ausgegangen sind, starrt mich die junge Frau durch die Scheibe so unbeeindruckt an, als ginge es um einen abgebrochenen Fingernagel. Ich fühle mich wie jemand, der vor einer verschlossenen Zugbrücke nach dem Losungswort sucht. Bis jetzt erfolglos. Das Tor bleibt zu. Die Wächterin kaut Kaugummi.

Ich versuche es wieder und werfe noch einmal auf Englisch alle Brocken in die Waagschale, mit denen sich Christines Verfassung verdeutlichen lässt. Den Ausdruck „ill" finde ich in diesem Zusammenhang irgendwie viel zu unbedeutend im Vergleich zu dem, was hinter uns liegt. Keine Ahnung, wie ich reagieren würde, stünde jemand vor mir am Schalter nur mit diesem schmalen Wörtchen.

Gibt es da keinen gewaltigeren Ausdruck?

Nach wie vor gibt uns die kleine Frau im Empfang nicht das Gefühl, Christine für einen Notfall zu halten. Dabei müsste sie ihren desinteressierten Blick einfach nur mal kurz auf *my wife* richten, da würde sie das ganze Elend sofort erfassen. Christine klammert sich an meinem Arm fest, kann sich kaum noch auf den Beinen halten. Sie glüht vor Fieber. *Ill* ist gar kein Ausdruck.

Die junge Frau hinter der Scheibe beschäftigt sich eine Weile mit ihrem Handy, spricht dann auf Griechisch etwas hinein und hält es mir durch eine Öffnung direkt vor die Nase. Ich soll das lesen. Kann ich nicht. Meine Augen sind für diese Form der Kommunikation leider nicht mehr geeignet. Hoffentlich deutet sie meine Zeichensprache richtig. Kopfschüttelnd und mit flinken Fingern bearbeitet sie erneut ihr Handy und hält es kurze Zeit später wieder in meine Richtung. Plötzlich spricht das Ding mit mir – ich meine das Handy. Auf Deutsch!

„Wer ist krank?", fragt Es.

Genial! Eine Dolmetscher-App!

„*My wife*", erkläre ich der Frau. Sie macht mir Zeichen, ich solle direkt in das Smartphone sprechen. Das tue ich beflissen. Worauf es mir sogleich die nächste Anweisung erteilt:

„Antworten Sie in deutscher Sprache!"

Die Kaubewegungen hinter der Scheibe werden inzwischen hektischer und allzu viele Patzer darf ich mir jetzt bestimmt nicht mehr erlauben.

Ich spreche mit dem Smartphone wie mit einem schwerhörigen Rentner an der Supermarktkasse:

„Meine! Frau! Ist! Krank!"

Das Smartphone bittet mich mit seiner emotionslosen Stimme und in merkwürdig gestelztem Deutsch, die Krankheit etwas präziser zu beschreiben.

Ich tippe Christine an.

„Du bist dran. Beschreibe dem Ding da deinen Zustand."

Irritiert schaut sie mich an, hat nichts von dem vorausgegangenen Gespräch mitbekommen, der Blick ist so weit entfernt, als wäre sie gar nicht mitgekommen. Starrt dann auf das Smartphone, mit dem sie sich unterhalten soll.

„Was?"

„Beschreibe die Symptome", dränge ich. „Sprich in das Smartphone."

Christine beugt sich vor und antwortet:

„I am ...".

„Auf Deutsch!", unterbreche ich sie schnell, während hinter der Scheibe eine Kaugummiblase platzt. Klingt wie ein gerissener Geduldsfaden.

Dann endlich vertraut sich Christine auf Deutsch dem Smartphone an, und auf der anderen Seite kommt es auf Griechisch heraus und wird von der Frau hinter der Scheibe notiert. Wir präsentieren unsere Ausweise, werden registriert und somit in der Notaufnahme des General Hospital Korfus aktenkundig. Zwei deutsche Urlauber mit Reisegepäck und ungewisser Zukunft.

Nach der Befragung verlässt die Frau den Schalter und sieht stehend noch kleiner aus als sitzend. Sie misst Christines Puls, Blutdruck, Fieber und schickt uns in den Warteraum. Christines Krankenversicherungskarte habe ich ihr zwischendurch immer wieder wie eine Eintrittskarte hingehalten, die hat sie beharrlich ignoriert. Das macht mich stutzig, und ich überschlage im Kopf schon mal, was ungefähr für eine Untersuchung im Hospital zu veranschlagen wäre, wenn allein die kurze Visite einer Ärztin im Hotel schon hundertfünfzig Euro kostet. Aber egal worauf auch immer unser Besuch hier hinauslaufen wird, wir werden uns setzen und warten, bis man uns aufruft und wir am Ende Gewissheit bekommen.

Als zwei Wartende unter vielen anderen müssen wir jetzt eiserne Geduld aufbringen und gute Ohren haben. Die Durchsagen klingen durchweg unverständlich, barsch und hektisch, da habe ich die Befürchtung, unseren Nachnamen auf diese forsche ungeduldige Art ausgesprochen selbst nicht wiederzuerkennen. Christine muss die letzten Kräfte allein für aufrechtes Sitzen bündeln, für konzentriertes Zuhören reicht das nicht mehr. Vielleicht wäre es klüger gewesen, sie vor dem Schalter nicht mehr zu stützen, dann wäre sie umgekippt und wir hätten auf der Warteliste einige Plätze gutmachen können.

So aber verbringen wir eine entnervend lange Zeit mit Warten. Werden zwischendurch sogar mal relativ verständlich aufgerufen, dann aber wieder fortgeschickt. *Ten Minutes.* Ein Notfall müsse vorgezogen werden. Wahrscheinlich ist jemand umgekippt.

„Du bist offensichtlich kein echter Notfall", sage ich zu Christine.

„Sehr witzig", murmelt sie.

Ich drücke aufmunternd ihren Arm. Wir haben es bis hierher geschafft, und es dauert bestimmt nicht mehr lange, bis ihr geholfen wird. Noch ein Notfall, dann sind wir dran!

In der Zeitrechnung einer überfüllten Notaufnahme bedeuten zehn Minuten letztlich eine weitere halbe Stunde. Man starrt vor sich hin oder beobachtet die anderen vor sich hinstarrenden Notfälle und ihre Begleitungen, das

Personal, das routiniert agiert und fragt sich, wie es wohl weitergehen wird, sobald man erst mal aufgerufen wurde. Man hofft auf ein Wunder, obwohl einem gerade in einer Notsituation jeder Glaube verloren geht, man in dumpfer Verzweiflung wie in einer Zwangsjacke steckt.

Dann werden wir aufgerufen und dürfen mit kurz genickter Zustimmung des uniformierten Wachpersonals die Doppeltür passieren, durch die alle anderen Aufgerufenen zuvor erleichtert verschwunden sind, ins heilsbringende Innere der Klinik.

In einem größeren Behandlungsraum kommt es zu weiteren Befragungen und ersten Untersuchungen, danach geht es gleich weiter zum Röntgen und wieder zurück. Christine wird nun bereits in einem Rollstuhl befördert, ich folge ihr immer mit dem gesamten Gepäck, wie ein Sherpa. Später werden wir in einem schlauchförmigen Wartebereich geparkt, in dem wir mit vielen anderen Personen geduldig auf weitere Entscheidungen warten, die einzelnen Liegen immer nur durch Vorhänge voneinander getrennt, von denen fast alle offen stehen. Für Christine ist es ein Glücksfall, sich endlich hinlegen zu können. Sie ist fix und fertig, ihr Blick glasig, die Stimme klingt, als würden die Worte zum Teil am Gaumen kleben bleiben. Wir haben kaum noch Wasser, ich reiche ihr den Rest, den sie dankbar in kleinen Schlucken trinkt, keine Ahnung, worauf ihr Blick währenddessen gerichtet ist, es ist ganz bestimmt nicht in diesem Raum.

Nein, ich frage jetzt erst mal nicht mehr, wie es ihr geht. Das sehe ich ja. Sie streckt sich der Länge nach aus und schließt die grauen Augen, die früher mal blau waren. Ich sitze wie benommen neben der Krankenhausliege und halte unsere letzte leergetrunkene Wasserflasche in Händen. An der Wand ist unser Gepäck gestapelt

Wir warten.

Schon wieder.

Und warten.

Und warten.

Schließlich betritt eine junge Schwester den Raum, schaut sich suchend um, kommt dann direkt auf uns zu und kündigt einen Arzt an, der in Kürze mit uns sprechen werde. Ob sie uns schon irgendwas sagen könne, will ich wissen, aber da hat sie uns längst wieder den Rücken zugedreht, das Handy am Ohr, mit dem nächsten Fall beschäftigt.

Dass wir hier warten sollen, hatte sie noch gesagt. Also das tun, was wir bereits seit über einer Stunde machen. Wo sollten wir auch hin?

Als wir schon gar nicht mehr damit rechnen, hier noch für irgendwen von Interesse sein zu können, steht plötzlich ein älterer Arzt mit strenger Miene vor uns. Sein Blick streift nur kurz Christine und richtet sich dann auf mich.

In für mich kaum verständlichem Englisch klärt er uns über Christines Zustand auf. Das Einzige, was mir ziemlich schnell klar wird: Sie hat eine Lungenentzündung. Eine sehr schwere, wie der Doktor betont.

Etwas unbedarft erkundige ich mich, ob es irgendeine Chance für unseren morgen gebuchten Rückflug gebe – ein Vollbad im Fettnäpfchen!

Kaum hat die Frage meinen Mund verlassen, starrt mich der Arzt an, als ob ich ihn gerade darum gebeten hätte, Christine wie einen lahmenden Gaul noch mal für das letzte große Rennen fit zu spritzen. Mit sichtlichem Missfallen erkundigt er sich, ob ich überhaupt irgendwas von seinen Ausführungen verstanden hätte.

Klar hab ich das, trotzdem wird man ja wohl mal fragen dürfen!

Nur scheint er mich völlig falsch verstanden zu haben. Schüttelt ärgerlich den Kopf. Holt tief Luft. Dann fordert er uns auf, ihm zu folgen. Aber bevor Christine aufstehen und ich unser Gepäck zusammenpacken kann, ist er mit wehenden Enden seines weißen Kittels auf und davon.

Er hat gesagt *Follow me*! Doch wohin? So ärgerlich, wie er abrauschte, ist es vielleicht besser, ihm nirgendwohin zu folgen.

Wir sind ratlos. Was jetzt? Ohne ein klärendes Gespräch können wir Moos ansetzen, bevor sich hier etwas tut. Irgendjemand muss uns endlich mal sagen, wie es weitergehen soll. Also lasse ich Christine und das Gepäck zurück und mache mich auf die Suche nach dem verschwundenen Doktor. Finde ihn in dem großen Raum wieder, in dem wir zu Beginn für verschiedene Untersuchungen gewesen waren. Dort thront er hinter einem Schreibtisch voller Akten, eingerahmt von zwei jüngeren Männern in Weiß und der Schwester, die ich schon mehrfach gesehen habe, vielleicht gibt es auch mehrere davon, die alle gleich aussehen?

Bei meinem Auftauchen schlägt mir eine Welle der Verachtung entgegen. Der Arzt winkt mich mit knapper Handbewegung zu sich. Ich soll mich setzen. Er beugt sich vor und fixiert mich mit finsterem Unwillen.

Zornig erklärt er mir, ich könne gern nach Hause fliegen, wenn ich das wolle, aber Christine würde man hier im Hospital behalten, denn ein Flug würde ihr Leben gefährden. Die akute Lungenerkrankung müsse sofort behandelt werden, zumal die Entzündung schon fast das Herz erreicht habe. Was er mir mit Daumen und Zeigefinger andeutet, sieht wirklich knapp aus. Er stellt mir frei zu bleiben oder zu gehen. Kaum zu glauben, was eine etwas unüberlegte, aber harmlose Frage alles auslösen kann. Mir hätte ein schlichtes „Nein" als Antwort völlig genügt. Denken die ernsthaft, ich werde meine schwerkranke Frau hier zurücklassen, um fröhlich nach Hamburg zu verduften? In Griechenland scheinen die Deutschen inzwischen einen wirklich miesen Ruf zu besitzen.

Ich versuche, das Missverständnis aufzuklären. Zu keinem Zeitpunkt wollte ich das Leben meiner Frau gefährden. Natürlich werde ich hier bei ihr bleiben. Ich bin schon seit über einer Woche nicht mehr von ihrer fiebrigen Seite gewichen, habe mich gekümmert, sie umsorgt und gepflegt, mit ihr gelitten und ihr sogar Wadenwickel gemacht, keine Ahnung, was Wadenwickel auf Englisch heißt. *Towles around the calfs*?

Ein junger Arzt mit dunklem Vollbart und stechendem Blick fühlt sich berufen, mich im Beisein des Chefs ebenfalls noch mal runter zu putzen. Was er auf Griechisch zu mir sagt, will ich lieber gar nicht so genau wissen. Seiner Stimmung nach zu urteilen bin ich nur froh, dass es hier keine Knüppel oder Peitschen gibt. Die anschließende englische Standpauke beschäftigt sich noch einmal damit, wie unverantwortlich und gefährlich ein Flug morgen für Christine wäre. Er habe absolut kein Verständnis dafür, wie ich das überhaupt in Erwägung ziehen könne. Er schildert mir noch einmal ausführlich, wie besorgniserregend Christines Lungenentzündung ist, und ich fühle mich inzwischen, als müsse ich mich vor einem Tribunal verantworten. Angeklagt wegen seelischer und körperlicher Grausamkeit.

Okay. Nachdem man mir abschließend die Röntgenaufnahmen von Christines Lunge am Monitor vorgeführt hat – den wirklich großen Entzündungsherd mit sichtbar geringem Abstand zum Herzen – endet meine Schelte und das Team konzentriert sich wieder auf sein Kerngeschäft.

Christine wird erneut in den Raum gebracht und intensiver versorgt, bekommt eine Infusion und wird noch einmal gründlich von einer Ärztin untersucht. Nachdem ich unser Gepäck geholt habe, das hier genau so deplatziert wirkt wie überall, werde ich mit ein paar Unterlagen aus dem Raum geschickt. Zurück zum Schalter der Notaufnahme. Es bedarf einiger Stempel, um unser Bleiben amtlich zu machen.

Diesmal lande ich am zweiten Schalter im Fokus einer etwas älteren Frau. Ohne Kaugummi. Leider auch ohne Dolmetscher App. Sie wirkt zwar weniger gelangweilt, strahlt aber nicht gerade die beste Laune aus. Und stellt mir Fragen. Auf Griechisch. Was an meinem Auftritt veranlasst sie zu der Annahme, ich könne ein Grieche sein, oder Griechisch verstehen oder sprechen? Bisher hat mich doch sonst auch jede und jeder Einheimische sofort als Tourist erkannt, als trüge ich das auf die Stirn tätowiert oder als T-Shirt-Aufdruck.

Natürlich verstehe ich kein Wort. Auch nicht als die mürrische Frau auf Englisch umschwenkt, in einer Betonung allerdings, die mehr nach einer Reihe derber Flüche klingt. Dabei presst sie ein Papier vor meiner Nase gegen die Scheibe und pocht mit dem Finger der anderen Hand dagegen.

„Look!", befiehlt sie mir forsch. „I need this!"

Ich mache ihr ein Zeichen, ausgerechnet „look" funktioniere bei mir nicht mehr so gut, weshalb ich leider nicht erkenne, was sie von mir benötigt. Sollte ich eine freie Assoziation zu den Worten finden, die sie daraufhin auf Griechisch ausstößt, fiele mir allein wegen der Betonung „Fucking German Bastard" ein, möglicherweise aber hat sie was viel Netteres gesagt, ich versteh es halt nicht. Ihr Blick jedenfalls würde perfekt zu der ersten Vermutung passen.

Seufzend wedelt sie mit einer Art Muster herum, schüttelt dann resignierend den Kopf und macht eine wegwedelnde Handbewegung, die einer Fliege gelten könnte. Heißt das ich solle jetzt gehen? Aber wohin und mit welchem Ergebnis? Was auch immer sie braucht, ich weiß es nicht. Aber ich benötige Stempel auf den Unterlagen. Sehnsüchtig erinnere ich mich an die liebenswerten und hilfsbereiten Einheimischen in unserem Hotel. Das ist doch nur ein paar Stunden her und bloß sechzig Autominuten entfernt! Warum macht das einen solchen Unterschied? Weil die Frau hier hinter einer Scheibe sitzen muss? Von ihrem Job genervt ist? Von Patienten? Oder von ausländischen Patienten? Oder speziell von mir?

Vom Nebenschalter naht Rettung. Die kleine Frau mit der Sprach-App und dem Kaugummi beugt sich von der anderen Seite zu ihrer Kollegin hinüber.

„Wo ist die Krankenversicherungskarte Ihrer Frau?", fragt mich das clevere Smartphone, mit dem ich mich vorhin schon so super verstanden habe. Künstliche Intelligenz! Vielleicht ist das die Lösung, dann sitzen an allen Schaltern der Welt zukünftig nur noch Roboter mit eingebauten internationalen Sprach-Apps und lösen unsere Probleme. Bisher war ich nie ein Freund solcher futuristischen Visionen, aber im Moment empfinde ich sie als verlockend.

Die Krankenversicherungskarte meiner Frau?

Am liebsten hätte ich gefragt, ob sie etwa die Krankenversicherungskarte meine, die beim Aufnahmegespräch vorhin niemanden interessierte, obwohl ich sie mehrfach anpries. Aber ich antworte angemessen demütig und mit dem klaren Anspruch, die Kommunikation an diesem Schalter weiterhin harmonisch gestalten zu wollen:

„Die Karte hat meine Frau."

„Wo ist Ihre Frau?", fragt das Smartphone.

Na rate mal! Auf jeden Fall nicht mehr am Strand von Ágios Geórgios.

„Die wird gerade untersucht." Ich zeige vage in Richtung Doppeltür, hinter der das echte Krankenhaus beginnt.

„Gehen Sie zu Ihrer Frau und holen Sie die Karte!"

„Aber ich wurde zu Ihnen geschickt. Mit diesen Unterlagen da. Zum Abstempeln."

„Holen Sie die Karte!"

„Ich glaube, die wollen mich während der Untersuchung nicht da haben."

„Holen Sie die Karte!"

Diese schonungslose Bürokratie klingt eigentlich eher nach Deutschland als nach Griechenland. Feindselig starre ich das Handy an. Dann die Frau dahinter. Dann die andere Frau. Die junge kaut intensiv Kaugummi. Die ältere mustert mich missmutig. Beide wirken so unnachgiebig, als stünde man vor einer Wand. Das Smartphone schweigt. Es ist alles gesagt. Diese Machtprobe kann ich nicht gewinnen. Ich muss die verdammte Karte holen!

Also drehe ich mich um und marschiere davon, um den Auftrag auszuführen. Keine Macht der Welt wird mich jetzt noch aufhalten. Sie wollen die Karte? Dann sollen sie die Karte kriegen. Niemand soll es wagen, mir jetzt in die Quere zu kommen! Gerade will mich eine uniformierte junge Griechin des Wachpersonals nicht durch die Flügeltür lassen, dann wollen sie mich nicht im Untersuchungsraum haben, aber das ist mir egal, ich habe den Befehl zweier übel gelaunter Bürokratinnen aus der Notaufnahme erhalten, gehe schnurstracks dorthin, wo Christine untersucht wird und reiße den Vorhang zur Seite.

Eine Ärztin schaut mich abweisend an.

„You have to wait outside, please!"

Also, ich komme direkt von *outside*, hat die eigentlich die geringste Ahnung, was da los ist? Ohne Karte keinen Stempel und ohne Stempel keine Aufnahme in der Klinik. So schließt sich der Kreis, und zwar genau hier.

Ich atme tief durch.

„Hallo Schatz", sagt Christine auf ihrer Liege sitzend und strahlt mich an, als hätte sie mit der Ärztin gerade einen Joint geraucht.

„Ich brauche mal deine Krankenversicherungskarte", sage ich und bemühe mich, es völlig beiläufig klingen zu lassen, als befände ich mich in einem normalen Klärungsprozess mit zwei hilfsbereiten Engeln in der Notaufnahme.

Als ich kurze Zeit später mit der Versicherungskarte wieder am Schalter erscheine, blicken mich die beiden *Engel* ohne jede Regung an. Die Missmutige macht Notizen, kopiert die Karte von beiden Seiten, stempelt danach sämtliche Unterlagen als wolle sie ihnen wehtun und schiebt sie zurück durch den Schlitz.

Honigsüß erkundige ich mich, ob jetzt noch etwas fehle.

Von der Seite antwortet das Smartphone:

„Bitte machen Sie den Schalter frei!"

Dazu lässt die junge Frau eine Kaugummiblase platzen und steckt das Smartphone endgültig weg.

Ich schiebe die Unterlagen zusammen, verlasse diesen ungastlichen Ort und wünsche mir, hier niemals wieder herkommen zu müssen. Die beiden Frauen wünschen sich bestimmt dasselbe.

Als ich ein weiteres Mal gereizt Richtung Flügeltür stapfe, stellt sich mir niemand mehr in den Weg.

Die uniformierte Sicherheitsbeamtin nickt mir grinsend zu – ich habe Stempel, ich gehöre jetzt hierher – und betätigt den automatischen Türöffner kurz bevor ich mir das Nasenbein breche.

Na also, geht doch!

Kapitel 13: Das Krankenzimmer

Meine naive Vorstellung, am Ende der Voruntersuchung würde ein Zweibett-Zimmer auf uns warten, ist sicher auf viel Stress und wenig Schlaf zurückzuführen. Vermutlich auch deshalb, weil meine Fantasie vor jeder alternativen Möglichkeit zurückschreckte, sobald mir auch nur eine davon in den Sinn zu kommen drohte. Wann immer ich die vor Müdigkeit bleischweren Augenlider schließe, sehe ich ein Bett für Christine, eins für mich und wie wir uns in schlichtem Hospital-Ambiente genügsam einrichten. Wir werden zwei bis drei Tage bleiben und dann mit einer der letzten Chartermaschinen zurück nach Hamburg fliegen. Christine wieder wohlauf und munter, ich endlich mal ausgeschlafen und voller Energie. Wir würden der Familie und den Freunden zu Hause von dieser recht abenteuerlichen Episode berichten, und ich würde die Geschichte auf meine Art noch etwas ausschmücken und angemessen dramatisieren. Tatsächlich aber werde ich das gar nicht machen müssen. Völlig unnötig, irgendwas aufzubauschen. Ich muss auch nichts dazu erfinden und schon gar nichts dramatisieren. Das wird mir schlagartig klar, nachdem wir das Krankenzimmer betreten haben, in dem Christine (und ich!) ab jetzt untergebracht sein werden. Ein unbeteiligt wirkender Pfleger schiebt meine Frau vorweg im Rollstuhl in diesen Raum, und ich folge mit dem gesamten Urlaubsgepäck – und letzter Kraft. Hungrig, durstig und müde. Aber immer noch getragen von der absurden Vorfreude auf etwas, das es für mich hier nicht geben wird: ein eigenes Bett!

Das wahre Leben sieht ganz anders aus, als ich es mir bis zuletzt noch ausgemalt habe. Ich starre in die ernüchternde Realität, ungläubig, als hätten wir uns verlaufen. Der Pfleger muss die falsche Tür erwischt haben. Gleich wird er seinen Irrtum bemerken und uns woanders hinbringen. In das Doppelzimmer am Ende des Ganges. Bitte!

Im Augenblick jedenfalls stehe ich in einem Krankenzimmer mit vier Betten und bin damit auf dem Boden der Tatsachen gelandet. In eines dieser Betten wechselt gerade Christine mit Hilfe des Pflegers. Glücklich verkriecht sie sich unter der Decke. Die drei anderen Betten sind von drei anderen Frauen belegt, alle umringt von lebhaft plaudernden Angehörigen oder Freunden, während an jedem Bett ein Fernsehgerät läuft. Und das nicht mal leise. Niemand der Anwesenden hat bei unserer Ankunft einen Hehl aus seiner Neugier gemacht, denn wenn ein deutsches Ehepaar in ein Krankenzimmer des General Hospitals auf Korfu einzieht, samt Reisegepäck für vierzehn Tage Erlebnisurlaub, dann ist das alles andere als ein alltäglicher Anblick. Eine fiebernde, lungenkranke und durch Medikamente weitgehend benebelte Frau und ein entnervter und übermüdeter Mann, der nicht weiß, wo er die verdammten Koffer lassen soll, und dem gerade klar geworden ist, dass die Sache mit dem Gepäck noch das geringste Problem ist.

Kalispera!

Im Zimmer ist es lauter als vorhin in der Notaufnahme. In jedem Fernsehgerät läuft ein anderer Sender, alles redet durcheinander, laut genug, um die Fernsehgeräusche zu übertönen. Später werde ich in Erfahrung bringen, dass man die Fernsehgeräte in der Klinik pro Tag mit Kopfhörer mieten kann. Aber wenn es hier auf Korfu wirklich eine potenzielle Zielgruppe für Kopfhörer geben sollte, dann nicht in dieser Klinik. Niemand benutzt hier zum Fernsehen Kopfhörer. Nicht in diesem Zimmer und auch nicht in den anderen auf der Station. Das kann ich gut beurteilen, weil die Türen überall offenstehen, was die Geräuschkulisse noch eindrucksvoll verstärkt. Wozu unnötig Geld für Kopfhörer ausgeben? Mit entsprechender Lautstärke geht alles.

Zwei Schwestern wuseln jetzt geschäftig um Christines Bett herum, und wir haben es sogar geschafft, pünktlich zur Ausgabe des Abendessens einzutreffen. Während Christine mit einem Infusionsbeutel vernetzt und erst einmal über eine Maske mit Sauerstoff versorgt wird, drückt mir die Frau der ebenfalls anwesenden *Küche auf Rädern* ein Tablett in die Hand. Nudeln mit Tomatensoße, Salat, ein Stückchen Brot und ein Apfel.

Mein Blick aber kann sich momentan gar nicht mehr von dem schlichten Stuhl losreißen, der hölzern neben Christines Bett steht. Nur dieser Stuhl. Schlicht und ergreifend wie ein minimalistisches Kunstwerk.

Mein längst wieder auf der Erde angekommener Verstand versucht in diesen Stillleben etwas Ähnliches wie ein Nachtlager zu erkennen. Doch sogar für einen Zwerg wäre das Ding da zum Schlafen ungeeignet.

Schließlich stelle ich das Tablett auf der kahlen Sitzfläche ab und wende mich an eine der beiden Schwestern, die gerade gehen wollen. Erkläre ihr unsere Lage. *Meine!* Zwei im Krankenhaus gestrandete Touristen aus Deutschland, die hier jetzt irgendwie klarkommen müssen. Ich will über Nacht bei meiner Frau bleiben. Es sei möglich, das wurde mir von allen Seiten versichert. Dann weise ich auf den Stuhl und frage die Schwester, ob es für mich eine bessere Möglichkeit zum Übernachten gebe, als „this ... chair". Irgendwas, das mehr nach einem Bett aussieht.

Sie angelt sich von einer Leiste an der Wand einen Flyer und reicht ihn mir. Ich erkläre ihr mein Augenproblem. Also informiert sie mich über die Möglichkeit, telefonisch eine behelfsmäßige Schlafgelegenheit in die Klinik bestellen zu können. Je nach Platz neben dem Bett des Patienten einen XXL-Schlafsessel oder einen schmalen Liegestuhl. Da wir einen Schlafbereich mit nur wenig Platz drumherum haben, sei etwas Schmales die beste Lösung. Schmal aber länglich, denke ich sehnsüchtig. Sie tippt auf eine entsprechende Abbildung. Die gute Seele willigt ein, diesen wunderbaren Liegestuhl für mich telefonisch zu ordern, und nach meinen entmutigenden Erlebnissen in der Notaufnahme gibt mir die Hilfsbereitschaft der jungen Frau den Glauben an die griechische Gastfreundschaft zurück. Zum Teil jedenfalls.

Die intensive Rundumversorgung meiner Frau dauert derweil immer noch an. Inzwischen ist der nächste Pfleger da und misst Fieber und nimmt Blut ab, darum können wir uns vorerst nicht über unsere ersten Eindrücke und das weitere Vorgehen austauschen. So richtig weiß ich auch gar nicht, was ich sagen soll. Ich hab gerade mit Hilfe einer Krankenschwester einen Sonnenstuhl in ein Krankenzimmer bestellt, für täglich zwei Euro, das ist vermutlich günstiger als die Preise am Strand. Aber hier ist auch weniger Sonne.

Nachdem ich das Gepäck einigermaßen platzsparend in der Nähe unseres Bereichs an der Wand gestapelt habe, beginne ich, auf dem Holzstuhl sitzend und Christines Essenstablett auf den Knien, mich zaghaft mit der neuen

Umgebung vertraut zu machen. Hier werden wir also voraussichtlich eine Weile verbringen müssen. Drei Tage, oder was weiß ich wie lange.

Der Raum bietet ausreichend Platz für vier Betten und das nötige und zum Teil improvisierte Drumherum und ist sehr hoch. Während die zur Fensterfront gelegenen Schlafplätze großzügiger ausfallen, stehen die Betten im Eingangsbereich etwas beengter. Wir haben den von der Tür aus gesehen linken Schlafplatz. Es ist der drittbeste, finde ich, denn der gegenüberliegende grenzt direkt an das Badezimmer und liegt somit auf Rang vier meines persönlichen Rankings: am wenigsten Platz und regelmäßiger Durchgangsverkehr, wer will da schon liegen?

Jeder Schlafbereich lässt sich mit einem Vorhang rundherum abschirmen. Das sichert den Patienten bedarfsweise eine gewisse Intimsphäre. Derzeit aber scheint darauf niemand Wert zu legen, sodass ich Christines (und meine!) Zimmergenossinnen so gut es meine Augen zulassen begutachten kann. Was ich allerdings als erstes registriere: Hier wird viel gehustet, und das klingt – egal aus welcher Richtung – zwar unterschiedlich aber durchweg beängstigend. Zweifellos eine vielfältige Ansteckungsgefahr – für einen kurzen und sehr egoistischen Moment finde ich es ziemlich unklug, als Gesunder freiwillig in einem solchen Krankenzimmer zu übernachten. Obendrein noch in einem, in dem es zurzeit turbulenter zugeht als zuletzt in unserem Hotelrestaurant in Ágios Geórgios.

So, der Pfleger ist mit den letzten Blutproben durch, schnippt noch einmal vorsorglich gegen den Verschluss, der Tropf und Schlauch verbindet und verlässt uns anschließend. Christine dreht mir das Gesicht zu und lächelt matt. Gerade weil sie so schlecht und mitgenommen aussieht, ist das ein beruhigender Anblick: Sie in einem richtigen Krankenhausbett! Eine Weile wurde ihr Sauerstoff zugeführt, und ihr Arm ist mit einem Beutel voller wichtiger und heilender Substanzen verbunden. Am Ende haben wir alles richtig gemacht. Das allein zählt!

„Wie geht es dir?", frage ich.

„Total erledigt", gesteht sie. „Aber irgendwie ..."

Genau! Wegen diesem *Irgendwie* sind wir hier.

„Was hast du da?", fragt Christine und zeigt auf das Tablett.

„Dein Abendessen."

Sie schüttelt erst den Kopf und dann sich.

Sagt, dass ich das essen könne, wenn ich wolle.

Will ich aber nicht. Kalte Nudeln mit kalter Tomatensoße, dafür bin ich noch nicht verzweifelt genug.

Später esse ich wenigstens den schlaffen Salat und das ungesalzene Brot, platziere den Apfel als eiserne Reserve auf dem Nachtschränkchen neben Christines Bett und trage anschließend das Tablett nach draußen. Im Gang suche ich nach einem Wagen, auf dem man Tabletts mit Essensreste loswerden kann, stoße am Ausgangsbereich der Station auf eine kleine Küche. Dort entsorge ich die Nudeln und stelle das Tablett zu vielen anderen. Kaum jemand hat die Pasta gegessen, eine Menge Tablets mit halbvollen Tellern sind hier gelandet. Aus einem Impuls heraus untersuche ich Kühlschrank, Schränke und Schubladen der Küche – alles leer. Kein Geschirr, kein Besteck, nichts. Wie die Kulisse in einer Krankenhaus-TV-Serie. Oder eine Geisterküche. Seltsam.

Zurück im Zimmer helfe ich Christine beim Verstellen des Bettes. Sie will das Kopfteil höher haben, aufrechter liegen, mit Blick ins Zimmer. Es ist jetzt bald acht Uhr, und noch immer ist hier einiges los. Ich bin mal gespannt, wer, so wie ich, die ganze Nacht bleiben wird. Bei der

Patientin schräg gegenüber am Fenster steht neben dem Bett ein gewaltiger Fernsehsessel, in dem bereits ein älterer Herr thront. Bei der Gattin und einer jüngeren Frau, die neben dem Bett sitzt. Fehlen nur noch Stehlampe und Kartoffelchips, dann wäre die häusliche Idylle nahezu perfekt. Eine familiäre Atmosphäre. Vater, Mutter und Tochter, vermute ich, wobei die älteren Herrschaften bestimmt über achtzig sind, und die Tochter müsste etwas jünger als Christine und ich sein.

„Du hast ja gar kein Bett", stellt Christine gerade fest. „Du kannst doch unmöglich auf diesem Stuhl …"

„Ich schlüpfe nachher bei dir unter die Decke", entgegne ich. „Gut, dass du Fieber hast, dann kann ich mir an dir auch ein bisschen die Füße wärmen."

Eine Stunde später betritt ein junger bärtiger Typ die Szene und sieht sich suchend um, als habe er für irgendjemand im Raum den Hauptgewinn auszuliefern. Im ersten Moment würde ich auf eine Pizza tippen. Dann trägt er einen verpackten Gegenstand in meine Richtung, für eine Pizza zu groß, für ein Bett zu klein. Begrüßt mich in entspannter Stimmung, als würden wir uns seit Jahren kennen und strahlt dabei wie der Weihnachtsmann.

Mein Liegestuhl!

Ausgepackt und aufgestellt sieht er bequemer aus als der Besucherstuhl, aber darauf eine ganze Nacht, besser gesagt *mehrere* Nächte, in schlafender Stellung zu verbringen, stellt meine Fantasie auf eine harte Probe.

Wir haben zuhause ein ähnliches Fabrikat auf unserem schmalen Balkon stehen. Eine angenehme Möglichkeit, mal für ein halbes Stündchen in der Sonne zu dösen.

Der Lieferant des Liegestuhls zeigt sich serviceorientiert und bezieht mir mein kleines Notbettchen sogar mit einem frischen Laken. Würde er jetzt aus seinem Rucksack noch Bettdecke und Kopfkissen zaubern, er wäre für mich der Mann des Tages, aber er kassiert jetzt nur noch die zwei Euro für heute Nacht und wird ab jetzt täglich einmal zum Kassieren vorbeischauen, wie er mir erklärt, immer gegen Abend, bis wir dann eines Tages nicht mehr da sein sollten. Ein simples Geschäftsmodell. Der Sonnenstuhl-Mann kommt immer kurz vor dem Sandmann.

Ich probiere den Stuhl aus, und der Typ macht mich wie ein Autoverkäufer vor der Probefahrt mit den Funktionen und Vorzügen meiner Errungenschaft vertraut. Man kann aufrecht sitzen, oder sich mit Hilfe einer Gewichtsverlagerung nach hinten in eine liegende Position kippen, ähnlich der in einem Zahnarztstuhl.

„Okay?", fragt der Typ, scheinbar hungrig auf Lob.

„*Better than holiday*", lobe ich.

Er verlässt uns fröhlich lachend, muss noch weitere Stühle ausliefern. Okay, er *ist* für mich der Mann des Tages. Ein cooler Typ, der seinen Job mit Leidenschaft verrichtet und stolz auf das Produkt ist, was er angeliefert hat. Mehr kann man nicht verlangen.

Christine beobachtet mich aus müden Augen von ihrem Bett aus, wie ich da immer noch den Liegestuhl ausprobiere.

„Du Armer", sagt sie. „Vielleicht ist es doch besser, du kommst heute Nacht einfach zu mir."

„Mal sehen", entgegne ich.

Aber erst einmal ziehe ich unseren Vorhang zu. Ich brauche jetzt Abgeschiedenheit. Von Ruhe will ich gar nicht reden. Wenn die im Zimmer sich wenigstens auf einen Fernsehsender einigen könnten!

Christine will erst mal ins Badezimmer. Das geht immer nur Seite an Seite mit dem Infusionsständer, den sie gewaltsam in ihre Richtung zerren muss, der hat Rollen, die ihrem Namen nicht gerecht werden.

Ich biete meine Hilfe an, aber sie lehnt ab, will allein klarkommen. Sie könne ja auch mal nachts auf Toilette müssen, und dann wolle sie mich nicht jedes Mal wecken müssen, nur damit ich dem Infusionsständer zeige wo's langgeht. Wie süß! Glaubt sie ernsthaft, ich könnte auf dem Ding da schlafen? Das ginge vielleicht, wenn man mich mit an ihren Tropf anschließen würde, da müssen tolle Stoffe drin sein, die einen alles etwas lockerer sehen lassen.

Bei der Frau neben uns scheint auch ein männlicher Besucher zu übernachten, ich kann ihn schon jetzt deutlich schnarchen hören.

„Beneidenswert", flüstere ich Christine zu.

„Was?"

„Der Mann von der Frau neben uns schläft schon."

„Der Mann von der Frau neben uns ist vorhin gegangen", entgegnet Christine ebenso leise wie amüsiert. „Da warst du mit diesem Sonnenstuhl-Typen zugange."

Dann ruckelt und zuckelt sie mit dem Infusionsständer endgültig Richtung Badezimmer, beide etwas wackelig.

Nun habe ich Zeit darüber nachzudenken, was mich mehr stört, das maskuline Schnarchen der Patientin nebenan, das laute Fernsehgerät von links gegenüber, das noch lautere Telefonat von rechts gegenüber oder die abwechselnden Hustenanfälle, eine Art Quempashusten.

Als Christine und ihr Infusionsständer wieder zurück sind, stehen die beiden vor mir und meine Frau schaut mich mit diesem typischen liebevollen Blick an, den sie immer dann einsetzt, wenn sie etwas ganz Bestimmtes von mir will. Etwas, das mir keine Freude machen wird.

„Was ist?", frage ich misstrauisch.

„Ich brauche noch etwas."

„Was denn?"

„Nur ein paar Kleinigkeiten. Aus meinem Koffer."

„Wann?"

„Jetzt."

Andächtig betrachte ich das mühsam und sorgfältig errichtete Konstrukt seitlich von uns an der Wand. Unsere Gepäckstücke. Die stehen zurzeit noch ordentlich und solide gestapelt übereinander, Christines Koffer, weil er natürlich der größte und schwerste ist, ganz unten.

Ich hatte ja nicht wirklich damit gerechnet, dass hier irgendwas reibungslos laufen könnte. Und ein wenig Bewegung vor der Nachtruhe kann sicher nicht schaden.

Kapitel 14: Nachtruhe

Da ruhe ich nun erstmalig während unseres Korfu-Urlaubs in einem Liegestuhl, aber statt der Sonne bescheint mich nur die Notbeleuchtung eines Krankenzimmers und statt Meeresrauschen höre ich Hustenanfälle, Röcheln, Schnarchen, Stöhnen und eine turbulente Show im Fernsehen. Dazu kommen weitere unüberhörbare Geräusche aus dem Gang der Station und den Nebenzimmern. In einem davon scheint sich das ausgelassene Treiben der Patienten immer weiter in Richtung Party zu entwickeln. So lustig kann es im Krankenhaus zugehen. Vor allen Dingen aber so laut! Obwohl die Geräusche in unserem Zimmer ausreichen, mich am Einschlafen zu hindern, in dem Partyzimmer würde ich glatt verrückt werden. Ich frage mich, warum hier seitens der Verantwortlichen des Hospitals niemand für Ruhe sorgt. Aber eine durchgehende Bereitschaft des Pflegepersonals scheint sowieso nicht vorgesehen zu sein. Zumindest gibt es an den Betten keine Notklingel. Langsam begreife ich, warum die Präsenz der Angehörigen während der Nacht hier so gern gesehen wird.

Ich bin todmüde, kriege aber kein Auge zu. Den Vorhang um unseren Schlafbereich habe ich fast ganz zugezogen. Wir sind die einzigen im Zimmer, die von dieser Möglichkeit Gebrauch gemacht haben. Alle anderen bevorzugen ein öffentliches Patientendasein. Sollte uns das den Ruf als versnobte Deutsche einbringen, es wäre mir inzwischen so was von egal. Andere Menschen beim Schlafen zu hören reicht mir völlig, ich muss sie nicht auch noch dabei sehen. Die Frau im Bett neben uns zum Beispiel, mit ihrer markanten Bärenstimme, hustet, schnarcht, rülpst und wird auch von Blähungen geplagt. In regelmäßigen Abständen ruft sie laut „Uff!" aus, wie ein Indianer. Mal unwillig, mal schmerzerfüllt, mal erleichtert und mal einfach nur so. Uff! Deshalb taufe ich sie heute Nacht auf diesen Namen: *UFF*.

Der Frau uns gegenüber auf der linken Seite – die mit ihrer kleinen Familie, der geht es gesundheitlich augenscheinlich am schlechtesten hier, aber sie leidet weitgehend geräuschlos.

Dann gibt es da noch die Frau uns gegenüber, bei der sich jede Hustenattacke so gestaltet, als wäre sie die letzte. Sobald der Anfall Anlauf nimmt, den mageren Körper erbeben lässt, sackt ein zu Beginn trockenes Freibellen der Bronchen immer tiefer hinein in die verschleimten Atemwege bis zum finalen Abhusten und Ausspucken des Auswurfs aus dem letzten Winkel der Lunge. Das klingt

106

wie richtig harte Arbeit in einem verschütteten Bergwerk. Zum ersten Mal habe ich für die Formulierung sich die Seele aus dem Leib husten ein reales Bild vor Augen. Die Anfälle klingen, als würde das Innerste nach außen gekeucht.

Aber jetzt schlafen die kranken Frauen. Atmen schwer, ächzen, röcheln, seufzen, stöhnen. Produzieren vielfältige Geräusche. Murmeln im Traum. Wälzen sich von einer Seite auf die andere und wieder zurück.

Durch den letzten verbliebenen kleinen Spalt des Vorhangs zur Wahrung unserer Privatsphäre erspähe ich auf der schräg gegenüberliegenden Zimmerseite im flackernden Fernsehlicht bläulich schimmernd die Umrisse des griechischen Opas, der neben seiner im Bett schlafenden Frau zum Trubel einer hektischen Show längst eingenickt ist, der fühlt sich hier tatsächlich wie Zuhause! Ich dagegen fühle mich weiter von Zuhause entfernt als je zuvor in meinem Leben. Es ist längst nach Mitternacht. Wenn ich zur Seite blicke, sehe ich in der fahlen Nachtbeleuchtung in Umrissen meine Frau in ihrem Krankenbett. Es ist allerdings beruhigend, sie hier so gut versorgt zu wissen. Dieses Gefühl wiegt alles andere auf. Sie ist endlich da, wo sie schon längst hätte sein müssen. Hier schläft sie tief und fest, vermutlich auch Dank entsprechender Mittel, die würde jetzt nicht einmal ein Erdbeben wecken, geschweige denn eine griechische Fernsehshow.

Bei mir kann von vergleichbarer Entspannung keine Rede sein. Mir gehen tausend Dinge durch den Kopf. Organisatorische. Ungeklärte. Beunruhigende. Blödsinnige! Dinge, die sich überhaupt nicht einordnen lassen. Über die ich vorher noch nie in meinem Leben nachgedacht habe.

Morgen muss ich die Antworten auf einige wichtige Fragen finden, Details klären, die für unseren Aufenthalt hier und für die Zeit danach von größter Bedeutung sind. Fragen über Fragen. Wer bezahlt eigentlich diesen Klinikaufenthalt? Kriegen wir irgendwelche Kosten, die bisher angefallen sind, von irgendwem erstattet? Wie läuft das mit unserem Rückflug? Wer kann uns da überhaupt unterstützen, wenn es so weit ist? Außerdem wird uns der Tag des möglichen Rückflugs vor weitere organisatorische Herausforderungen stellen. Am Entlassungstag, wann immer der sein mag, werden wir meiner Einschätzung nach erst irgendwann im Lauf des Tages mit allen erforderlichen Papieren die Klinik verlassen können. Damit ist ein Rückflug für denselben Tag unmöglich, denn inzwischen müssen wir davon ausgehen, nach Hamburg keine Direktflüge mehr zu bekommen, vielleicht nicht mal nach Deutschland. Also müssen wir zwischen dem Tag der möglichen Entlassung aus dem Hospital und dem neuen Abflugtag mindestens eine weitere Übernachtung einplanen. Aber wo? Fazit: Wir brauchen ein Hotel, möglichst hier in der Nähe.

Da sammeln sich so viele Ungewissheiten an, ich kann einfach nicht mehr abschalten. Dazu hat sich noch ein ganz pragmatisches, aber besonders schwerwiegendes Problem ergeben: Die Akkus unserer Smartphones sind fast leer. Ich habe über Christines Bett an der Wand auf einer Metallleiste nur eine einzige Steckdose entdecken können. Aber direkt darüber befindet sich ausgerechnet fest verschraubt der Anschluss für die Beatmungsmaske und zwar in einer Position, die eine Nutzung der Steckdose unmöglich macht. Vielleicht einfach nur eine Gedankenlosigkeit, vielleicht aber auch der raffinierte Teil einer ausgeklügelten Strategie, um Strom zu sparen. Im Badezimmer, das habe ich schon überprüft, gibt es überhaupt keine Steckdose. Wo zum Teufel kriege ich also regelmäßig Strom her, für Handy, E-Book, iPod und Rasierer.

Auf der Metallschiene über Christines Bett gibt es nicht mal eine Lichtquelle. Wir haben in unserem Bereich nur so lange Licht, wie die Hauptbeleuchtung im Zimmer an ist. Sobald die Nachtruhe beginnt, kann Christine nicht mehr in ihrem Buch lesen. Doch was heißt Nachtruhe? Die setzt ja nicht zwangsläufig ein, nur weil jemand das Licht ausgeknipst hat. Im Gegenteil!

Abgesehen von der Geräuschkulisse ist es deprimierend, in unserer aktuellen Lage eine Fülle an Problemen entdecken zu müssen, ohne auch nur ansatzweise Lösungen dafür zu finden. Kleinigkeiten mutieren plötzlich zu unüberwindbaren Hindernissen. Immer wenn ich versuche, mich mit einer Situation abzufinden, so wie sie ist, kommt der nächste Hiob um die Ecke. Liegt das wirklich an der Situation oder auch an mir, weil ich übermüdet und überfordert bin und den Wald vor lauter Bäumen nicht mehr sehe? Mir kommt es vor, als stünde jeder Baum, den ich hier erkenne, immer vor einem Ausweg.

Meine Liege ist schmal, hart, auf Dauer unbequem und quietscht und knarrt bei jeder Bewegung erbärmlich. Rutsche ich nach oben oder nach unten, hört es sich jedes Mal ziemlich unanständig an, als läge ich auf einem großen Furzkissen. In zügiger Reihenfolge habe ich nacheinander ungefähr zehn Schlafpositionen in Rücken- und Seitenlage ausprobiert, ohne die ideale Stellung zu finden, in der es sich länger als fünf Minuten aushalten ließe. Mal schmerzt der Rücken, mal die Hüfte oder das Knie, mal Körperstellen, die mir bisher noch nie Kummer gemacht haben, mal wird ein Bein taub, mal kribbelt es in der Hand, oder ich weiß nicht, wo ich den Arm lassen soll. Doch dann geschieht ein zweifaches Wunder:

Der alte Herr schreckt wimmernd und murmelnd hoch, redet halblaut vor sich hin, scheint zu registrieren, vor einem viel zu laut gestellten Fernseher eingeschlafen zu sein UND STELLT IHN AUS!

Wie belastend Geräusche sein können wird einem besonders dann bewusst, wenn sie verstummen. Die Stille danach lässt ausdrücklich erkennen, wie lange man sie zuvor entbehren musste.

Gleichzeitig hat sich im Nachbarzimmer die Partystimmung auf ein erträgliches Maß reduziert. Die Musik ist aus, es wird nur noch gedämpft geredet und gelacht, vermutlich ist der Ouzo alle.

Es ist jetzt gleich zwei Uhr morgens, und ich starte auf der knarzenden Liege den nächsten ambitionierten Versuch, eine finale Schlafposition zu finden, ohne dass sich gleich mein ganzes Knochengerüst verschiebt. Langsam senkt sich eine tiefe bleierne Erschöpfung auf mich herab, wie eine schwere dunkle Decke. Jeder Muskel erschlafft, jede Faser meines Körpers ist von der Sehnsucht nach Schlaf erfüllt. Ich träume mich an irgendeinen wunderschönen Strand. Meeresrauschen. Spüre etwas Ähnliches wie Frieden. Sinke auf direktem Weg in einen tiefen, erholsamen …

… da geht plötzlich grell die Sonne auf. Die Sonne? Nein, jemand ist mit einem quietschenden und klappernden Medizinwagen ins Zimmer gekommen und hat das Deckenlicht entflammt. Ein Pfleger, groß und rund wie ein Bär. Mit lauter Stimme weckt er uns alle gutgelaunt. Es ist kurz nach zwei Uhr – ich habe keine fünf Minuten geschlafen. Alle Patientinnen müssen jetzt individuell versorgt werden. Christines leerer Infusionsbeutel wird gewechselt, nachdem der als Krankenpfleger verkleidete Bär ihr gutmütig brummend irgendwelche wichtigen Stoffe in den Zugang gespritzt hat. Anschließend muss meine Frau für eine Weile an die Sauerstoffmaske angeschlossen werden. Damit der Koloss an den Zugang kommen kann – den über der Steckdose! – muss ich meinen Platz räumen. Aufstehen. Mein Bettchen zusammenklappen. Mich neben unserem Gepäck an die Wand pressen und abwarten.

Also schaue ich die nächste Viertelstunde im Stehen zu, wie Christine ein hilfreiches und dampfendes Gemisch über die Maske inhaliert, und es sieht schon sehr dramatisch aus, wie sie da liegt, mit dem Infusionsbeutel und der Atemmaske.

Im Bett neben uns sagt UFF mehrfach „Uff!" und die Frau gegenüber hustet sich wieder in Extase. Der alte Grieche redet lebhaft mit seiner Frau, scherzt nebenbei mit dem Pfleger. Alle in bester Laune, sie wirken fröhlich und aufgekratzt. Bin ich hier der Einzige, der nachts schlafen möchte? Die Spaßbremse?

Zwanzig Minuten später ist der Spuk vorbei. Der alte Herr, inzwischen wieder hellwach, hat erneut das Fernsehgerät angestellt. Im Nebenzimmer ist die Partystimmung neu angeheizt worden, ich höre die Patienten mit dem Li-La-Laune-Pfleger-Bär herumalbern und lachen. Sollte der je seinen Job im Hospital verlieren, er könnte nahtlos in jedem Hotel als Animateur anheuern. Er versteht es, Stimmung aus dem Nichts zu entfachen. Ich bin mir gar nicht mehr sicher, ob das auf seinem quietschenden Wägelchen wirklich nur Medikamente sind.

Christine, schon wieder auf dem besten Weg ins Reich der Träume, tätschelt mir noch kurz den Kopf, als wäre ich ein Hund, der neben ihr im Körbchen Wache hält. So fühle ich mich auch. Mittlerweile dermaßen aufgeputscht, kann ich mir kaum vorstellen, jemals wieder zu schlafen. UFF beginnt an der Stelle weiterzuschnarchen, an der sie zwanzig Minuten zuvor aufgehört hatte. Dazu presst sie eine gewaltige Menge Luft aus dem Darm in die Atmosphäre, was den Fernsehopa aus seinem Sessel hochschrecken lässt. Uff!

Liebes Schicksal, wenn alles, was passiert, am Ende einen tieferen Sinn ergeben sollte, bin ich jetzt schon mächtig auf die Deutung meiner momentanen Lage gespannt, die ich mir über die erste Therapie meines Lebens erarbeiten werde, sollte ich jemals wieder nach Hamburg zurückkehren. Versprochen!

Kapitel 15: Krisenmanagement

Als notgedrungener Frühaufsteher genieße ich das Privileg einer ungestörten Badezimmernutzung. Während morgens um fünf noch alles schläft, kämpfe ich mit einem großen Stück aufgeweichter Kernseife unter der Dusche. Im Nasszellenbereich des Krankenzimmers herrscht Minimalismus pur. Ein schmales Röllchen Toilettenpapier, ein Stück Kernseife in der Seifenschale der Dusche – das war's. Keine Handtücher, keine Zahnputzbecher und tatsächlich: keine Steckdose! Der Akku meines Rasierapparates ist leer, ich werde mich während des Aufenthaltes in der Klinik in *Robinson Crusoe* verwandeln.

Nachdem ich mit Handtuch und Kulturbeutel in den Schutz des Vorhangs unserer Schlafecke zurückgekehrt bin, trifft mich der prüfende Blick meiner inzwischen ebenfalls erwachten Frau. Das erste Fernsehgerät läuft schon wieder. Lebhaftes griechisches Frühstücksprogramm. Der alte Herr verfolgt schnaufend und brummelnd eine Morgendebatte. Vielleicht ist er auch wieder eingenickt und redet im Schlaf.

Christine macht den Eindruck, als müsse sie sich erst orientieren. So einfach ist das auch nicht, Sonne, Strand, Meer und eine malerische Landschaft endgültig aus dem Bewusstsein zu verbannen. Geht mir genauso, aber ich hatte die ganze Nacht Zeit. Man muss sich nicht mehr mit der Frage beschäftigen, ob man heute einen Strand- oder doch lieber einen Wandertag machen möchte, sondern eher darüber nachdenken, wo es hier Klopapier und Trinkwasser geben könnte. Ansonsten kann man alles auf sich zukommen lassen, weil man eh keinen Einfluss auf irgendwelche Abläufe hat. Die werden vom medizinischen Personal und den Putzfrauen bestimmt, die geben den Rhythmus vor. Die Besucher, die Essensausgabe und die vielfältige Akustik, die einen hier beschallt, bietet zusätzlich Abwechslung, das alles prägt die Atmosphäre intensiver als es ein Club-Urlaub je könnte.

Christine schnuppert kurz und sagt:

„Es riecht hier irgendwie nach ..."

„Kernseife", sage ich. „Hab geduscht."

Christine lächelt träge und will wissen, ob ich gut geschlafen habe. Ihren Humor hat sie immerhin wiedergefunden.

Statt einer Antwort erwähne ich, was mich im Moment am meisten beschäftigt:

Ich brauche dringend eine Steckdose! Die Handys müssen unbedingt an den Tropf.

Christine macht mich mit ihren Prioritäten vertraut:

Sie benötige dringend Klopapierreserven! Ob ich die mickrige Rolle im Bad gesehen habe?

Ja, hab ich. Die ist über Nacht noch viel mickriger geworden. Wer heute zuletzt ins Bad kommt, muss irgendwie improvisieren.

Aber ganz so dramatisch ist das gar nicht. Wir finden für beide Probleme überraschend schnell Lösungen. Eine Steckdose gibt es direkt neben der Eingangstür, halb verdeckt von einem Gestell, dessen Zweck sich mir noch nicht erschlossen hat, bisher hat es lediglich die Sicht auf eine Steckdose versperrt. Dort werde ich während der ruhigeren Phasen hier – sofern es welche geben wird – nach und nach meine Kommunikations- und Unterhaltungselektronik aufladen.

Klopapier und andere überlebenswichtige Utensilien kann man innerhalb des Gebäudes in einem kleinen Einkaufsshop bekommen. Das erfahren wir von den Mitpatientinnen über Zeichensprache, wobei ich die Pantomime für das Klopapier am lustigsten finde.

Für meinen geplanten Einkaufsbummel im Klinikshop versorgt mich Christine sogleich mit einer Liste des Allernötigsten. Die wird gleich nach dem ersten Klinikfrühstück erweitert, weil Christine sich weder mit stark gesüßtem lauwarmem Tee, Zwieback aus Beton, noch einer Plastikschale voll zähem Joghurt anfreunden kann.

Während sich zwei der Frauen im Zimmer eine Weile mit Hustenanfällen abwechseln, findet an dem Bett mit dem älteren Ehepaar eine Wachablösung statt. Der ältere Herr verabschiedet sich nach bunter Fernsehnacht, und die Tochter übernimmt die Tagesschicht. Als Erstes dreht sie den Ton des Fernsehgerätes leiser. Eine Wohltat! Sie hat von Anfang an ein dezent wachsames Auge auf Christine und mich. Erklärt mir zum Beispiel netterweise, wo genau ich den Shop der Klinik finde, und das klingt wirk-

lich einfach, an dem werde selbst ich trotz der Augen-
probleme nicht vorbeilaufen können.

Wenig später überrascht mich der kleine Shop mit einem
erfreulich zielgruppenaffinen Sortiment. Da werden einige
Versorgungsengpässe der eher asketischen Klinikplanung
gezielt behoben. Dabei will ich nicht gleich von einem
Shoppingparadies sprechen, aber ein gut gefülltes Regal
mit Toilettenpapier gleich am Eingang neben den Wasserflaschen versetzt mich schon in die Vorstufe zur Euphorie.
Hier ist man ganz nah am Verbraucher! In der Folge kann
ich Christines Wunschliste fast vollständig abarbeiten,
finde mit Ausnahme von Obst und Früchten alles, was wir
begehren. Neben Toilettenpapier auch noch Taschentü-
cher, Handseife, Handcreme, Kekse, Croissants, Coffee To
Go, Fruchtjoghurt, Fruchtsaft und Wasser natürlich. Es
gibt Toastbrot- und Sandwichvarianten. Die Überlebens-
chancen sind auf einen Schlag wieder gestiegen.

Dass sich ausgerechnet dem Shop gegenüber auf der
anderen Seite der Eingangshalle eine Art kleine offene
Kapelle befindet, in der man im Bedarfsfall Kerzen an-
zünden kann, ist gewiss kein Zufall. Wie viele Patienten
oder Angehörige mögen mit den frisch erworbenen Klo-
rollen unter dem Arm da drüben noch schnell ein Licht
der Dankbarkeit entzündet haben? Danke, lieber Gott,
dass es neben vielen Tunneln auch immer wieder ein
Licht gibt, und sei es das Neonlicht eines kleinen Ein-
kaufslädchens.

Ja, auch ich werde dort später mal eine Kerze entzünden, jetzt gerade habe ich keine Hand mehr frei. Wenn es
mir dann auch noch gelänge, nachher unsere Smartphones
aufzuladen, wäre das Entzünden einer Kerze fast zu wenig. Angesichts dieser sich abzeichnenden Glückssträhne
muss ich den aufkommenden Übermut zügeln.

Nachdem ich Christine die wertvollen Errungenschaften am Krankenlager wie Opfergaben dargeboten habe, muss ich sowieso für eine Weile das Zimmer verlassen. Erst kommt die Putzfrau, danach wird die morgendliche Patientenversorgung folgen. Spritzen, Fiebermessen, Blutabnahmen, Infusionsbeutelwechsel, Beatmungstherapie, das volle Programm. Während der meisten Untersuchungen und ganz besonders während der Visite, die in der Regel gegen Mittag stattfindet, so lerne ich schnell, müssen die Angehörigen entweder das Zimmer oder besser gleich die Station verlassen, um sich in die großzügigen und hellen Wartebereiche bei den Fahrstühlen der Etage zurückzuziehen. Von dort aus hat man einen passablen Ausblick auf die Umgebung. Es ist bestimmt nicht die schönste Gegend Korfus, aber in der Ferne sind grünbewaldete Hügel zu sehen, und nach wie vor scheint häufig die Sonne, was selbst die düsterste Grundstimmung ein wenig aufhellt. Durch die ungeputzten Fenster eines Hospitals in einen sonnigen Tag zu blicken, ist wesentlich angenehmer, als schwarze Wolken und das Trommeln vieler Regentropfen. Ein schmales Fenster im Wartebereich steht permanent einen Spalt offen. Hier wird alles andere als heimlich geraucht. Patienten oder Angehörige ziehen gern auf die Schnelle ein hastiges Zigarettchen durch.

Im Wartebereich sitze ich dann also mit einem Becher Kaffee und einem Käse-Tomaten-Toast und beginne damit, in die Steilwand unserer misslichen und unklaren Lage erste Haken der Hoffnung für Rettungsseile einzuschlagen.

Zunächst telefoniere ich mit Christines gesetzlicher Krankenversicherung. Die Sachbearbeiterin, die ich unter der Service-Hotline nach dem üblichen Vorspiel erreiche, liefert mir erste beruhigende Auskünfte.

Als Mitglied einer gesetzlichen Krankenkasse ist man im Rahmen geltender EU-Vereinbarungen auch im europäischen Ausland versichert – sofern man sich in einem EU-Mitgliedsland aufhält und sich dort im Bedarfsfall in ein staatliches Krankenhaus begeben hat. Beides trifft auf unsere Lage zu. Da bin ich froh, in diesem Moment nicht aus einer Privatklinik von den Malediven anzurufen!

Es wird eine Verrechnung auf Basis sämtlicher Leistungen der Krankenversorgung durch das Hospital geben, wobei die Kasse die Kosten nur in dem Maße trägt, die im eigenen Land für dieselben Behandlungen anfallen würden. Zu einem Vergleich deutscher und griechischer Klinikkosten möchte sich die Dame zwar nicht verbindlich äußern, es müsste aber ihrer Einschätzung nach in der Verrechnung ganz gut für uns ausfallen. Das sehe ich ähnlich, weil Positionen wie Klopapier, Handseife, oder Wäschereikosten für Handtücher und Ähnliches auf der griechischen Kostenseite minimal bis gar nicht zu Buche schlagen dürften.

Als Nächstes telefoniere ich mit Reiseleiterin Marita, die schon ungeduldig auf meinen Anruf gewartet hat. Sie braucht die endgültige offizielle Absage für unseren heute geplanten Rückflug. Die kann ich ihr geben. Komisches Gefühl, den Rückreisetag eines geplanten Urlaubs im dritten Stock eines Hospitals zu verbringen, ohne jede Ahnung, wann wir wieder in Hamburg landen werden.

„Zwei Premiumplätze mehr im Angebot des Fliegers", scherze ich.

Marita lacht nicht, möchte stattdessen wissen, ob es Christine schon besser gehe. Da kann ich zur Beruhigung die aktuelle Fiebermeldung mit „nur" noch knapp 38 Grad angeben.

Die Reiseleiterin wird wieder von Babygebrabbel begleitet. Ausdrücklich lobt sie noch mal unsere Entscheidung,
am Ende doch ins Hospital gegangen zu sein. Nun aber
will sie schauen, wie sie Christine und mich wieder zurück nach Hamburg bekommt, sobald dies medizinisch
vertretbar sein wird. Lange wird sie ja nun auch nicht
mehr auf Korfu weilen, wie sie betont, will aber die ver-
bleibende Zeit bevorzugt für uns nutzen.

Das klingt zwar gut, aber ich muss dann doch mal auf
die Stimmungsbremse treten. Nach derzeitigem Stand
gehen wir von einem mehrtägigen Klinikaufenthalt aus.
Auf Maritas Frage nach der Meinung der Ärzte lässt sich
allerdings nichts Konkretes erwidern. In der Notaufnahme ist zunächst von mindestens drei Tagen die Rede gewesen, aber hier im Fachbereich für Lungenerkrankungen
haben andere Ärzte das Sagen, und zurzeit weiß ich noch
nicht mal genau, wer hier was sagt. Außerdem müssen
wir nicht nur die englische Erklärung verstehen, sondern
den ärztlichen Fachjargon. Allein auf Deutsch schon
schwer genug. Ärzte, die wie Ärzte reden, und dann noch
auf Englisch!

Als Marita sich erkundigt, wie ich untergebracht bin und
die Nacht erlebt habe, verheimliche ich nichts. Das Thema
Schlaf wird für mich in der nächsten Zeit nur eine neben-
sächliche Rolle spielen. Besorgt mahnt sie mich zur Vorsicht. Unabhängig von Christines Erkrankung müsse ich
auch auf mein eigenes Befinden achten. Ein Aufenthalt im
Hospital sei für Angehörige oft noch anstrengender als für
die Patienten. Sie will sich mal erkundigen, ob es nicht
irgendwo in der Nähe des Hospitals ein Hotel gebe; einen
kleinen Zufluchtsort, in den ich mich bei Bedarf zurück-
ziehen könnte. Einmal mehr frage ich mich, was werden
wird, wenn ich ab Dienstag auf Maritas Unterstützung

verzichten muss. Sie ist zwar nur eine Stimme am Telefon, die aber ist mitfühlend, engagiert, hat gute Ideen und hilft mir mit viel Zuversicht aus manchem Tief.

Nach dem Telefonat mit der Reiseleiterin erledige ich eine Reihe dringender Anrufe nach Hause, um alle wichtigen Personen und Bereiche auf den neuesten Stand zu bringen. Ihre Firma will Christine selbst benachrichtigen. Wenigstens bin ich keinem Arbeitgeber mehr Rechenschaft schuldig, könnte notfalls auch auf Korfu überwintern. Solche Ideen findet meine Frau gar nicht lustig.

Auf Basis einer ungeschriebenen Prioritätenliste fange ich mit Christines Mutter an, der ich so schonend wie möglich beizubringen versuche, dass ihre Tochter nicht mehr am Strand in der Bucht von Ágios Geórgios liegt, sondern seit gestern in einem Hospital in Kontokáli. In der Abteilung für Lungenerkrankungen. Doch eine solche Nachricht lässt sich beim besten Willen nicht im Schongang übermittel. Und so seltsam es klingen mag, das Positive an Christines Aufenthalt in der Klinik ist genau das: Sie ist mit einer ernsthaften Erkrankung in guten Händen und letztlich da, wo man ihr am besten helfen kann!

Ich glaube, genau dieser Aspekt beruhigt die Mama dann auch. Das ändert nichts an ihrer Betroffenheit.

In diesem Sinne informiere ich anschließend meine beiden Schwestern und bitte sie, weiterhin die Pflanzen in unserer Wohnung zu versorgen und regelmäßig den Briefkasten zu leeren. Selbst das ist mir nachts durch den Kopf gegangen!

Einigen Freunden teile ich mit, dass es mit der einen oder anderen Verabredung in den nächsten Tagen nichts werden wird. Obendrein cancele ich den Anlieferungstermin eines neuen Geschirrspülers, sage einen Werkstatttermin für unser Auto ab, und auch – gar nicht mal so ungern – einen Zahnarzttermin. An was man alles denken muss, wenn das sorgfältig durchgetaktete Leben plötzlich einen anderen Verlauf nimmt. Es geht ja trotzdem weiter, aber in Hamburg erst mal ohne uns.

Während der Telefonate mit Freunden scherze ich anfangs sogar noch herum:

Wir haben den Urlaub auf Korfu mal eben verlängert, hier ist noch so tolles Wetter. Hahaha!

Komme ich auf den wahren Grund zu sprechen, vergeht allen das Lachen. Krank im Urlaub, das ist schlimm genug. Aber dann noch in einem Krankenhaus zu landen! Du lieber Himmel! Da möchte niemand in unserer kaum gebräunten Haut stecken. Ich ernte reichlich Mitgefühl und löse Bestürzung aus, doch neben den Genesungswünschen und Durchhalteparolen kommt es immer wieder zu denselben Fragen:

Wie kriegt man denn auf Korfu eine Lungenentzündung?

Also offen gesagt: Sie kam einfach, da musste man gar nicht lange suchen.

Und:

Habt ihr eine gute Auslandskrankenversicherung?

Na klar. Allerdings vermeide ich, dieses Thema zu vertiefen. Christines Karte für die zusätzliche Absicherung liegt wohl leider zu Hause in irgendeiner Schublade, und darüber, wie blöd das für unsere Situation noch werden könnte, haben wir schon ausreichend sinnlos debattiert, das muss ich jetzt nicht auch noch mit anderen Menschen fortführen. Ich glaube, für manche Kommentare, die mir das einbringen könnte, sind meine Nerven immer noch zu ausgefranst. Wenn ich einem guten Freund beispielsweise erklären würde, Christines Auslandkrankenversicherungskarte liege zuhause in irgendeiner Schublade und bekäme als Antwort: „Na, da liegt sie ja gut!" oder „Die stecken wir immer als erstes ein!" – ich weiß nicht, ob eine solche Freundschaft noch eine Zukunft hätte. Es ist, wie es ist!

Wenigstens greift für die Kosten in einer staatlichen Klinik auf jeden Fall der normale Schutz der Krankenversicherung, das ist schon mal ein großer Trost. Auch die besorgte Frage der Sachbearbeiterin, ob wir möglicherweise vom Hotel mit einem privaten Rettungsdienst ins Hospital gefahren worden seien, konnte ich verneinen. Okay, das Taxi-Geld werden wir nicht erstattet bekommen, aber ein Rettungsdienst, das kann richtig teuer werden!

Statt mich mit solchen „unwichtigen" Themen aufzuhalten erzähle ich den Freunden lieber noch ein paar Döntjes über unsere augenblickliche Lage und muss erkennen, dass mir nichts davon so locker und humorvoll über die Lippen kommt, wie ich es beabsichtige. Vieles klingt weniger amüsant, eher bitter. Die Ereignisse sind auch an mir nicht spurlos vorübergegangen. Sollte ich tatsächlich meinen Humor verlieren, ganz besonders den Galgenhumor, dann werden die Probleme mich hier glatt über den Haufen rennen. Mir fällt Maritas Mahnung ein, auch an mich selbst denken zu müssen.

„Du hörst dich nicht gut an, mein Freund", bemerkt mein guter Kumpel Jo. Da ist wohl was dran.

Aber ob es hier nun ausreichend Klopapier gibt oder nicht, für all diese Problemchen gibt es eine Lösung. Hauptsache ist doch, dass die ärztliche Versorgung funktioniert, und das ist und bleibt das Wesentliche. Hätte sich Christine bis zum Abflugtag durchgebissen, wie es bevorzugt ihre Art ist, statt sich ins Hospital bringen zu lassen, vermutlich wäre es zu einem Drama über den Wolken gekommen, mit ungewissem Ausgang. Wenn ich nur daran denke, läuft mir ein eiskalter Schauer über den Rücken.

Jetzt aber kann ich nach den Telefonaten zu meiner medizinisch gut versorgten Frau ins muntere und lebhafte Treiben des Krankenzimmers mit einem Sack erledigter Aufgaben zurückkehren, und ...

.. dort erwartet mich meine medizinisch gut versorgte Frau mit verheulten Augen.

Was ist los? Warum folgt derzeit auf jedes noch so kleine Hoch prompt das nächste Tief?

Stockend berichtet Christine mir von dem Arzt, der während der Untersuchung vorhin verkündet habe, sie könne nicht mit einer baldigen Entlassung aus der Klinik rechnen. Sie sei ja noch nicht mal fieberfrei, und der Entzündungsherd in der Lunge müsse vor einer Entlassung völlig ausgeheilt sein. So was ginge nicht von heute auf morgen.

Genau genommen ist das nicht überraschend, aber so trocken auf den Punkt gebracht und in Anbetracht der für uns ungewohnten und nur schwer erträglichen Zustände, ist das eine ungeschminkte Wahrheit, die erst mal verdaut werden muss. Da wirken ernsthafte Überlegungen über kurzfristige Rückflüge nach Hamburg, wie ich sie vorhin mit Marita angestellt habe, geradezu naiv.

Natürlich haben wir insgeheim auf eine schnellere Heilung gehofft; auf eine Wunderheilung gewissermaßen.

Fieber weg. Entzündung weg. Sie können morgen nach Hause fliegen, Frau Bluhm! Außerdem ist die Welt eine Scheibe und der *HSV* gewinnt die Deutsche Meisterschaft!

Ich tröste Christine und berichte ihr von meinen Telefonaten. Sie selbst wollte mit niemandem sprechen, nicht mit ihrer Mutter, nicht mit der Familie, nicht mit Freunden. Vorerst will sie nur krank und unglücklich sein.

Es laufen schon wieder zwei Fernsehgeräte gleichzeitig, und weitere Besucher tauchen im Zimmer auf. Man kann sagen, was man will, aber für Ablenkung von persönlichem Kummer ist konstant gesorgt, selbst wenn es noch so nervt. Es gibt keine Schmollwinkel oder Kummereckchen, wohin man sich verkriechen kann. Schon gar nicht für Ausländer, mit Reisegepäck, Ahnungslosigkeit, Sprachbarrieren und bestimmt noch vielen anderen kleinen Besonderheiten, die uns von den Einheimischen unterscheiden. Im steten Auf und Ab zwischen guten und schlechten Nachrichten leben wir permanent auf einer kleinen Bühne, wie die Darsteller einer schrägen Krankenhausserie im TV.

Tagsüber herrscht ein reges Kommen und Gehen, das durch keine festen Besuchszeiten geregelt wird. Zusätzlich tauchen häufig Personen auf, die nur Flyer hinterlegen wollen, über die man sich alternative Schlafmöglichkeiten oder Fernsehgeräte mieten kann. Oder Pizza bestellen. Pizza?

„Du musst mehr essen", mahne ich Christine, die sich langsam wieder beruhigt. Natürlich weiß ich, wie abgrundtief sie es hasst, zur Nahrungsaufnahme ermuntert zu werden. Vermutlich ein Kindheitstrauma, da wird sie richtig zickig. Genau so wenig kann sie es leiden, wenn man ihr sagt, wie mager sie schon geworden ist. Beides trifft nicht nur zu, sondern bildet auch eine unheilvolle Allianz.

Vernünftig gegessen hat sie seit mehr als einer Woche nicht mehr, genau so lange, wie ich nicht mehr vernünftig geschlafen habe. Wir laufen beide auf Reserve.

Während ich mich allerdings nach Schlaf sehne, verursacht der Gedanke ans Essen bei Christine eher Übelkeit.

„Wenn überhaupt, brauche ich Vitamine", erklärt sie mir. „Ich hab schon von einer Grapefruit geträumt!"

Von einem der Fenster des Wartebereichs aus habe ich während des Telefonierens ein großes Schild gesehen: SUPERMARKT. Wenn wir noch länger bleiben müssen, dafür spricht inzwischen allerhand, werde ich mich auf eine Erkundungstour begeben. Das verspreche ich Christine. Sie nickt. Die Tränen sind getrocknet, und sie greift nach ihrem Buch.

UFF plaudert mit einem Besucher, was so klingt, als unterhielten sich zwei Männer, von denen einer zwischendurch immer „Uff!" sagt. Auf der anderen Seite kümmert sich die Tochter wie immer geduldig und liebevoll um die oft etwas abwesend wirkende Mutter. Ein jüngeres Paar ist zu Besuch da. Und die Frau, die so häufig husten muss, hustet gerade wieder ausgiebig, während drei rundliche Besucherinnen neben ihrem Bett einfach weiter plappern, gackern und wie in die Jahre gekommene Schulmädchen kichern. Die Fernsehgeräte laufen wie gewohnt, ohne dass man sie eines Blickes würdigt.

Keine besonderen Vorkommnisse.

Kapitel 16: Ernährungsfragen

Der Shop im Hospital versorgt nicht nur das Klinikpersonal mit einem vielfältigem Kaffeeangebot und einer Fülle an Snacks und Fast Food, er ist auch ein zentraler Anlaufpunkt für mobile Patienten und deren Angehörige, um bestehende Versorgungslücken im Alltag auszugleichen. Die beengte Ladenfläche mit den gut gefüllten Regalen muss über den Tag verteilt viele Besucher verkraften; es gibt Stoßzeiten mit dichtem Gedränge, ruhigere Phasen habe ich bei meinen Besuchen nur selten erlebt. Einem aufmerksamen Stammkunden wie mir entgeht nicht die Zweiklassengesellschaft, die sich hier gebildet hat. Zum einen die normale Kundschaft, die alles hamstert, was den Aufenthalt im Hospital in einigen Punkten erleichtert, um sich dann mit den Waren ordnungsgemäß an der zentralen Kasse anzustellen. So wie ich.

Und dann sind da die sehr wichtigen Personen, die von dem sonst eher unterkühlt agierendem Serviceteam mit überschwänglicher Herzlichkeit begrüßt und bevorzugt bedient werden. Ohne der meist recht langen Warteschlange Beachtung zu schenken, treten diese VIPs zielstrebig seitlich an den Verkaufstresen und können sich in der Regel einer sofortigen Bedienung erfreuen. Ein schneller Kaffee. Ein Sandwich, Wrap oder Schokocroissant, egal was, das geht ruckzuck über die Bühne. Flink und unauffällig wie ein Drogendeal. Oft wird nicht mal kassiert.

Wir in der Hauptschlange verfolgen diese Premiumbehandlung mit stoischen Mienen, Wasserflaschen, Bodylotion und Keksrollen fest an unsere Leiber gepresst und froh darüber, dass es diese Konsum-Oase hier überhaupt gibt. Niemand von uns regt sich über die „Schnellkasse" auf, wir alle warten geduldig, bis es für uns an der Hauptkasse weitergeht.

Vermutlich darf sich überwiegend das Krankenhauspersonal einer derart bevorzugten Behandlung erfreuen, Ärztinnen und Ärzte, Schwestern und Pfleger in Zivil, Angestellte aus den verschiedenen administrativen Bereichen, und natürlich auch besonders hübsche Frauen mit exorbitanter Oberweite und coole Typen mit noch cooleren Bärten und Sonnenbrillen, für die es keine Superlative mehr gibt, gehören zum Kreis der Privilegierten, wobei es da sicher Überschneidungen in der Typisierung gibt.

Ganz egal, welche Regeln dort herrschen mögen, für Christine und mich bedeutet das kleine, lebhafte Schlaraffenland auf jeden Fall etwas mehr Lebensqualität. Die Chance, sich alternativ zum Klinikessen zu ernähren. Die Chance, sich überhaupt zu ernähren! Morgens American Coffee pur mit einem Croissant oder Käse-Tomatentoast, mittags Wraps und abends ein belegtes Baguette. Die Reihenfolge lässt sich beliebig variieren, damit lässt sich ein beinahe ausgewogener und abwechslungsreicher Ernährungsplan vortäuschen. Darüber hinaus kann ich unsere Wasservorräte regelmäßig auffüllen und probiere mich durch einige Snacks durch, die immer etwas anders schmecken, als ich es erhoffe. Nie besser. So ist der Früchtejoghurt beispielsweise zu süß, egal welche Sorte oder Marke ich wähle. Doch wenn sich zwischendurch der kleine Hunger meldet – bevorzugt nachts – ist man froh, wenn überhaupt was da ist, egal ob zu süß, zu salzig, zu trocken oder zu hart. Auf Obst und Früchte muss Christine weiterhin verzichten. Die Essenausgabe im Hospital liefert täglich nur einen mehligen Apfel. Deshalb werde ich mich in absehbarer Zeit auf die versprochene Erkundungstour außerhalb des Klinikgeländes begeben.

Christine sehnt sich nach Vitaminen in Form von Grapefruits, Orangen, knackigen Äpfeln oder Weintrauben. Gerade weil sie hier so gut wie nichts essen mag, werden diese Alternativen natürlich immer wichtiger.

Die Vorstellung, das Gebäude und sogar das Gelände in Kürze vorübergehend zu verlassen, erfüllt mich mit einer Mischung aus Vorfreude und Unsicherheit. Die Expedition in eine unbekannte Umgebung wird meine verminderte Sehfähigkeit auf eine echte Probe stellen. Gesichtsfeldausfälle – das bedeutet, das Gesamtbild nie vollständig sehen zu können. Vieles für die notwenige Orientierung erschließt sich erst auf den zweiten oder dritten Blick, weil ich alles intensiver betrachten muss, um manche Zusammenhänge klar zu erkennen und zuzuordnen. Das erfordert mehr Zeit und mehr Geduld und vor allen Dingen mehr Konzentration.

Außerdem habe ich mich in der letzten Zeit kaum noch von meiner Frau entfernt. Wie die Kletten haben wir in dieser Notsituation aneinandergeklebt, uns Halt und Schutz gegeben und jede Herausforderung zusammen überwunden, in guten wie in schlechten Zeiten. Doch jetzt ist eine vorübergehende Trennung unausweichlich geworden. Dabei geht es nicht nur um die Jagd auf Vitamine, auch meine Seele muss durchlüften. Ich brauche vorübergehend etwas Abstand zum Hospital und dieser improvisierten Lebenssituation. Und zu der Enge in diesem Zimmer, in dem Mikrokosmos zwischen Bett, Koffern, Liegestuhl und dem vollgestellten Nachtschränkchen, von dem immer etwas runterfällt sobald man etwas anderes draufzustellen oder runterzunehmen versucht.

Vermutlich brauchen Christine und ich auch mal etwas Distanz zueinander, damit sie sich von meiner ständigen Fixierung auf ihre Bedürfnisse erholen kann, und ich … aus demselben Grund.

Sie drängt mich schon länger, endlich mal vor die Tür zu gehen. Warum denn die ganze Zeit bei ihr in der Klinik rumhängen? Es geht ihr natürlich um mich. Aber nicht nur.

„Schau nur, wie die Sonne scheint!", frohlockt Christine.

Ja, die scheint in der Tat jeden Tag, ein Urlaubswetter, wie man es sich nur wünschen kann. Was hier auf Korfu bisher auch immer daneben ging, am Wetter hat es nicht gelegen.

Christine macht die nächste Liste. Was wir alles benötigen und im Shop des Hospitals nicht bekommen können. Sie möchte, dass ich noch heute aufbreche, aber ich finde, dass es morgen genauso gut passt. Also drängt sie nicht weiter und das ist auch gut so.

Die Vorstellung, das Krankenhausgelände tatsächlich zu verlassen erfüllt mich mit einer eigentümlichen Verunsicherung, daran muss ich mich noch gewöhnen.

Kapitel 17: Nestwärme

Für die kommende Nacht nehme ich mir viel vor. Will endlich gelassener auf die Umstände reagieren. Mich nicht mehr so schnell verrückt machen lassen. Bin davon überzeugt, mir nach den aufreibenden Nächten der letzten Zeit ein paar Stunden Schlaf verdient zu haben.

Sorgfältig polstere ich mein kleines Schlafplätzchen mit Jacken und Pullovern aus und verwende ein besonders weiches Fleece aus Christines Wanderkleidungsfundus als Kopfteil. Positiv denken! Statt damit zu hadern, jedes Detail für einen einigermaßen bequemen Schlafplatz improvisieren zu müssen, versuche ich alles aus einer zuversichtlichen Warte zu betrachten. Im Vergleich zur vorherigen Nacht ist mein kleiner Schlafplatz weicher und kuscheliger geworden. Klüger durchdacht. Die Problemzonen habe ich nachgebessert, ausgepolstert.

Außerdem werde ich mich für die Nacht wärmer anziehen und versuchen, den Liegestuhl neben Christines Bett in eine möglichst freistehende und mittige Position zu bringen, damit ich sowohl am Kopf als auch am Fußende genügend Spielraum gewinne, wenn ich mich mal richtig austrecken will. Das Strecken zwischendurch ist wichtig, bevor ich meine Schlafhaltung wieder an den Möglichkeiten des Stuhls ausrichte.

Offensichtlich sind meine Vorbereitungen interessanter als ihr Buch. Warum sonst sollte Christine ihren Roman sinken lassen und mein eifriges Treiben vom Bett aus beobachten, auf der Seite liegend, den Kopf mit der Hand abgestützt, ein Lächeln auf den Lippen, das sich nicht so ganz zu trauen scheint. Nach einer Weile komme ich mir wie ein Vögelchen vor, das beim Nestbau studiert wird. Ich unterbreche mein Tun und blicke Christine fragend an.

„Was machst du da?", will sie wissen.

„Wonach sieht es denn aus?", frage ich zurück.

Sie schmunzelt.

„Das will ich lieber nicht sagen. Ich frage mich, ob du nicht in einem Hotel besser aufgehoben wärst."

„Um dir diese einmaligen Erlebnisse allein zu überlassen? Kommt nicht in Frage! Für den Stoff, den ich hier erlebe, würde mancher Autor seinen rechten Arm geben."

„Oder seinen rechten Lungenflügel", meint Christine trocken. „Du kannst daran so viel herumbasteln wie du willst, es bleibt ein Liegestuhl."

„Mag schon sein", entgegne ich kämpferisch und betrachte mein Werk mit dem Blick des Perfektionisten, der nie ganz zufrieden ist. „Trotzdem will ich hier keine Minute verpassen. Das kann man sich gar nicht besser ausdenken."

„Du meinst, die Nacht in diesem Stühlchen zu verbringen und solche Sachen?"

„Genau das, verbunden mit der spannenden Frage, ob wir hier auch Weihnachten feiern werden."

Das findet Christine nicht lustig. In manchen meiner Aussagen wittert sie schnell den versteckten Vorwurf, sie oder ihre Erkrankung seien an allem schuld. Die Erkrankung lässt sich natürlich nicht wegdiskutieren, aber es ist Unsinn, sie mit irgendeiner Schuldfrage zu verknüpfen. Nur habe ich keine Lust, mich damit zu beschäftigen. Alle diese sinnlosen Spekulationen, was gewesen wäre, wenn wir dies getan oder jenes gelassen hätten. Was, wenn wir gar nicht nach Korfu geflogen wären, sondern ganz woandershin? Hätte Christine überhaupt eine Lungenentzündung bekommen? Vielleicht nicht, aber vielleicht hätte ich mir auch beim Wandern auf La Palma ein Bein gebrochen, oder auf Madeira den Hals.

Wäre sie nicht krank geworden, hätten wir hier vermutlich einen netten aber unspektakulären Urlaub erlebt. Ein paar unterhaltsame Anekdoten, Fotos mit tollen Sonnenuntergängen, das Meiste in wenigen Jahren vergessen.

Wenn die 150-Euro-Ärztin gleich am Anfang die richtige Dosierung des Antibiotikums verschrieben hätte, wäre die Lungenentzündung vielleicht nicht so schlimm geworden.

Oder hätte die Ärztin uns sofort ins Hospital geschickt, wären wir jetzt vielleicht schon zu Hause.

Bevor wir wieder im Irrgarten der Hypothesen landen, hören wir lieber auf, weil wir beide solchen Gesprächen emotional nicht – besser gesagt nicht mehr – gewachsen sind. Die Nerven zum Zerreißen gespannt. Jeder Gedanke vollgesogen mit Müdigkeit. Die Konzentration schon mit den kleinsten Aufgaben überfordert. Außerdem ist es sowieso beschwerlich, solche Sachverhalte in einem Raum zu diskutieren, den man sich mit so vielen anderen Menschen teilt. Völlig egal, ob von denen jemand unsere Sprache spricht oder nicht, allein deren Anwesenheit reicht: Sie können uns hören und sehen. Und wir sie auch! Es gibt sogar Momente, in denen habe ich das Gefühl, ich könnte bald Griechisch verstehen, ich stünde ganz kurz vor dem großen Durchbruch, weil ich die Sprache ständig und pausenlos um mich herum höre, sie ist mir schon vertraut und klingt normal und alltäglich.

Noch viel schwieriger stelle ich mir die Situation in Flüchtlingsunterkünften vor. Das habe ich gestern zu Christine gesagt. Erstaunlich, wie ein extremes Erlebnis die Sinne für das Wesentliche sensibilisiert. Die schlichte Freude über einen Becher heißen Kaffee, ausreichend Klopapier, einen Toast mit Käse und Tomate, ein bequemes Nachtlager, ungestörtes Duschen, eine verfügbare Steckdose, ein Eckchen, wo man seine Ruhe hat.

Uns geht s hier eigentlich sehr gut!

An dieser Stelle klinkt sich Christine aus und möchte lieber wieder lesen, während ich mich um die weitere Optimierung meines Nachtlagers kümmere. Am Ende betrachte ich einigermaßen zufrieden mein Werk. Bis letzte Nacht war das nichts weiter als ein Liegestuhl. Ab heute ist das ein behagliches und weich ausgepolstertes Nest, und in Pullover und Jogginghose gekleidet werde ich diese Nacht warm und behaglich durchschlafen wie ein Baby. Das ist der Plan.

Schräg gegenüber auf der anderen Seite des Zimmers erfolgt gerade die Wachablösung. Die Tochter ist zum Aufbruch bereit, während vor ungefähr zehn Minuten mit tippelnden Schritten der Vater zur „Nachtschicht" angetreten ist. Er hat sein munteres und kräftiges „Kalispera!" ins Zimmer dröhnen lassen und nach der Begrüßung seiner Frau ächzend in dem wuchtigen Fernsehsessel Platz genommen. Irgendwie habe ich das Gefühl, der alte Herr freue sich geradezu, hier zu sein. Vermutlich findet er in diesem Krankenzimmer mehr Abwechslung, als er zu Hause hat, mit oder ohne Frau. Es gibt neben dem Fernsehen jede Menge Theater drumherum, und vom bequemen Sessel aus hat er alles im Blick.

Die Frau im Bett auf der anderen Seite hustet und hustet. Das klingt erschreckend hartnäckig und weit entfernt von Heilung. Der ältere Herr spricht beruhigend mit ihr. Scheint ihr Mut zu machen, sie aufmuntern zu wollen. Bringt sie zum Lachen, was bei ihr gleich den nächsten Hustenreiz auslöst.

Dann wendet sich der betagte Charmeur an seine Frau. Sie antwortet immer mit einem hohen, dünn und brüchig klingenden Stimmchen, wirkt ziemlich geschwächt, wird aber sobald ihr Mann da ist, gleich ein wenig lebendiger und präsenter. Etwas Vertrautes liegt in den Gesprächen der beiden, die mit wenigen Worten auskommen. Ohne sie verstehen zu können, kommt es mir vor, als fügten sich die knappen Dialoge der alten Leute wie Puzzleteile ineinander. Einfach durch die Art, wie sie sprechen, die Worte betonen und welcher Rhythmus sich dabei ergibt. Es klingt warm und fließend. Der Mann mit einer sonoren und raumfüllenden Stimme. Die Antworten seiner Frau wie Schmetterlinge, die seinen Bariton verspielt umkreisen. Ich kann ihn oft lächeln hören, wenn er etwas zu ihr sagt, ebenso wie den Hauch der Koketterie in ihren Antworten.

Ich versuche mir die beiden als junges Liebespaar vorzustellen und vor mir entsteht ein Bild, von dem sie sich kaum entfernt haben. Für ein paar Sekunden habe ich ihre ganze Geschichte im Kopf, doch im nächsten Augenblick zerfällt alles und lässt nur noch eine Frau und einen Mann in der Gegenwart zurück. Sie schwer erkrankt, aber nicht mutlos, er unerschütterlich an ihrer Seite. Vieles ist vorbei, aber das Jetzt verliert nie seinen Wert.

Letzte Nacht hat mich das Fernsehgerät des alten Herrn genervt, heute empfinde ich die Situation da drüben auf der anderen Zimmerseite beruhigend und vertraut. Die Frau etwas lebhafter und aktiver, ihr Mann gemütlich im Fernsehsessel, Nähe.

Er hat die Beine hochgelegt und scheint ein besonders lustiges Programm angestellt zu haben, irgendeine Show, die er aufmerksam verfolgt und hin und wieder begeistert kommentiert.

Wenn ich mich an etwas gewöhne, mich mit ihnen arrangiert habe, ob nun Umstände, Geräusche oder Personen, fällt es mir leichter, sie bedarfsweise auszublenden und zur Ruhe zu kommen. Das ist so, als hielte man ein Mittagsschläfchen auf dem Sofa zu Hause, bei laufendem Fernseher oder Radio.

Nun aber ruhe ich auf meinem Nachtlager, Christine ist längst eingeschlafen, die Geräusche der Show, die im Fernsehen läuft, werden zur Hängematte meiner Müdigkeit, UFFs Schnarchen nebenan klingt wie gestern, auch das gehört inzwischen mit zu dieser Hängematte, genauso wie jeder Hustenanfall der Frau uns gegenüber; alle zehn Minuten, man könnte glatt die Uhr danach stellen, all das ist Teil dieses Zimmers, genauso, wie letzte Nacht. Ganz langsam breitet sich eine wohlige Schläfrigkeit in mir aus, die an nichts in diesem Raum mehr Anstoß nimmt…

Kapitel 18: Der Elefantenjunge

Ein durchdringender Schrei! Aus irgendeiner Zwischenwelt schrecke ich hoch. Hab ich grad geschlafen? In diesem Fall aber war ich höchstens mit der Fußspitze auf der anderen Seite, dort wo der letzte bewusste Gedanke der inneren Dunkelheit weicht und wie das Flämmchen einer Kerze im Kopf erlischt. Noch etwas benebelt bewege ich den Liegestuhl in die aufrechte Position und lausche angestrengt. Wonach eigentlich?

Da! Wieder der Schrei. Besser: ein sich immer wiederholendes und sich in der Lautstärke steigerndes Klagen.

Eya! Eyyaa! Eyyyyaaaa! Eyyyyyyyaaaaaaaaa!!!!!!!

Wie die Stimme aus einer anderen Welt. Ich muss mich erst darauf besinnen, wirklich wach zu sein und nicht noch irgendwo im Reich der Träume festzustecken.

Jetzt verfällt die unheimliche Stimme in einen monotonen Singsang. Ich kann nicht ausmachen, ob sie einem Mann, einer Frau oder einem Kind gehört. Sie wechselt ständig die Tonlage, klingt beim Rufen männlich, beim Singen weiblich und schließlich bettelt sie kindisch auf Deutsch: „Will nach Hause. Will nach Hause! Will nach Hause!" Mal zornig, dann traurig und devot, am Ende trotzig.

Halten die hier E. T. gefangen?

Eindeutig kommt die Stimme von draußen, aus einem anderen Zimmer, oder vielleicht auch aus dem konstant hell beleuchteten Gang. Da die Türen aller Krankenzimmer meistens offenstehen, hört man viel mehr und das oft lauter, als einem lieb ist. Durch den obligaten Spalt zwischen den beiden Vorhängen, die ich für die Nachtruhe wieder rund um unseren Schlafbereich zugezogen habe, kann ich den alten Mann auf der anderen Zimmerseite in seinem Sessel sitzen sehen. Zusammengesunken, den Kopf nach vorn und das Kinn auf der Brust, schläft er tief und fest. Das Fernsehgerät ist aus. Es war doch endlich mal so schön still überall!

Wieder ertönt der furchterregende Singsang. Dann noch eine zweite Stimme. Zweifellos weiblich, forsch und energisch. Obwohl ich der Sprache nicht mächtig bin, kommt es mir vor, als wolle eine Mutter ihr aufsässiges Kind zur Raison bringen, und das weit nach Mitternacht während der allgemeinen Nachtruhe, gerade als sie dieser Bezeichnung endlich mal gerecht zu werden begann.

Der lautstark ausgetragene Streit draußen steigert sich und nimmt beunruhigende Ausmaße an, als drohe eine Eskalation. Ich bin fassungslos. Es ist nicht nur die Lautstärke, auch der Zeitpunkt und die unerklärliche Situation an sich, durch die seltsamerweise im Zimmer außer mir niemand wach wurde. Nicht der alte Grieche, auch nicht Christine und die anderen drei Frauen schon gar nicht. Alle bleiben so still und unbeteiligt, als wären sie betäubt worden. Auch in den anderen Zimmern scheint sich nichts und niemand zu regen. Als gebe es hier auf dieser Station nur noch drei lebende Wesen. Eine schimpfende Frau. Ihr zänkisches Kind. Und mich, der ich das Ganze atemlos verfolge. Das wirkt wie der dürftige Plot eines schlechten Horrorstreifens.

Draußen im Gang lassen die Geräusche inzwischen auf eine wilde Verfolgungsjagd schließen, die Sache scheint aus dem Ruder zu laufen und sich hin und her zu verlagern, entfernt sich schließlich von unserem Zimmer. Ich höre die Frau ärgerlich rufen. Dann wird es schlagartig still. Noch schlimmer! Kurze Zeit später: wieder Geräusche. Schritte. Jemand scheint barfuß durch den Gang zu rennen. Schwerfällig. Ungeübt. Kommt unserem Zimmer näher und näher. Stolpert in den Raum, nackte Sohlen auf der Flucht. Keine gleichmäßigen Schritte, manchmal hinkend, strauchelnd, als fänden die Füße nie ihren Rhythmus. Ganz deutlich ist ein leicht röchelndes Keuchen und Schnaufen zu hören, jetzt direkt hinter unserem Vorhang in der ausgegrenzten Welt lauernd. Der letzte Schutz, die letzte Trennung zwischen uns und ...

Während ich dem rasselnden Atem auf der anderen Seite lausche, wage ich kaum noch selbst Luft zu holen, sitze aufrecht im Liegestuhl und stelle mich tot.

Hab ich nicht erst kürzlich vollmundig einem Freund gegenüber behauptet, mich über nichts mehr gruseln zu können? Kein noch so gut gemachter Thriller und auch kein realer Schrecken könnten mich inzwischen aus der Ruhe bringen. Zu abgeklärt haben mich Alter und Erfahrungen werden lassen.

Und jetzt das: Ich dampfe vor Panik. Das Wesen, egal ob Mann, Frau, Kind oder sonst wer, ist hier im Raum, keinen Meter entfernt. Uns trennt nur noch ein blickdichter gelblicher Stoff. Keine Ahnung warum, aber in meiner Fantasie ist das Bild des *Elefantenmenschen* aus dem *David-Lynch*-Film entstanden. Ich sehe ihn allerdings in einer Kinderversion. Ein Kind, das von diesen schrecklichen Verwachsungen verunstaltet ist. Unabhängig von meinen absurden Vorstellungen verharrt weiterhin jemand hinter dem Vorhang und regt sich nicht mehr. Wartet. Lauscht. Atmet rasselnd, was zumindest die Anwesenheit in einer Fachabteilung für Lungenerkrankungen erklärt, aber nicht die Anwesenheit in diesem Raum.

Ich frage mich, was als Nächstes passiert. Wird der Elefantenjunge über den alten schlafenden Mann herfallen?

Unseren Vorhang zur Seite reißen, mich angreifen, in einer Art Blutrausch, um sich danach über Christine herzumachen?

Muss ich mich wehren? Soll ich? Oder werde ich irrtümlich einen unschuldigen behinderten Menschen erschlagen, und wegen Mordes von einem griechischen Hospital in ein griechisches Gefängnis überwechseln müssen? Es war doch nur ein unschuldiger griechischer Junge, der sich im Hospital verlaufen hatte, ermordet von einem übernächtigten deutschen Touristen!

Ich habe Angst. Der authentische Horror übersteigt für den Moment alles Unheimliche, das ich bisher erlebt habe. Wenn etwas so nahe ist, von dem man nicht weiß, was es ist, das alles sein könnte, die pure Unschuld oder das unfassbare Böse.

Plötzlich höre ich die Frauenstimme wieder rufen. Noch entfernt, vielleicht gerade im Eingangsbereich der Station, wo ich mit vielen Angehörigen gewöhnlich während der Visite warte. Die Stimme der Frau wird lauter, kommt näher und erinnert an das Trompetensignal der in letzter Sekunde zur Rettung anrückenden Kavallerie. So unangenehm die Stimme klingt, ich bin froh, sie zu hören. Die Frau kommt immer näher, stößt in regelmäßigen Abständen Rufe aus. Gleichzeitig ist eine Männerstimme zu hören. Die Frau, Mutter oder Pflegerin, sie scheint sich Verstärkung geholt zu haben. Was oder wer auch immer hier ins Zimmer kam, nun tapst es verstohlen zur Tür und nach draußen.

Ich. Atme. Aus.

Im Gang bricht sofort wieder ein heftiger Streit aus, gleich neben unserer offenen Tür. Die Frau schimpft und keift, der Mann versucht zu schlichten, das Wesen klagt und jammert mit langgezogenem Heulen, wie ein Werwolf. Es will nach Hause – immer noch!

Nun wird der ältere Herr doch noch wach, stemmt sich ächzend hoch, braucht eine Weile zur Besinnung, um sich dann mit kleinen schlurfenden Schritten in Richtung der offenen Tür zu bewegen. Ich höre, wie sein sonorer Bariton sich draußen in den Konflikt einmischt, wie er mit der Frau redet, die offensichtlich nicht mal während einer normalen Unterhaltung leise sprechen kann. Wie er den Helfer etwas fragt, den ich mittlerweile als einen der Krankenpfleger identifiziert habe. Nebenbei ist die durchdringende Stimme zu hören, die was weiß ich wem gehört.

Nach einer lebhaften Debatte kommt der alte Grieche vor sich hin brummend wieder ins Zimmer geschlurft. Lachend schließt er die Tür und kehrt zu seinem Fernsehsessel zurück. Es geht inzwischen einmal mehr auf zwei Uhr zu. Da lohnt es sich doch gleich zu schauen, was grad im Fernsehen läuft. Wenig später höre ich durch die geschlossene Tür gedämpft das unheimliche Rufen: „Eya!" Und das Singen. Und den auf Deutsch geäußerten Wunsch, nach Hause zu wollen. Darin stimme ich mit dem Elefantenjungen überein.

Vor allem, weil kurz danach die nächtliche Patientenversorgung fällig ist, und es im Zimmer wieder hell, laut und lebhaft wird.

Die restliche Nacht über ist pausenlos das unheimliche Klagen von jemandem zu hören, den sie vermutlich irgendwo angekettet haben. Die Frau, welche Verantwortung und Funktion sie in der Sache auch haben mag, scheint aufgegeben und sich endgültig davon gemacht zu haben. Nur der Krankenpfleger war fröhlich in unserem Zimmer aufgetaucht als wär alles wie immer.

Gern hätte ich am nächsten Tag mehr über die Hintergründe dieser rätselhaften Ereignisse in Erfahrung gebracht. Wie aber soll ich herausfinden, welche Geschichte oder welches menschliche Schicksal sich dahinter verbirgt? Um die Mittagszeit nach der Visite ist Christine das erste Mal länger aufgestanden und hat zusammen mit dem widerspenstigen Infusionsständer einen kleinen Ausflug im Flur unternommen, hin und her, hin und her, um etwas mehr in Wallung zu kommen. Da hat sie durch eine offene Zimmertür im letzten Raum der Station eine unglückselige menschliche Kreatur von hinten sehen können, im Bett liegend mit deformiertem Kopf, bloßem verwachsenen Körper, nur mit einer Windel bekleidet ... und sie ist rasch weitergegangen, um nicht neugierig zu wirken.

Der Junge – oder Mann – habe sich mit drei anderen männlichen Patienten ein Vierbettzimmer geteilt.

Noch zwei weitere Nächte und gelegentlich auch tagsüber sind in der Station die Rufe und der klagende Gesang dieses ungewöhnlichen Patienten zu hören, dessen Bild sich, jenseits jeglicher *political correctness*, als das Bild des *Elefantenjungen* in meine Wahrnehmung eingebrannt hat.

In einer Mischung aus Mitleid und Grusel werde ich ab jetzt an unser nächtliches Zusammentreffen zurückdenken, besonders an den Moment, in dem wir nur durch einen Vorhang voneinander getrennt waren und beide auf den gelblichen Stoff starrten, jeder von seiner Seite aus, angestrengt lauschend, ohne zu wissen, was uns auf der anderen Seite erwartet, aber verbunden durch die Sehnsucht, nach Hause zu wollen.

Später werde ich mir manchmal die Frage stellen, ob ich diese ganze Geschichte nicht vielleicht doch nur geträumt habe, weil sie in der nachträglichen Betrachtung, anderen Menschen erzählt oder jetzt sogar aufgeschrieben, derart surreal erscheint. Dafür mag es eine simple Erklärung geben, bloß in dieser einen Nacht hab ich mich mal wieder an jene Ängste erinnert gefühlt, die ich als Kind zu oft und zu eindringlich durchleiden musste. Als der Horror in jeder dunklen Ecke lauerte, unter meinem Bett, im Wandschrank, im Keller meiner Eltern und in zu vielen Träumen.

Oder hinter einem Vorhang.

Kapitel 19: Frau spricht deutsch

Am Montagmittag telefoniere ich ein letztes Mal mit Marita, kurz vor ihrem Abflug nach Polen. Zuvor haben Christine und ich in einem Gespräch von den verantwortlichen Ärzten gerade noch mal bestätigt bekommen, mit einer kurzfristigen Entlassung nicht rechnen zu dürfen. Zumindest nicht vor Ende des Monats. Das wäre am kommenden Mittwoch, dem Tag, an dem die letzten Charterflieger von Korfu nach Deutschland abheben werden. So hatte es mir zumindest Marita erklärt.

Laut ihren aktuellen Informationen aber gibt es sowieso in keiner der bis Mittwoch erreichbaren Maschinen zwei freie Plätze. Die Flieger seien restlos ausgebucht. Insofern hätte uns der Reiseveranstalter beim besten Willen keine direkte und kostenneutrale Rückreise ermöglichen können.

Und wie geht es weiter?

Nun, bis Mittwoch werden sich noch zwei andere deutschsprachige Mitarbeiter des Reiseveranstalters auf der Insel aufhalten, an die wir uns notfalls wenden können. Danach sind wir hier vor Ort allein auf uns gestellt. Marita sagt mir die Telefonnummern der beiden Kollegen durch, die ich nur halbherzig notiere. Bis zu diesem Termin werden wir die Klinik ohnehin nicht verlassen können. Danach werden wir über eine Servicenummer in Deutschland Unterstützung finden, unter der man im Auftrag des Reiseanbieters auf Sonderfälle im Urlaub spezialisiert sei.

Dankbar verabschiede ich mich von Marita, die uns seit sechs Tagen am Telefon unerschütterlich begleitet hat. Wünsche ihr und dem Baby viel Glück und eine gute Reise.

Sie wiederholt den Rat, ich müsse zwischendurch unbedingt Abstand gewinnen und solle wenigstens mal für ein oder zwei Nächte raus aus der Klinik. Sie nennt mir den Namen eines Hotels ganz in der Nähe, keine fünf Minuten entfernt. Das klingt verlockend.

Als ich es Christine gegenüber so beiläufig wie möglich erwähne, drängt sie mich gleich wieder, von dieser Option Gebrauch zu machen, aber ich will das nicht. Noch nicht. Zu frisch sind die Erinnerungen an die nächtlichen Erlebnisse mit dem Elefantenjungen. Wer weiß, was uns hier noch alles erwartet. Wie oft haben wir uns in der letzten Zeit schon gegenseitig aufbauen müssen. Es gibt genügend Beispiele dafür, wie gut und wichtig es ist, diese Sache hier gemeinsam durchzustehen.

Ob Christine an meiner Stelle in ein Hotel gehen würde, will ich wissen. Als Antwort hat sie nur ein abgründiges Lächeln zu bieten.

Um gemeinsam etwas Abstand zum Krankenzimmer und zu der Station zu gewinnen, beschließen wir am Nachmittag, es mal so richtig krachen zu lassen. Da Christine vorübergehend nicht am Tropf hängt, unternehmen wir einen Ausflug ins Erdgeschoss und besuchen den kleinen Shop. Eine willkommene Abwechslung für Christine. Begeistert stürzt sie sich in den Rummel, als wären wir auf einer Shoppingtour in der Mönckebergstraße, verschafft sich einen Überblick über die Angebote in sämtlichen Regalen, nimmt hier und da etwas an sich, und nach einem entspannten Einkauf genießen wir im kleinen Loungebereich vor dem Shop Kaffee und Toast mit Käse. Wir haben einen direkten Blick auf den Seiteneingang des Hospitals und das emsige Kommen und Gehen. Es ist ein Hauch Normalität zu spüren, während wir dasitzen und plaudern, auch wenn sich am Ende doch nur wieder alles um unsere verkorkste Lage dreht.

Vom Nebentisch mischt sich nach kurzer Zeit eine nette ältere Dame auf Deutsch ein, die ebenfalls einen Kaffee trinkt und eine Krücke bei sich liegen hat. Sie entschuldigt sich für ihre „Aufdringlichkeit", aber sie habe zufällig unsere Probleme mit angehört und würde uns im Notfall raten, mit dem Deutschen Konsulat in Korfu Stadt Verbindung aufzunehmen, sofern wir keinen anderen Ausweg fänden.

Die Dame lebt schon seit fünf Jahren ununterbrochen auf Korfu, hält sich derzeit aber krankheitsbedingt im Hospital auf und benötigt demnächst nach ihrer Entlassung dringend ein Hotel. Ich erzähle ihr von Maritas Hotelempfehlung, ernte aber nur ein bedauerndes Kopfschütteln und Abwinken.

„Da werden Sie kein Zimmer mehr kriegen", prophezeit sie mir. "Die meisten Unterkünfte schließen jetzt, Anfang

November. Ich kenne das Hotel sehr gut, da würde ich ja selbst gern buchen, wenn das möglich wäre. Machen Sie sich bloß nicht zu viel Hoffnung."

Nee, mach ich ab sofort nicht mehr. Nicht nach dieser niederschmetternden Auskunft. Ein Hospital scheint keine geeignete Umgebung für Zuversicht zu sein.

Der nächste Plan zerplatzt wie eine Seifenblase. Gerade in dieses Hotel in unmittelbarer Nähe zum Hospital hatte ich große Hoffnungen gesetzt. Denn egal wann Christine die Klinik verlassen wird, wir werden mindestens für eine Nacht eine Zwischenstation benötigen, um den möglichst stressfreien Rückflug am Folgetag zu organisieren. Außerdem hatte ich damit geliebäugelt, demnächst vielleicht doch kurzzeitig aus dem „täglichen Wahnsinn" der Klinik auszubrechen, um mich in aller Ruhe zu duschen, zu rasieren und ein, zwei Nächte durchzuschlafen, ohne TV Shows, Schnarchen, Husten, Furzen, Partylärm, Elefantenjungen und nächtliche Besuche der Pfleger, die im gnadenlos aufflammenden Deckenlicht ihren Dienst verrichten. Dieser Rhythmus mag in einer Krankenstation notwendig sein, für mich aber ist es fast wie Folter. Okay, ich weiß, man neigt durch anhaltenden Schlafmangel zu verzerrter Wahrnehmung. Das Pflegepersonal macht natürlich nur seinen Job zum Wohle der Patienten. Aber ich bin kein Patient. Ich bin nur der, der immer wacht. Der nachts um zwei neben seinem zusammengeklappten Liegestuhl steht, damit der Pfleger die Sauerstoffmaske anschließen und den Hahn für die Zufuhr aufdrehen kann.

Als Patient kann man sich leichter mit diesen Abläufen abfinden, weil sie sein müssen, weil sie dabei helfen, eine Krankheit zu besiegen. Als gesunder Mensch muss man sich anders motivieren, und das fällt schwer, wenn man nach einigen Nächten auf einer unbequemen Liege jeden

Knochen und Muskel spürt, mit dem Gefühl, alles habe sich irgendwie an andere Körperstellen verschoben.

Also: Die ältere Dame aus Deutschland, mit der wir zufällig ins Gespräch gekommen sind, hat mich trotz ihrer Hilfsbereitschaft noch mutloser gemacht. Deshalb möchte ich wissen, ob sie wenigstens andere Hotels kenne, die jetzt noch länger geöffnet hätten. Aber sie schüttelt den Kopf. Sie sei ja selbst auf der Suche. Bei dem *Korfu Palace*, ja, da wisse sie es ganz genau. Da kostet ein Doppelzimmer allerdings pro Nacht ab EUR 345,00 aufwärts. Nachsaisonpreise!

So weit sind wir noch nicht.

Da ist es eher wahrscheinlich, demnächst mit Sack und Pack im Deutschen Konsulat aufzutauchen, weil wir einfach keine passende Bleibe gefunden haben. Oder mindestens eine Nacht in der Wartehalle des Flughafens zu verbringen. Vielleicht könnte man auch einen Deal mit der Klinik machen, damit die uns nach Christines Entlassung noch mindestens eine Nacht behalten?

Wir verabschieden uns von der Dame und wünschen uns gegenseitig viel Glück. Das kann man sich hier gar nicht oft genug wünschen.

Die Dame humpelt davon, und wir bleiben noch eine Weile wie erstarrt sitzen.

„*Korfu Palace* klingt gar nicht so übel", scherzt Christine. „Das wäre doch ein schöner Abschluss."

Um eine Kontaktadresse reicher und eine Hoffnung ärmer kehren wir ins Zimmer zurück. Erfahren von den Mitpatientinnen, dass ein Krankenpfleger Christine schon wieder an die nächste Infusion hatte anschließen wollen. Er sei ziemlich verärgert abgerauscht, nachdem er uns nicht vorgefunden habe.

Als er eine Stunde später erneut auftaucht, ist er immer noch sauer. Patientinnen, die sich hier auf eigene Faust selbstständig machen und damit den Therapieplan durcheinanderwirbeln, erregen sein Missfallen. Der bisher immer freundliche Mann verwandelt sich ab sofort in einen muffeligen und nachtragenden Zeitgenossen. Mit Krankenpflegern darf man es sich nicht verscherzen, da haben wir gegen eine heilige Regel verstoßen, die leider in keinem Reiseführer steht.

Ich solle trotzdem mal nach dem Hotel in der Nähe der Klinik suchen, findet Christine, als wir wieder unter uns sind. Einfach mal die Gegend erkunden und herausfinden, was es hier sonst noch so gibt. Vor allem brauche sie endlich Früchte!

Als ich aus dem Fenster schaue, strahlt schon wieder zuverlässig die Sonne. Es spricht wirklich nichts dagegen, mal vor die Tür zu gehen.

Na gut! Dann werde ich es tun. Jetzt! Wenigstens mal eine Runde um das Klinikgelände drehen.

Christine ist begeistert. Manchmal habe ich das Gefühl, meine Lage belaste sie zeitweise mehr als die eigene Erkrankung. Während es ihr täglich in kleinen Schritten besser geht – heute war sie sogar den ersten Tag fieberfrei – baue ich mit jedem Tag ein kleines bisschen ab: schlafe kaum, ernähre mich schlecht, bewege mich wenig, habe keine Zerstreuung. Der Krankenhausalltag ist auf Patienten zugeschnitten, was normal ist. Als Angehöriger muss man täglich mehrmals das Zimmer verlassen und hat dauernd das Gefühl, überall im Weg zu sein. Dazu ist man hier ständig von einer fremden Sprache umgeben, das wirkt zusätzlich ausgrenzend und zerstört jeden Kommunikationswillen. Und die meisten deutschen Gespräche, die ich per Handy geführt habe, verliefen eher anstrengend und nervtötend.

Ich will nach Hause!

Natürlich sehnt sich auch Christine mit jeder Faser ihres immer schmaler werdenden Körpers danach, hier endlich wegzukommen. Aber ich sehe, wie sie eine Stärke vortäuscht, die noch längst nicht wieder da ist. Trotzdem behauptet sie ständig, sich eigentlich schon wieder fit zu fühlen, und wir könnten doch wenigstens versuchen, für Mittwoch oder Donnerstag eine Rückflugmöglichkeit zu erkunden. Einfach so. Nehme ich allerdings unseren „Ausflug" vorhin runter zum Einkaufsshop und wieder zurück als Maßstab, dann wirkte sie danach völlig erledigt. Das ist der Punkt. Christine bewegt sich langsam, gerät schnell aus der Puste und ist weit von ihrer Normalform entfernt.

Wie mühelos ihr das über die Lippen kommt: Rückflug. Mittwoch oder Donnerstag. Nicht nur die ärztlichen Diagnosen sprechen dagegen, sondern auch das, was ich direkt vor Augen habe. Ihr Zustand. Wie schwach und kraftlos sie noch wirkt. Da fehlt mir der Glaube, dass sie es so kurzfristig schaffen könnte. Egal, fragen kostet nichts. Rückflug am Mittwoch? Meinetwegen auch am Donnerstag. Warum nicht wenigstens so tun als ob, um langsam in einen zuversichtlichen Flow zu kommen.

„Ich pack das!", behauptet Christine.

„Na klar!", stimme ich zu, wie ein Trainer, der seinem angeschlagenen Schützling vor der nächsten Runde nicht die letzte Hoffnung rauben will.

Also drei Dinge, die ich jetzt erledigen werde.

Ich suche das Hotel.

Ich besorge Früchte.

Ich kläre über diese deutsche Servicenummer der Reiseleitung mögliche Rückflüge für Mittwoch oder Donnerstag.

Und wenn es Christine dann schon wieder richtig gut gehen sollte, fliegen wir einfach, egal was die Ärzte sagen. Manchmal muss man ein bisschen rumspinnen, um den Gedanken wieder eine positive Richtung zu geben. Dabei wissen wir doch beide, wie unrealistisch diese Rückreisepläne sind. Blöd, wenn man das eigene Schicksal so gar nicht mehr in der Hand hat.

Christine strahlt trotzdem. Freut sich richtig.

Mein Versuch, ihren Übermut ein wenig zu bremsen, zeigt keinen nennenswerten Erfolg. Auf dem Bett sitzend träumt sie von frischen Grapefruits und Orangen, vom baldigen Heimflug und von einem Happy End.

Okay, wenn ich wenigstens die Sache mit den Vitaminen hinbekäme, wäre das schon ein beachtlicher Erfolg. Mit diesem Ziel mach ich mich auf den Weg.

Kapitel 20: Gute und schlechte Nachrichten

Die Klinik zu verlassen und allein in den nächsten sonnigen Tag hinauszutreten, kommt mir vor, als würde ich etwas Verbotenes tun. Ich habe mich seit Beginn der Erkrankung Christines vor mehr als zehn Tagen bis jetzt auf eine Nebenrolle konzentriert; nicht, weil sie das von mir verlangt oder erwartet hätte, sondern weil ich es für richtig hielt und dazu nie eine andere Möglichkeit gesehen habe. Mein Platz war bei ihr, ob sie wollte oder nicht.

Dabei ging es vor allen Dingen um sie, um ihre Erkrankung, ihren Zustand. Darauf konzentriert geriet meine Verfassung eher zur Nebensächlichkeit. Wir haben uns einer echten Herausforderung stellen müssen, die wir bis heute nur gemeinsam bewältigen konnten, und das genau in den Rollen, die dabei am besten passten. Das ist die wichtigste Erkenntnis. Aber jetzt bin ich allein und auf mich gestellt als Kundschafter unterwegs, um unsere Möglichkeiten zu verbessern.

Nach dem Verlassen des Klinikgeländes halte ich mich rechts, folge einer wenig befahrenen Straße, die mich noch ein Stück am Hospital vorbeiführt. Die gegenüberliegende Seite säumen ansprechende Villen unterschiedlicher Architektur, die in viel gepflegtes Grün gebettet sind. Hier wohnen ganz sicher nicht die ärmsten Insulaner. Ich folge der Straße über eine Kreuzung hinweg einfach weiter, wie von einer geheimnisvollen Macht gelenkt, und sehe auf der linken Straßenseite zwischen ein paar Bäumen schon bald eine zweistöckige rötliche Villa, die mich magisch anzieht.

Erst direkt davorstehend erkenne ich den verheißungsvollen Schriftzug HOTEL. Es ist nicht irgendein Hotel, sondern exakt das, wonach ich gesucht habe. Maritas Empfehlung. Dass ich dieses Hotel so einfach und problemlos finde, grenzt schon an ein Wunder. Unkomplizierte Lösungen bin ich nicht mehr gewöhnt, da muss ich erst einmal innehalten und tief durchatmen.

Sie existiert also wirklich, diese Unterkunft, nur knapp fünf Minuten zu Fuß vom Hospital entfernt. Und ich habe sie auf Anhieb gefunden. Halleluja! Sollte hier in der Nähe auch noch eine Kirche stehen, ich werde die nächste Kerze entzünden! Notfalls kann ich das auch nachher im Hospital nachholen. Gerade in Zeiten, in denen wenig klappt, sollten Erfolge angemessen zelebriert werden.

Aber erst einmal betrachte ich argwöhnisch den Eingang. Die Tür steht einladend offen. Einfach so. Skeptisch versuche ich, daraus die wahrscheinlichsten Rückschlüsse zu ziehen:

Überlegung eins: Das Management lässt noch einmal das Hotel durchlüften, bevor es ab morgen bis Ende April kommenden Jahres dicht macht.

Überlegung zwei: Die haben nur noch zwei Tage geöffnet. Dann ist Schluss.

Überlegung drei: Das ist kein Hotel mehr, das Schild wurde nur noch nicht abmontiert.

Bevor ich mich weiteren destruktiven Spekulationen hingebe, steige ich lieber beherzt die Stufen hinauf und betrete den gemütlichen Empfangsbereich. Angenehme Farben, hübsche Einrichtung, eine schmucke kleine Rezeption, alles farblich aufeinander abgestimmt. Ein älterer Grieche kommt freundlich lächelnd auf mich zu.

Da ich mir die passenden Worte für mein Anliegen auf Englisch noch gar nicht so richtig überlegt habe, bricht das alles ziemlich unsortiert aus mir hervor. Nun, mit Problemen und Herausforderungen bin ich in der letzten Zeit jeden Tag etwas besser klargekommen, aber wie verhält man sich noch mal in den normalen Situationen? Hier geht es einfach nur darum, eine Zimmerbuchung zu klären.

Noch immer habe ich Zweifel, in einem echten Hotel zu stehen, mit für uns passenden Öffnungszeiten und einem freien Zimmer. Zunächst versuche ich die missliche Lage zu beschreiben, in der Christine und ich gerade stecken. Warum ich überhaupt auf der Suche nach einem Hotel bin, das in der nächsten Zeit geöffnet hat. Hier, einen Steinwurf vom Hospital entfernt.

Der Mann kommt während meiner holprigen Erklärung näher, legt mir schließlich beruhigend die Hand auf die Schulter, sieht mich mitfühlend an und sagt im besten Deutsch:

„Was genau ist dein Problem, mein Freund?"

Das sind Momente, in denen man als Atheist an der eigenen Ungläubigkeit zu zweifeln beginnt. Und nicht nur das. Plötzlich halte ich es für denkbar, dass Gott ein Hotelbesitzer auf Korfu in Kóntokali geworden sein könnte.

Endlich kann ich einem Einheimischen unsere ganze Misere in meiner Muttersprache erzählen, jemandem, der sich hier auskennt und einschätzen kann, wovon ich rede.

Auf einen Schlag nimmt er die große Last von meinen Schultern, ich solle mir keine Sorgen machen, das Hotel sei den ganzen Winter über geöffnet, ich könne kommen, wann und bleiben, solange ich wolle, mit Frau oder ohne. Das Doppelzimmer koste € 35,00 pro Nacht zuzüglich € 5,00 für Frühstück. Ja, es gebe genügend freie Zimmer.

Hallo Haken, wo bist du?

Scheint keinen zu geben.

Da stehe ich in diesem entzückenden Hotel, in aus meiner Sicht besten Lage, und unterhalte mich mit einem freundlichen Menschen auf Deutsch, der einen großen Teil meiner Probleme mühelos lösen konnte.

Ich schrecke nicht im nächsten Moment auf einem unbequemen Liegestuhl neben Christines Krankenlager hoch, um feststellen zu müssen, diese wunderbare Begegnung nur geträumt zu haben. Der Mann vor mir wirkt so echt und seriös wie sein Hotel.

Das alles passiert wirklich!

Nur mühsam unterdrücke ich den Impuls, einen sympathischen Griechen unter Freudentränen an meine Brust zu reißen, schüttele ihm stattdessen nur erleichtert aber intensiv die Hand und verspreche ihm, in Kürze bei ihm einzuziehen. Erst mal allein, später mit Frau und Gepäck.

Außerdem lasse ich mir von ihm den Weg zum nächsten großen Supermarkt erklären, der nach seiner Beschreibung nicht weit von hier entfernt liegt.

Wenn das keine Glückssträhne ist! Eine Viertelstunde später bewege ich mich mit einem Einkaufswagen durch die Gänge des größten Supermarkts, in dem ich je gewesen bin. Wenn ich hier nicht alles finde, was wir benötigen, dann nirgendwo. Obendrein werde ich Christine auch noch mit einer weiteren guten Nachricht überraschen können, es gibt in der Nähe des Supermarktes einen Friseur. Gleich nach der Entlassung aus dem Krankenaus wird das einer ihrer ersten Anlaufpunkte werden. Haarwaschen sei in diesem Fall wichtiger als Essen, hat sie mir erklärt, mit diesem Blick, der besagt: *Du bist ein Mann, du verstehst das nicht.*

Der Mann, der das nicht versteht, besorgt wenigstens schon mal eine Visitenkarte des Friseurs. Für alle Fälle.

Auf dem Rückweg zum Hospital rufe ich in aufgeräumter Stimmung die deutsche Servicenummer unseres Reiseveranstalters an, die Spezialisten für Not- und Sonderfälle. Natürlich ein Callcenter, aber momentan kann mich nichts schrecken.

Nach der üblichen Geduldsprobe in der Warteschleife lande ich bei Martin. Martin ist sofort im Bilde, Christines Erkrankung ist bereits avisiert worden, und er wird gern alles versuchen, uns zu helfen, das verspricht er mir. Doch eines müsse er gleich vorweg klarstellen, damit es später keine Missverständnisse gebe. Den Rückflug müssten wir aus eigener Tasche finanzieren. Der Reiseveranstalter habe auf der Insel leider keine Kapazitäten mehr, um uns auf eigene Rechnung oder zu vergünstigten Konditionen zurückfliegen zu lassen. Wir hätten halt das Pech, uns inzwischen schon über die Nachsaison hinaus auf Korfu aufzuhalten, das sei eine zeitlich sehr ungünstige Situation.

Da kann ich ihn beruhigen, das ist mir längst klar. Mir geht es einfach nur mal um den Überblick, welche Rückflugmöglichkeiten mit welchen Zeiten und Zwischenlandungen es zu welchen Kosten aktuell überhaupt noch gibt.

Martin will sich kümmern und sich dann wieder melden. Also kommt auch hier endlich Bewegung in die Sache. Ein Hotel, ein Kontakt, der uns beim Buchen unseres Rückflugs behilflich sein wird, ein erfolgreicher Einkauf im Supermarkt, ein Friseur gleich nebenan – wäre ich jetzt *Gene Kelly*, ich wüsste, was zu tun ist, auch ohne Regen.

In der Klinik humpelt mir zunächst die ältere deutsche Dame über den Weg, die uns die Kontaktaufnahme mit dem Deutschen Konsulat empfohlen hat. Sie kommt auf eine Krücke gestützt aus dem Klinikshop und weckt durch freudiges Winken in der Eingangshalle meine Aufmerksamkeit. Als ich ihr von meinem Erfolg mit dem Hotelzimmer berichte, strahlt sie. Ich empfehle ihr das Hotel, da würde sie garantiert auch ein Zimmer bekommen, aber das scheint sie nicht zu interessieren. Stattdessen beklagt sie sich über die Verwaltung des Krankenhauses, die sie loswerden wolle, obwohl sie sich noch krank fühle. Nur dürften die sie hier ihrer Ansicht nach nicht einfach so an die Luft setzen, sondern müssten ihr auf alle Fälle eine passende Bleibe besorgen. Sie wohne, so antwortet sie auf meine Frage, wo sie denn hier auf Korfu üblicherweise lebe, in einem Hotel, das jetzt geschlossen habe. Ich habe keine Ahnung von den Bestimmungen und Gebräuchen auf Korfu, aber die Geschichte dieser Dame kommt mir langsam *spanisch* vor. Zunehmend gewinne ich den Eindruck, sie wäre auf liebenswerte Weise etwas schrullig, oder *tüddelig*, wie man bei uns im Norden sagt. Am liebsten scheint sie in der Klinik überwintern zu wollen und an alternativen Möglichkeiten kein Interesse zu haben. Vielleicht ein neuer Trend fürs Alter? Den Winter als Rentner statt in einer Finca in einem Hospital zu verbringen, natürlich in der EU-Zone und in möglichst mildem Klima. Das aber ist so weit entfernt von meinen eigenen Plänen, daran mag ich jetzt keine weitere Überlegung verschwenden. Ich wünsche ihr alles Gute und strebe mit meinen Einkaufstüten eilig weiter Richtung Fahrstühle.

Kurz danach überrasche ich Christine im Zimmer mit einer Fülle guter Nachrichten, überhäufe sie mit Früchten und anderen tollen Errungenschaften, die unsere Lebensqualität weiter verbessern werden.

Aber sie sieht irgendwie unglücklich aus, und ihre nur kurz aufflackernde Freude über meinen Beutezug wirkt erzwungen.

Ich lasse mich, erschöpft von meiner ersten Expedition in die Freiheit, auf dem Stuhl neben dem Bett fallen und will wissen, was los ist.

Christine muss sich erst einmal sammeln, beginnt dann mit stockenden Worten einen Bericht über das, was sich hier während meiner Abwesenheit am Nachmittag ereignet hat.

Man habe sie nach meinem Aufbruch kurzfristig zum nächsten Röntgen abgeholt, danach habe ein Arzt mit ihr gesprochen. Die Entzündung in der Lunge sei zwar schon deutlich zurückgegangen, aber längst noch nicht in dem

Maße, wie man es sich erhofft habe. Man werde sie deshalb noch bis kommenden Sonntag in der Klinik behalten. Mindestens! Wir müssen mit allem rechnen.

Sie ist den Tränen nahe. Eigentlich waren wir schon in Aufbruchstimmung. Sicherlich voreilig. Umso größer ist jetzt die Enttäuschung.

„Ich halte das hier einfach nicht mehr aus", flüstert Christine. „Ich will nach Hause. Hier kann ich nicht gesund werden. Ich will nicht bis Sonntag bleiben. Oder noch länger. Mir geht es doch schon wieder besser. Für einen Flug nach Hamburg kann ich mich bestimmt zusammenreißen."

Dazu äußere ich mich lieber nicht. Direktflüge nach Hamburg gibt es nicht mehr. Nur welche über Athen, und von da aus noch über irgendwelche anderen internationalen Flughäfen, was weiß ich wo. Martin vom Service unseres Reiseveranstalters hat mich am Telefon bereits vorgewarnt, wir müssen am Ende mit einer Rückflugzeit von insgesamt zehn bis zwölf Stunden rechnen, statt der zweieinhalb Stunden, die der Direktflug dauern würde. Das mag ich Christine im Augenblick gar nicht sagen.

Außerdem kann es unter Umständen zu Kosten von bis zu tausend Euro pro Flugticket kommen, eine drastische Steigerung unseres eigentlich veranschlagten Urlaubsbudgets.

Doch egal, nach aktuellem Stand können wir uns ja mit den Planungen für den Rückflug noch Zeit lassen.

Auch meine Idee, schon mal allein etwas früher in das nette Hotel um die Ecke zu wechseln, ergibt unter diesen Umständen noch keinen Sinn. Es sei denn, ich klinke mich einfach mal zwischendurch aus, um etwas durchzupusten, physisch und psychisch. Aber sollten meine geschundenen Knochen tatsächlich wieder mit einem richtigen

Bett in Berührung kommen, wie sollte ich sie danach wieder dazu motivieren, freiwillig in einen kleinen, engen, unbequemen Liegestuhl zurückzukehren?

„Und wenn wir Mittwoch einfach fliegen?", überlegt Christine trotzig. „Ich meine auf eigene Faust! Ich hab den Arzt gefragt, das wäre möglich. Wir müssten dann nur irgendwelche Papiere unterschreiben. Dass ich auf eigenes Risiko fliege und die Ärzte von ihrer Verantwortung entbinde."

Diese Möglichkeit sehe ich nicht. Zwischen Entlassung und Flug benötigen wir mindestens einen Tag. So kurzfristig klappt das nicht. Außerdem haben wir noch keine Ahnung von den Rückflugmöglichkeiten.

„Du weißt", sage ich vorsichtig zu Christine. „es gibt keine …"

„ … Direktflüge mehr. Klar! Aber irgendwie müssen wir ja nach Hause kommen, verdammt! Ich will ja nicht überwintern!"

Doch, das ginge, aber diesen Scherz verkneife ich mir. Dass sie eine Art WG mit der alten Dame gründen könne, und ich werde schon mal mit Martin meinen Rückflug besprechen.

Die Zuversicht, die mich bis vor wenigen Minuten noch erfüllte, ist wieder futsch. Das wechselt hier viel zu schnell.

Wir beschließen, morgen – am Dienstag – nach der Visite zur ärztlichen Sprechstunde zu gehen, um noch mal alle Optionen durchzusprechen. Danach wollen wir weitersehen. So nervig das auch ist, wir können augenblicklich nur von Tag zu Tag planen, und manchmal nicht mal das.

Zur Ablenkung zeige ich Christine jetzt einige Fotos von meinem Trip in die reale Welt da draußen.

Sie wischt sich eine letzte Träne aus dem Augenwinkel und lächelt tapfer, während sie die simplen Schnappschüsse betrachtet. Auch die Visitenkarte des Friseursalons, der von hier aus bequem erreichbar wäre, selbst für durch eine Lungenentzündung geschwächte Urlauberin.

„Wir schaffen das", verspreche ich Christine.

Das findet sie lustig, nennt mich Herr *Merkel*.

Kapitel 21: Formalitäten

Der nächste Tag beginnt mit einer großen Überraschung. Auf der Suche nach einem Zettel mit einer wichtigen Telefonnummer stößt Christine morgens im hintersten Fach ihres Portemonnaies auf die Karte ihrer Auslandskrankenversicherung, von der sie bisher annahm, sie zu Hause vergessen zu haben.

Die Erleichterung ist groß, auch wenn uns ein paar Sorgen erspart geblieben wären, hätte sie die Karte früher entdeckt. Egal! Jetzt wird alles gut, davon bin ich überzeugt. Sehe Christine und mich schon gemeinsam in einem Rettungshubschrauber Richtung Hamburg brausen wie die unbezwingbaren Helden eines Actionfilms. Mein Schwager hat mir erst gestern am Telefon vom *ADAC* erzählt, der sogar ein eigenes Flugzeug für den Rücktransport seiner im Ausland erkrankten oder verletzen Mitglieder betreibt. Christine ist zwar bei einem anderen Unternehmen versichert, aber wir erhoffen uns dennoch einen ähnlich engagierten Einsatz. Schlussendlich verbindet man gewisse Vorstellungen mit Auslandskrankenver-

sicherungen. Wie man beispielsweise nach einem Bein-
bruch von ähnlichen Typen wie *Arnold Schwarzenegger*
oder *Sylvester Stallone* aus tiefster Wildnis gerettet wird.
Umso simpler und reibungsloser muss vergleichsweise
der Rücktransport aus einer Klinik von Korfu nach Hamburg verlaufen! Ich stelle mir vor, wie ein *Arnold-Stallone*-
Typ hier im Hospital auftaucht, Christine charmant lächelnd aus dem Krankenbett hebt, sie auf starken Armen
zum Hubschrauber auf dem Klinikdach trägt und ich ...
ich folge mit unseren Koffern. Es kann auch gern eine
Nummer kleiner sein, aber ich zähle einfach nur eins und
eins zusammen. Christine ist im Ausland. Sie ist krank
geworden. Wir wollen nach Hause. Und wir haben eine
entsprechende Versicherung. Also werden die sich ab
sofort um uns kümmern! In Gedanken höre ich schon, wie
mir eine freundliche Stimme am Telefon verkündet: „Packen Sie schon mal Ihre Sachen, wir sind gleich da!"

„Richard? Hörst du mir zu?"

Christines Stimme.

Widerwillig kehre ich aus der letzten wunderbaren Fantasie in die Realität zurück. Meine Frau schaut mich von
ihrem Bett aus erwartungsvoll an. Ich sitze daneben auf
dem Besucherstuhl und halte immer noch entrückt die
Karte der Auslandskrankenversicherung in Händen.
Christine hat die ganze Zeit mit mir geredet, vermutlich
konnte ich sie wegen der dröhnenden Hubschrauberroto-
ren nicht verstehen.

Gleich nach dem Frühstück nehme ich Kontakt mit dieser viel- um nicht zusagen alles versprechenden Nummer
auf. Lande auf üblichem Weg und mit üblichen Wartezei-
ten und interaktiven Aktionen im Callcenter der Versicherung. Bei Ariane. Eine angenehme Frauenstimme mit
einem Akzent, den ich nicht zuordnen kann. Sie begrüßt

mich so sanft, als sei ich ein hysterisch klingender Anrufer aus der Wildnis mit gebrochenem Bein, kurz vorm Verdursten und von ersten Geiern umringt. Dabei grenzt meine augenblickliche Stimmung fast an gute Laune.

Ariane versichert mir hochprofessionell, dass ich mir ab sofort keine Sorgen mehr machen müsse. Die Versicherung würde jetzt alles Weitere für uns regeln und klären, wir müssten uns nur noch schnell durch ein paar Formalitäten arbeiten. Ein telefonischer Checkup der wichtigsten Daten beginnt. Eine Bestandsaufnahme. Was ist passiert? Wem ist das passiert? Wo ist das passiert? Und so weiter, und so fort. Ariane und ich legen eine Akte an. Sie fragt, ich antworte. Das funktioniert prima mit uns beiden, und sie lobt mich zwischendurch mehrfach ausdrücklich, sagt Sachen wie „Sie machen das super!" oder „Jetzt sind wir auch bald fertig!" Ohne Zweifel hat sie sämtliche Fortbildungskurse mit Bravur bestanden. Rhetorik, Kundenservice, Freundlichkeit, Motivation, alles erstklassig. Es macht richtig Spaß, ihre Fragen zu beantworten, man fühlt sich wie bei einem Quiz, bei dem es viel zu gewinnen gibt. Dann sind wir fertig, haben jetzt eine Akte angelegt.

Was nun?

Als Nächstes wird Ariane uns einen weiteren Fragebogen und eine Absichtserklärung ins Hospital faxen. Innerhalb der nächsten Stunde müssten wir beides ausfüllen und unterschrieben an sie zurücksenden. Sobald die Versicherung im Besitz dieser Unterlagen sei, würde man sofort für uns tätig werden können, und dann ....

Stopp! Jetzt habe ich doch mal einen Einwand.

„Hallo, Ariane, Moment mal bitte ...!"

„Ja?"

„Absichtserklärung?"

„Ihre Frau muss schriftlich die Ärzte der Klinik von der Schweigepflicht entbinden, damit die den von uns beauftragten Medizinern alle relevanten Untersuchungsergebnisse übermitteln dürfen."

„Und dann ... ähm ... *faxen*?"

„Ja!", erwidert sie fröhlich. „Ich brauche jetzt eine Nummer, an die ich die Unterlagen senden kann. Ich werde darauf auf Deutsch, Englisch und Griechisch vermerken, dass man die Dokumente dringend an Sie weiterleiten soll. Ich denke mal, in einer Stunde müssten wir damit durch sein. Wir haben übrigens auch in Griechenland einen Spezialvertreter, der kann notfalls Druck machen, wenn das nötig sein sollte. Hallo, sind Sie noch da?"

Ja, bin ich, es hat mir nur die Sprache verschlagen. Weil ich mir gerade auszumalen versuche, wie irgendwo in diesem Hospital ein Fax aus Deutschland eintrifft, auf dem mehrsprachig vermerkt ist, man solle es bitte DRINGEND an uns weiterleiten. Wie sich dann jemand dieses frisch eingetroffene Fax, weil es ja einen entsprechenden Vermerk trägt, blitzschnell schnappt, sich sofort schlau macht, in welcher Station wir zu finden sind, um dann ohne jede Verzögerung durch die Klinik zu eilen, damit die Unterlagen unverzüglich bei uns ankommen. Diese Vorstellung ist ja noch fantastischer, als hier von *Arnold Schwarzenegger* mit einem Hubschrauber rausgeholt zu werden.

Deshalb entzündet sich in mir dieser Funke galliger Heiterkeit, den ich, bevor er aufflammt, sofort wieder ersticke. Sie würden schnell mit dieser weißen Jacke kommen, mit der man mir die Arme nach hinten binden kann und mich in einen anderen Trakt der Klinik bringen, weit entfernt von Christine und den gegenwärtigen Problemen. Weil ich einfach nicht mehr aufhören könnte zu lachen, bekäme ich ein Zimmer neben dem Elefantenjungen. Er würde klagen, ich lachen. Ununterbrochen.

Dass ich mich zurzeit in einem staatlichen griechischen Hospital befände, erkläre ich Ariane mit übermenschlich beherrschter Stimme. Keine Ahnung, wo hier ein Faxgerät steht und welche Faxnummer es haben könnte. Es ist auch sehr schwer, solche Dinge in Erfahrung zu bringen. Und, ehrlich gesagt, ich kann mir den Ablauf wie von ihr beschrieben nicht mal in einer deutschen Klinik vorstellen geschweige denn hier auf Korfu. Die haben ja kaum genügend Personal für die Grundversorgung der Patienten. Da ist es eher unwahrscheinlich, dass mir jemand mal schnell ein Fax vorbeibringt. Auf keinen Fall innerhalb der nächsten Stunde!

„Da bin ich ganz bei Ihnen", pflichtet mir Ariane bei. „Genau da kommen nämlich Sie ins Spiel. Finden Sie raus, wo das zentrale Faxgerät der Klinik steht und welche Nummer es hat. Und können Sie mir mal ganz konkret sagen, wie die Klinik heißt, in der Sie und Ihre Frau sich befinden? Im Internet kann ich da nichts Eindeutiges *googeln*."

Das ist also der Grund, weshalb sie während des Gesprächs weiterhin hörbar auf den Tasten ihres Computers tippt. Frauen können gleichzeitig reden, zuhören und am Computer recherchieren. Mir dagegen fällt schon allein das Zuhören schwer. Was soll ich jetzt alles machen?

Hier wäre genau die passende Stelle, meine nächsten Schritte mit dem Soundtrack von *Mission Impossible* zu untermalen. Für ein paar Sekunden spiele ich mit dem Gedanken, das Gespräch einfach wegzudrücken und lieber nach einfacheren Lösungen zu suchen. Dann besinne ich mich, bitte Ariane, sich einen Augenblick zu gedulden und marschiere mit dem Handy von unserem Zimmer zum Schwesternzimmer der Station. Gleich nebenan gibt es ein kleines Büro, in dem fast nie jemand sitzt. Aber ich habe Glück. Eine Frau starrt mich von einem Schreibtisch aus durch die geöffnete Tür und über ihre Brille feindselig an, als ich im Türrahmen auftauche. Bevor ich eintreten kann, schüttelt sie den Kopf, wedelt abwehrend mit den Händen. Betreten verboten, das Büro ist tabu für Außenstehende. Wenn sie wüsste, wie egal mir das ist! Was auch immer sie da sagen mag, ich kann kein Griechisch. Ich entere den Raum mit der Zielstrebigkeit eines *Ethan Hunt*.

„Sprechen Sie Englisch?", frage ich Ariane, schon mit einem Fuß in der Tabuzone.

„Selbstverständlich!"

„Dann verbinde ich Sie jetzt direkt mit jemandem vom Klinikpersonal!"

Furchtlos halte ich der Frau im Büro das Handy hin. Sie raunzt mich auf Griechisch an und verschränkt störrisch die Arme vor der Brust. Macht keine Anstalten, das Handy anzunehmen. Sagt dann auf Englisch, dass ich sofort wieder gehen solle, sie werde mit niemanden sprechen. Warum sollte sie? Sie habe keine Zeit und ich hier nichts zu suchen.

Ich dränge sie auf Englisch, den Anruf annehmen zu müssen, sonst würde es in der weiteren Zusammenarbeit zwischen der Klinik und unserer Versicherung in Deutschland *a lot of problems* geben. Möglicherweise auch bei der Bezahlung! Den finanziellen Aspekt betone ich besonders. Sollte jetzt bei der Abrechnung etwas schieflaufen, ist es ihre Schuld, das müsse ihr klar sein.

Da nimmt sie mein Smartphone mit so spitzen Fingern entgegen, als wäre es verseucht, und dann werde ich Zeuge eines sehr kurzen Telefonats, in dessen Verlauf die Mitarbeiterin der Klinik auf Arianes Fragen barsch und einsilbig reagiert, aber dennoch, wenn auch unwillig, einige Auskünfte erteilt. Danach bekomme ich mein Handy zurück, glücklicherweise nicht an den Kopf geschleudert. Gleichzeitig springt die Frau auf, weist mich aus dem Büro und knallt hinter mir die Tür zu. Wieder eine, der ich zukünftig lieber aus dem Weg gehen sollte.

Welch ein Auftritt!

Ich übernehme das Gespräch.

„Sind Sie noch da?"

„Du lieber Himmel, was war das denn?", will Ariane wissen.

„Klinikalltag", entgegne ich zufrieden. „Können Sie sich jetzt vorstellen, wie schwer die Sache mit dem Fax werden wird."

Ariane lacht.

„Trotzdem führt an den Formalitäten kein Weg vorbei. Also, passen Sie auf: Die Station, in der Ihre Frau liegt, hat kein eigenes Faxgerät. Sie müssen runter in die Administration. Die befindet sich im Erdgeschoss. Dort gibt es ein Büro, da sollen Sie in knapp zwanzig Minuten mal nachfragen. Und von dort aus können Sie dann auch Ihre Antwort an mich faxen. Es sei denn, Sie finden einen Scanner, dann ..."

Ein Scanner? Nein, nein, wir machen die Sache mit dem Fax!

„Na gut. Je eher wir Ihre Antwort bekommen, desto schneller können wir loslegen, okay?"

Ich klammere mich an die Hoffnung, danach von allen Sorgen befreit zu sein. Ab dann müsse die Versicherung aktiv werden.

„Na klar!", Ariane lacht wieder. „Das ist ja unsere Aufgabe. Sobald ich alle Unterlagen zusammen habe, informiere ich einen unserer Vertragsärzte in Deutschland. Der setzt sich erst mit der Klinik und dann mit Ihnen in Verbindung und bespricht das weitere Vorgehen."

Was für mich unseren baldigen Rückflug bedeutet. Zuversichtlich stelle ich mir vor, wie Ariane im Anschluss an unser Telefonat schon mal die Verfügbarkeit eines Hubschraubers prüft.

„Der Arzt wird entscheiden, was nötig ist", höre ich sie sagen. „Aber erst, nachdem alle Formalitäten erledigt sind."

Ja, ja, ich weiß, die Sache mit dem Fax. Na, denn man los!

Doch bevor ich mich auf die Suche nach der Administration begeben kann, meldet sich Martin bei mir, der rührige Mitarbeiter der Serviceabteilung unseres Reiseveranstalters. Er hat sich inzwischen kundig gemacht und kann mir für die nächsten Tage eigentlich nur zeitlich und finanziell sehr, sehr ungünstige Rückflüge avisieren, zum Beispiel Korfu – Athen – Zürich – Hamburg in knapp zwölf Stunden. Oder am Folgetag statt über Zürich über Frankfurt mit ähnlich ungünstigem Zeitfenster. Das ist schon kein Zeitfenster mehr, sondern ein Zeitscheunentor. Ich bitte ihn, mir die Flugdaten einfach per SMS zu schicken und möchte ihn danach freundlich aber bestimmt abwürgen, weil ich augenblicklich hier am Boden genug zu tun habe. Im Grunde hat dieser Dienstleister seine Schuldigkeit getan. Den brauch ich nicht mehr. Ab sofort habe ich Ariane *Schwarzenegger* an meiner Seite. Die geballte Macht einer Auslandskrankenversicherung mit Ärzten und Spezialisten im Team. Außerdem muss ich mich jetzt um wichtigere Dinge kümmern. Doch Martin hat noch einen dringenden Hinweis für mich, den er unbedingt loswerden möchte.

Eine vermeintliche Bagatelle, in einem harmlosen Nebensatz versteckt, die mich dann wieder die ganze Nacht nicht schlafen lassen wird, weil hier das nächste Problem heranwächst.

„Falls Sie über uns den Rückflug buchen möchten, benötigen wir dann nur noch das FIT TO FLY von Ihnen", sagt er zu mir, als wiese er auf eine Selbstverständlichkeit hin.

Fit ... was?

Geduldig liefert er mir eine Erklärung.

„Das FIT-TO-FLY-Attest, mit dem die Klinik Ihrer Frau die volle Flugfähigkeit bescheinigt."

„Ach. Und wenn die das nicht machen?"

„Darf Ihre Frau nicht fliegen. Dann wird sie keine Fluglinie der Welt als Passagierin mitnehmen."

„Aber sie ist ohne so ein Attest auch problemlos nach Korfu geflogen. Kein Mensch hat danach gefragt."

„Das mag schon sein. Doch sobald man am Urlaubsort erkrankt, sich in ärztliche Behandlung begibt und das dem Reiseveranstalter meldet, sind wir automatisch verpflichtet, für den Rückflug das FIT FOR FLY von Ihnen anzufordern. So sind die Richtlinien!"

Mir fehlen erst einmal die Worte. Ohne darüber Gewissheit zu haben, sehe ich gerade die nächste Baustelle entstehen. Wegen dieser Fluggenehmigung für Christine wird eine vorzeitige Entlassung immer unwahrscheinlicher. Ich denke an die erwähnten Fälle, die bis zur endgültigen Ausheilung der Lungenentzündung ungefähr einen Monat brauchten. Noch einen Monat auf Korfu? Das kann ja heiter werden, unabhängig vom Wetter.

Ernüchtert beende ich das Gespräch mit Martin und werde den Rückflug unter diesen Umständen auf keinen Fall über ihn buchen. Doch Formalien gelten übergreifend, und die Frage ist, wie die Auslandskrankenversicherung das sieht. Das Schicksal erinnert mich an das Hamburger Wetter vor 2018. Immer, wenn man meinte, den Schirm endlich wegstecken zu können, begann es wieder zu regnen.

Kapitel 22: Im Fegefeuer der Administration

Die Beschilderungen im Hospital sind fast ausschließlich in griechischen Buchstaben. Warum auch nicht? Dies ist ein Hospital, keine touristische Einrichtung. Eine der wenigen Ausnahmen schriftlicher Wegweiser ist im Erdgeschoss ein unübersehbarer Pfeil, der in Richtung ADMINISTRATION zeigt. Diese allgemein verständliche Beschriftung wird ihre Gründe haben. Für mich ist es jedenfalls äußerst hilfreich, zumal der Hinweis groß genug ist, um ihm selbst mit schlechteren Augen folgen zu können. Aufgrund einiger Streifzüge durch die Klinik kenne ich mich inzwischen ohnehin ganz gut aus, fühle mich schon beinahe heimisch.

Eine Administration ist eine Administration, egal in welchem Land man mit ihr in Berührung kommt. Ist man am Ziel, merkt man es sofort. Trennscheiben mit Sprechvorrichtungen und schmalen Öffnungen zum Austausch von Dokumenten, ein kleiner ungemütlicher Wartebereich mit unbequem anmutenden Stühlen, humorloses Neonlicht, nüchterne Schreibtische, Aktenschränke, Aktenordner in gläsernen Büros ... nichts, was die Laune der Angestellten oder ihrer Besucher irgendwie verbessern könnte.

Beide Schalter sind geöffnet, zumindest sind Personen erkennbar. Auf der linken Seite des Ganges ein jüngerer

Mann, gegenüberliegend eine ältere spindeldürre Frau mit kurzen Haaren. Beide wirken beschäftigt und machen keine Anstalten, zwischendurch mal den Kopf zu heben und mir in irgendeiner Form Aufmerksamkeit zu signalisieren oder gar die Bereitschaft, Zeit für mich zu haben. Zwei Menschen hinter Glas wie Figuren eines Museums für Arbeit, in ihre Tätigkeit vertieft, abweisend, keine Zeit – bitte nicht stören!

Ich überlege, wen von ihnen ich trotzdem zu stören wage. Ich habe in jedem Fall kein gutes Gefühl. Als die dünne Frau vorübergehend in einem nicht einsehbaren Nebenraum ihres Büros verschwindet, erleichtert das meine Entscheidung, also trete ich tief durchatmend an den linken Schalter heran.

Der Mann lässt mich erst einmal eine Weile warten. Dann hebt er den Kopf. Bei seinem Blick fühle ich mich ungefähr so willkommen wie der kleine Schmutzfleck an der Scheibe neben der Öffnung zum Sprechen. Wie eine Katze bewegt er sich vage in Richtung Schalter –hier an einem Papierstapel verweilend, dort noch schnell in einen Aktenordner spähend. Dabei fallen mir krankhafte Zuckungen auf, unter denen er zu leiden scheint. Mir ist diese Vorstellung jedenfalls lieber als die Befürchtung, es könnten die Auswirkungen einer mühsam unterdrückten Verärgerung über meine Anwesenheit sein.

In seiner Frage, was ich hier wolle, schwingt viel Unmut mit, als käme normalerweise niemand in diesen Bereich. Da fällt es mir schwer, mein Anliegen unbefangen vorzubringen, mit dem Wissen, dem Mann damit zusätzlich Arbeit aufzuhalsen, was eindeutig nicht zu seiner aktuellen Stimmung passt.

Trotzdem erkläre ich ihm mit meiner auf Reserve laufenden Höflichkeit die Sache mit dem Fax der Krankenversicherung. Dass es hierhergeschickt wurde und *very urgent* ist.

„Very urgent?"*, wiederholt er unwirsch, zuckt etwas stärker und runzelt die Stirn. Ich erwarte, ihn jeden Augenblick verächtlich zur Seite spucken zu sehen und mich höhnisch aufzufordern, mich zum Teufel zu scheren. Stattdessen fragt er noch einmal nach dem Namen, den ich ihm bereits zweimal genannt habe und gern noch ein drittes Mal sage, ganz langsam und deutlich: B L U H M! Aber wenn er ihn wiederholt, klingt es völlig anders. Er starrt mich aus schmalen Augen an, als sei mein Name an sich schon ein Problem, um mir dann kopfschüttelnd Zettel und Schreiber auszuhändigen, damit ich ihm meinen komplizierten Namen in Druckbuchstaben notiere: BLUHM!

Er mustert das Ergebnis, spricht es hart und seltsam aus, na ja, aus seinem Mund kann ich meinen Namen auch nicht leiden. Er zieht ein Gesicht, als hätte ich alle Chancen auf einen Schlag verspielt und zeigt auf die gegenüberliegende Seite.

„Go there!", fordert er mich auf und dreht mir augenblicklich den Rücken zu.

Ich bedanke mich höflich bei seinem Hinterkopf und go *there*. Auf die andere Seite.

Mit Resten eines freundlichen Lächelns trage ich der dünnen Lady mein Anliegen vor, wie ein Bettler, der von Tür zu Tür geht. Noch während ich rede, schüttelt sie bereits ablehnend den Kopf. Winkt ab und weist in die Richtung, aus der ich gerade gekommen bin. Das versetzt mich in eine mordlustige Stimmung, die jeden Funken Freundlichkeit in mir auslöscht. Da ich jetzt alle Kräfte für die pure Selbstbeherrschung aufbringen muss, ist für ein Lächeln nichts mehr übrig. Wie heißt dieses Spiel?

Ich beginne, mit mir selbst zu sprechen. In einem Zustand, als sei ich in einem surrealen Traum gefangen, emotional irgendwo zwischen hysterischer Belustigung und erste Anzeivhen der totalen Erschöpfung.

Die Frau mustert mich eisig, der Mund schmal wie ein Strich, die Miene so einladend wie eine geballte Faust.

Wieder versuche ich etwas zu erklären, aber sofort zeigt sie an meinen Worten vorbei unerbittlich auf die andere Seite.

Ich beuge mich ganz dicht an die Scheibe vor, sie beschlägt von meinem dampfenden Atem, und ich spüre zum ersten Mal die Existenz eines Amok-Gens in mir. Außerdem fallen mir spontan einige englische Vokabeln ein, die ich nicht in der Schule gelernt habe. Trotzdem kriege ich gerade noch die Kurve, um in korrekter Wortwahl und einigermaßen zivilisiertem Ton zu erklären, dass ich von (dem Sonnyboy) da drüben hierher (zur Drachenlady) geschickt wurde. Wie ich schon sagte. Murmle dann auf Deutsch wieder Sachen vor mich hin und hoffe, dass die Frau das nicht versteht.

Daraufhin verlässt sie ärgerlich den Schalter und stakst auf insektendünnen Beinen und sehr hohen Hacken höchstpersönlich zu ihrem Kollegen auf die andere Seite. Eine hitzige Debatte entbrennt, die ich ungläubig verfolge. Es hätte mich auch nicht überrascht, hätten sie über Schere Stein Papier entschieden, wer sich als Verlierer mit meinem Anliegen herumärgern muss. Der ganze Unmut, der sich hier entlädt, kann unmöglich nur mit mir und dem Fax zu tun haben, das ich hier abholen möchte. Schließlich verstummt die Diskussion, und die Frau stakst wieder zurück, macht dabei im Vorbeigehen eine verächtliche Handbewegung, die hoffentlich nicht mir gilt. Missmutig kehrt sie hinter ihren Schalter zurück und greift sich die nächstbeste Unterlage. Der junge Mann arbeitet ebenfalls still vor sich hin zuckend weiter. Ich fühle mich wie ein dritter Schauspieler, der irrtümlich in ein Zwei-Personen-Stück geplatzt ist.

Verunsichert gehe ich wieder Richtung des Mannes.

Er schüttelt heftig schnaufend und zuckend den Kopf. Zeigt unmissverständlich in die andere Richtung.

Die Frau registriert meinen zweiten Versuch mit maskenhafter Gleichgültigkeit.

Erneut trage ich mein Anliegen vor und bitte sie darum, nach dem wichtigen Fax zu suchen, das kürzlich eingegangen sein und den Namen BLUHM tragen müsste. Bitte!

Wieder geht das Spielchen mit der Unverständlichkeit meines Nachnamens los. Geduldig schreibe ich ihn erneut in großen Blockbuchstaben auf. Danach bewegt sich die Drachenlady mit dem Zettel in der Hand hustend durch das Büro und fängt vor sich hin brummend damit an, diverse Papierstapel durchzuforsten. Mit ihrem Husten könnte ich sie mir durchaus in Kürze auch als Patientin auf unserer Station für Lungenkrankheiten vorstellen. Sie hustet und wühlt und wühlt und hustet, und gelegentlich hustet sie auch ohne zu wühlen.

Was soll ich tun, wenn sie nichts findet?

Ab und zu schaut sie auf das Papier mit meinem Namen, wühlt und schaut und wühlt und hustet und schaut und hustet.

Zwischendurch ruft sie über die Schulter laut etwas in Richtung des Kollegen. Er antwortet. Beide lachen rau und gar nicht herzlich. Ich verschwende keinen Gedanken daran, was sie da gerade so lustig finden. Ich weiß nur, dass ich sehr viel Zeit und sehr viel Distanz benötigen werde, um an dieser Situation auch nur ansatzweise irgendwas lustig zu finden.

Endlich, als ich schon gar nicht mehr damit rechne, kehrt die Frau an die Scheibe zurück, knallt ein paar Seiten eines Faxes auf die Ablage und schiebt sie zu mir durch.

Das Fax ist tatsächlich eingetroffen! Natürlich trägt es an keiner Stelle den Vermerk DRINGEND oder BITTE SOFORT WEITERLEITEN, aber wer will sich jetzt mit Nebensächlichkeiten aufhalten?

Ein cooler Typ hätte angekündigt, in Kürze noch einmal wiederzukommen, weil ja von hier aus auch noch die ausgefüllten Unterlagen an die Versicherung zurückgefaxt werden müssen. *Ich komme wieder, laufen Sie mir nicht weg*, irgend so was. Aber ich bin nicht cool. Und sollte ich es jemals gewesen sein, spätestens hier unten hätte ich die letzten Reste davon verloren. Höflich bedanke ich mich und trete den Rückzug an.

Auf der einen Seite wird gezuckt, auf der anderen gehustet. Die Köpfe über die nächstbeste Akte gebeugt.

Ich bin dann mal weg!

Auch in Deutschland habe ich schon die eine oder andere bürokratische Episode auf Ämtern oder sonst wo durchgestanden, und irgendwie denkt man sich oft gar nichts mehr dabei. Ist eben so. Die deutsche Bürokratie, das deutsche Beamtentum, dafür sind wir weltberühmt und gefürchtet. Aber wenn ich mir im Vergleich dazu meine Erlebnisse mit der griechischen Administration vor Augen führe, müssen die sich weiß Gott nicht verstecken. Da kann auch manch deutscher Bürokrat noch einiges dazulernen.

Wegen des Rückversands der Unterlagen per Fax mache ich mich eine halbe Stunde später wieder todesmutig auf den Weg nach unten. Christine hat alles ausgefüllt und unterschrieben. Wir liegen gut in der Zeit. Aber hätte man mir die Entscheidungsfreiheit zwischen einer Wurzelbehandlung beim Zahnarzt oder einem zweiten Besuch in der Administration des Hospitals geboten, ich hätte mir zumindest Bedenkzeit erbeten.

Die Wahl des Schalters ist beim zweiten Mal einfacher als zuvor. Ich treffe nur den jungen Mann auf der linken Seite an. Diesmal nimmt er die Unterlagen nach meiner höflichen Bitte wortlos entgegen, sendet sie an die gewünschte Faxnummer und gibt sie mir wortlos zurück. Dabei mustert er mich mit einem Blick, bei dem ich wenig Lust verspüre, hier jemals wieder herkommen zu müssen. Trotzdem danke ich ihm höflich. Da aber hat er sich längst weggedreht und ist in einem Nebenraum verschwunden. Wortlos natürlich. Mit einem kleinen Abschiedszucken. Was hätte er auch sagen sollen? *Hab ich gern für Sie gemacht?*

Später lobt Ariane den rekordverdächtigen Durchlauf der Papiere. So schnell habe das noch keiner vor mir in vergleichbarer Situation geschafft. Ich bezweifle, dass es jemals jemanden in vergleichbarer Situation gegeben hat. Egal. Sie ist begeistert. Dazu könnte ich eine Menge Fußnoten liefern, aber ich möchte die gute Stimmung nicht trüben. Mich interessiert viel mehr, ob es jetzt auf ihrer Seite in dem rekordverdächtigen Tempo weitergehen wird.

Nun, ein Arzt aus Deutschland wird das Hospital um die zügige Übermittlung der vollständigen Krankenakte Christines bitten, um sich ein umfassendes Bild der Lage zu machen. Anschließend wird er mit uns telefonisch das weitere Vorgehen besprechen, mit dem Ziel unserer schnellstmöglichen Rückkehr nach Deutschland.

Das klingt fantastisch und versetzt mich in eine äußerst positive Stimmung. Da empfinde ich dann doch noch Stolz angesichts meiner großartigen Vorarbeit. Jetzt geht's los!

Ich danke Ariane und kehre gleich zu Christine zurück, um sie auf den neuesten Stand zu bringen. Zweifellos werde ich dabei meine Rolle gebührend hervorheben, speziell den Mut, mich zweimal kurz hintereinander in die Hölle gewagt zu haben.

Meine Frau liegt in dem auch heute wieder mit Besuchern stark frequentierten Zimmer inmitten eines hohen Geräuschpegels und flimmernder Fernsehgeräte und liest scheinbar unbeeindruckt in ihrem Buch.

„Stört dich das gar nicht beim Lesen?", will ich wissen.

„Was denn?", fragt sie.

Irgendwie hat sie sich doch schon eingelebt.

„Du strahlst ja so", bemerkt sie und legt das Buch zur Seite. Ich schaue mich um und zähle zwölf Besucher im Zimmer. Rekordverdächtig!

„Die Sache läuft", verkünde ich stolz und nehme auf dem Stuhl neben dem Bett Platz. „Bald können wir unsere Koffer packen."

Christines Lächeln wirkt unecht. Sie mag meine Zuversicht noch nicht teilen. Lieber erinnert sie mich an das bevorstehende Gespräch mit den Ärzten um die Mittagszeit, davon hinge eine ganze Menge ab. Das stimmt zwar, aber wir haben jetzt starke Verbündete.

„Ab sofort wird sich auch ein Arzt aus Deutschland einschalten", erkläre ich. „Endlich können wir die Sache konkreter besprechen und auch mal alle wichtigen Fragen auf Deutsch klären."

So ganz verstehe ich Christines Zurückhaltung nicht. Läuft doch alles bestens. Gäbe es unten im Shop des Hospitals Champagner, ich würde mir ein Fläschchen gönnen.

„Warten wir lieber erst mal ab", mahnt Christine und widmet sich dann wieder ihrem Buch. Keine Partystimmung? Dann eben nicht! Verdrossen konzentriere ich mich auf meinen Schlafplatz. Zwischendurch versuche ich immer wieder, ihn mit raffinierten Maßnahmen noch komfortabler zu machen, polstere die unbequemeren Stellen zusätzlich mit Pullovern aus, umwickle härtere Verstrebungen mit Socken und teste neue Varianten für das Kopfteil. Der Liegestuhl verschwindet allmählich unter den Klamotten, die ich täglich aus dem Koffer krame. Dabei entwickle ich den Fleiß eines Vögelchens, das sein Nest so perfekt wie möglich gestalten möchte.

„Lange werde ich dich nicht mehr brauchen", knurre ich den Liegestuhl gutmütig an.

„Meinst du mich?", fragt Christine träge.

Kapitel 23: Götter in weiß

Zur mittäglichen Sprechstunde empfängt uns eine Ärztin, die Christine bereits von einigen Visiten kennt. Wäre die blonde Griechin nicht Ärztin, so hatte mir meine Frau erzählt, könne man sie sich auch als Kandidatin bei GREEKS NEXT TOPMODEL vorstellen, groß, schlank, attraktiv und, passend zu langen blonden Haaren, tiefblaue Augen von einer schlichten braungefassten Brille umrahmt. An der VIP-Kasse im Hospital-Shop bekommt sie ihren kostenlosen Kaffee bestimmt auf dem Silbertablett gereicht. Wobei sich die auffällige Attraktivität mit einer nicht weniger auffälligen Ungeduld verbindet. Sobald wir etwas wissen wollen, reagiert sie gereizt, als wären Fragen in der Sprechstunde grundsätzlich unangebracht. Da fühlt man sich schnell undankbar. Immerhin haben die Mediziner im Hospital sehr viel für Christine getan. Aber darum geht es in diesem Gespräch nicht. Wir wollen lediglich herausfinden, wann wir unseren Rückflug planen können. Das wäre mit einigem Aufwand verbunden, und irgendwie hätte man doch gern mal ein konkretes Ziel vor Augen. Der Tag der Entlassung wird uns trotz aller Freude organisatorisch fordern.

Doch auf dieses Thema will die schöne Ärztin nicht eingehen. Nach ihrer Einschätzung kann Christine erst aus der Klinik entlassen werden, wenn die Lungenentzündung vollständig auskuriert ist. Vom medizinischen Standpunkt aus betrachtet ist das natürlich verständlich und logisch, nur hilft es uns nicht weiter. Innerhalb eines Zeitrahmens von zwei bis dreißig Tagen sei nach Meinung der Ärztin alles denkbar. Kein Fall verlaufe wie der andere, es dauere so lange, wie es dauere.

Bei der Vorstellung, hier noch weitere dreißig Tage verbringen zu müssen, kann ich vor lauter Dunkelheit in meinem Kopf keinen erhellenden Gedanken mehr finden. Eine solche Prognose erstickt einfach jede Zuversicht. Das ist der nächste Tunnel am Ende des Tunnels, und das Licht, das ich zwischendurch zu sehen glaubte, war wohl doch nur die Notbeleuchtung im Krankenzimmer.

Die Ärztin sagt nach fast jedem Satz *Okay*, nutzt das Wort anstelle der Interpunktion, mal fragend, mal als Ausruf und mal einfach zum Beenden des Satzes. Es klingt immer final, als wolle sie im Anschluss nichts weiter von uns hören. Keine Frage, keine Antwort, keine Anmerkungen. Okay!

Überwiegend schweigend lauschen wir den Ausführungen ohne die geringste Ahnung, wie sich das alles mit einer halbwegs optimistischen Grundstimmung, geschweige denn einer ansatzweise konkreten Planung vereinbaren ließe. Man weiß am Ende genauso viel oder wenig wie zu Beginn. Ein wortloses Schulterzucken hätte es auch getan.

Dreißig Tage kreisen in Wirbeln durch meinen Kopf. Du lieber Himmel! Ein ganzer Monat.

Christine konzentriert sich auf Pragmatismus. Ihre Frage allerdings, ob es auf dem Klinikgelände einen Friseur gebe, versetzt die Ärztin in eine Art Schockstarre, und ich bin froh, dass sich meine Frau nicht noch nach einer Reinigung erkundigt. Aber klar, bei dreißig Tagen werden auch die alltäglichen Notwendigkeiten immer prekärer. Fettige Haare und kaum noch saubere Wäsche – wir befinden uns im fortschreitenden Verlotterungsmodus.

Die Umstände dieser außerordentlichen Situation zermürben uns zunehmend, und ich stelle mir immer öfter die Frage, ob es neben der medizinischen Verantwortung für den Körper nicht auch eine für die Seele gibt. Klar leisten das medizinische und das pflegende Personal hier im Rahmen der Möglichkeiten hervorragende Arbeit. Es wird alles getan, um die Patienten gesund zu machen. Aber das ganze Drumherum, die räumliche Situation, der ständige Trubel tagsüber in den Zimmern, im Wechsel mit dem nächtlichen Wahnsinn, die vielen kleinen Dinge, die nicht so gut oder gar nicht funktionieren, all das beeinflusst doch auch den Heilungsprozess. Christine hat kein Fieber mehr, und die Entzündung in der Lunge ist deutlich zurückgegangen. Dafür kann man den Ärzten gar nicht genug danken. Dennoch befindet sie sich in einem Stimmungstief, isst immer noch wenig und hat Heimweh. Krank zu sein ist schlimm genug, aber weit weg von zuhause krank zu sein, wiegt doppelt. Selbst bei mir, obwohl ich nicht krank bin. Die Sehnsucht nach unserer vertrauten Umgebung, der Familie und den Freunden, wächst mit jedem Tag. Ich vermisse schlicht und ergreifend mein normales Leben, denn hier ist mir inzwischen davon nichts mehr geblieben. Kein Sport, keine gesunde Ernährung, kein Raum für Kreativität oder überhaupt für sinnvoll genutzte Zeit, keine echte Ruhephase, kein Schlaf, nicht mal ein Bett. Natürlich weiß ich, dass es Schlimmeres auf Erden gibt und wir im Grunde froh sein können, hier zu sein, aber irgendwann erreicht man den Punkt, an dem die objektive Betrachtung der eigenen Situation scheißegal wird. Man will nur noch gemein und ungerecht urteilen und sich mies fühlen dürfen, selbst wenn es anderen Menschen auf der Welt viel schlechter geht. Irgendwann kann man noch so tief in sich hineinhorchen, es knistert einfach nicht mehr, das letzte Fünkchen Hoffnung, das einem da wieder raushelfen könnte. Nicht bei Christine, nicht bei mir.

Darum und nur darum gewinnt die Frage nach der absehbaren Heimreise für uns so sehr an Bedeutung, um Christines weiteren Heilungsprozess in der heimatlichen Umgebung vielleicht sogar schneller und besser abschließen zu können.

Ist das wirklich ein so unverständliches Anliegen?

Das Fazit bleibt: Wir leben weiterhin im Ungewissen, und selbst banale Dinge werden zunehmend belastender. Durch die wenig attraktiven Ernährungsmöglichkeiten und Bewegungsarmut sowie akuten Schlafmangel geht es uns täglich etwas schlechter. Das ist eine Art Wettrennen zwischen guten und bösen Kräften. Nicht nur Medikamente haben Nebenwirkungen. Auch die derzeitigen Umstände.

Doch das ist eine dermaßen diffizile Diskussion, die ich auf Englisch nicht angemessen führen kann und schon gar nicht mit einer Ärztin, die mich fortwährend mit OKAYS bombardiert. Bei jedem Versuch einer Klärung spüre ich sofort das Unverständnis auf der anderen Seite. Die blauen Augen so fassungslos weit aufgerissen, als hätte ich etwas sehr Dummes, Beleidigendes oder Respektloses gefragt. Ärgerlich stellt uns die Medizinerin schlussendlich frei, die Klinik sofort verlassen zu können, sofern wir das wollen. Auf eigene Verantwortung, indem wir das Hospital schriftlich von allen Ansprüchen entbinden. Gegen jeglichen ärztlichen Rat. Selbstverständlich ohne ein FIT TO FLY. Würde Christine im jetzigen Zustand fliegen, könnte alles gut gehen, es könnte aber genauso gut zu unvorhersehbaren Komplikationen kommen.

Das sind Antworten auf Fragen, die wir gar nicht stellen. Wir wollen nicht auf Biegen und Brechen heimfliegen!

Schließlich verlassen wir den Gesprächstermin ergebnislos und gefrustet, aber mit der klaren Entscheidung, bleiben zu wollen. Am Ende aller Emotionen regiert weiterhin die Vernunft, steht ausschließlich Christines Wohl an erster Stelle.

Darüber hinaus werden wir alle Optionen zusätzlich mit dem Arzt aus Deutschland vertiefen können. Vielleicht hat der eine andere Sichtweise, andere Ideen, schätzt die Lage anders ein und kann entsprechend intervenieren.

Kaum habe ich Christine ins Zimmer zurückbegleitet, klingelt wie aufs Stichwort mein Handy. Eine Münchner Nummer. Der Arzt, den die Auslandskrankenversicherung mit unserem Fall beauftragt hat! Ein besseres Timing für den Anruf kann es ja kaum geben. Sofort keimt wieder Hoffnung auf. Augenblicklich bin ich sowieso noch in diesem Gesprächsmodus Patient-Arzt, es kann also nahtlos weitergehen. Weil ich aber umgeben von lebhaften Gesprächen im Krankenzimmer kaum etwas verstehe, flüchte ich hinaus auf den Gang und von dort in den Wartebereich bei den Fahrstühlen. Hier führe ich eh die meisten meiner Telefonate, das ist eine Art Großraumbüro für mich geworden. Nicht zuletzt deshalb, weil es hier auch jede Menge Steckdosen gibt.

Der Arzt am Telefon hat eine dominante Art, spricht laut, beginnt in Münchner Dialekt sofort mit weitschweifigen Ausführungen. Er redet und redet. Und redet.

Doziert.

Darüber, dass er vom Hospital bereits die wichtigsten Informationen zum Stand der Dinge erhalten und sich mit allem vertraut gemacht habe. Wie verzwickt dieser Fall sei. Wie kompliziert es ohnehin sei, wenn man im Ausland erkranke. Dass sich dann immer viele Fragen und Unsicherheiten ergeben, die genau und sorgfältig zu gewichten seien. Punkt für Punkt. Ein „Bla" reiht sich an das nächste.

„Lassen Sie uns zunächst einmal ganz sachlich die gesundheitliche Lage Ihrer Frau betrachten und uns mit der Frage beschäftigen, wo und wie ihr objektiv am besten geholfen werden kann", sagt der Arzt.

Sachlich! Objektiv! Okay, da winkt einer nicht nur mit dem Zaunpfahl, sondern gleich mit dem gesamten Zaun. Da weiß ich sofort, wo dieses Gespräch enden wird, bis zum letzten Wort und dem letzten Punkt.

Es wird sich nach diesem Gespräch nichts, aber auch nicht das Geringste an unserer Lage ändern! Dieser Arzt wird mir in einer Fülle an unwiderlegbaren Argumenten und in geschliffener Rhetorik erklären, warum der Status Quo auch aus seiner Sicht das Beste ist. Ehrlich gesagt habe ich trotz aller zwischenzeitlich aufkommenden Hoffnung in meinem tiefsten Inneren genau das befürchtet. Dafür braucht man nicht mal medizinische Fachkenntnisse. Warum eine Patientin vorzeitig aus einer Klinik holen, in der sie medizinisch tadellos versorgt wird? Warum bei einer noch nicht ausgeheilten Lungenentzündung das Risiko eines vorzeitigen Rückflugs eingehen? Kein Hubschrauber wird starten, kein *Arnold Schwarzenegger* sich über dem Hospital abseilen. Keine Rückreise in Sicht!

Hallo, sind Sie noch da, Herr Bluhm?

„Wissen Sie was", sage ich müde zu dem Arzt. „Sparen wir uns doch weitere Diskussionen. Ich möchte nur noch wissen, ob es überhaupt irgendeine Chance für einen vorzeitigen Heimflug meiner Frau gibt. Und mit welchen Risiken das verbunden wäre."

„Wir sorgen dann für einen Rückflug kranker oder verletzter Personen, wenn in dem Land, in dem sie sich aufhalten, eine gravierende medizinische Unterversorgung herrscht", erklärt mir der Arzt. „Bei einer nicht ausgeheilten Lungenentzündung ist jeder Flug mit einem hohen Risiko verbunden. Davon ist grundsätzlich abzuraten."

Später fasse ich für Christine dieses Gespräch mit dem Fazit zusammen, wie nutzlos in unserem Fall die zusätzliche Krankenversicherung für das Ausland ist.

Bei einer Erkrankung in einem Mitgliedsland der EU wie Griechenland ist eine medizinische Unterversorgung während einer Lungenentzündung praktisch unmöglich. Schließlich wird sie in einem Hospital auf Korfu mit denselben Mitteln und demselben Knowhow behandelt wie in jeder deutschen Klinik.

Völlig unerheblich sind dabei die sonstigen Umstände. Egal ob man sein Klopapier selbst besorgen müsse oder seltsame Wesen durch die Klinik geisterten, Patienten die ganze Nacht Partys feierten oder Fernsehgeräte vierundzwanzig Stunden am Tag liefen.

Wenn aber eine Patientin am Ende der Therapie mit einer völlig ausgeheilten Lungenentzündung ein Flugzeug besteige, dann seien die Flugkosten selbstverständlich aus eigener Tasche zu zahlen.

Ich gebe Christine dasselbe Beispiel, das der Arzt dazu brachte:

„Wenn ein gesunder Mensch in Deutschland eine Klinik verlässt, käme er ja auch nicht auf die Idee, das Geld für die Taxifahrt nach Hause von seiner Krankenkasse zurückzufordern."

„Was hast du dazu gesagt?", fragt mich Christine.

Das möchte ich lieber nicht wiederholen.

„Und wie geht es jetzt weiter?"

„Eigentlich gar nicht. Also wie gehabt"

„So bist du mit dem Arzt verblieben?"

„Na ja, der Arzt wollte wissen, ob ich noch Fragen hätte. Da hab ich ihn gefragt, wofür man eigentlich eine solche beschissene Auslandsversicherung braucht."

„Natürlich hast du es anders ausgedrückt."

„Eigentlich nicht."

„Wird sich der Arzt noch mal melden?"

„Keine Ahnung."

„Willst du das nächste Gespräch dann lieber gleich mir überlassen? Es geht ja um mich. Und es ist meine Versicherung."

Gute Idee. Mein Bedarf an Gesprächen mit den Göttern in weiß ist durch den heutigen Tag erst mal gedeckt.

Christine scheint einen Moment lang über unsere Lage nachzudenken. Sie wird eine ungefähre Ahnung von meiner Wortwahl haben, die in dem Gespräch nicht immer angemessen gewesen sein mag. Die Menge an Fehlschlägen hat meinen Sinn für Sachlichkeit getrübt.

„Aber die Kosten für das Hospital?", fragt sie dann. „Werden die wenigstens von der Auslandskrankenversicherung übernommen?"

„Nein, das zahlt die gesetzliche Kasse. Wir sind in einem staatlichen Hospital, dafür gibt es ein übergreifendes EU-Abkommen. Darüber sprachen wir schon mal, erinnerst du dich?"

„Nicht wirklich", murmelt Christine. „Wer soll da noch durchsteigen bei dem, was die eine oder andere Versicherung macht oder nicht macht."

Eine Weile starrt sie ins Nichts. Im Zimmer ist inzwischen noch mehr Rummel als sonst. Zwei Patientinnen werden heute entlassen: UFF, die immer noch hustet wie am ersten Tag, inzwischen aber schon ab und zu heimlich geraucht hat, das konnte man riechen. Und die zierliche Frau, deren Hustenanfälle unvermindert dramatisch klingen, aber längst nicht mehr so häufig auftreten. Mit Hilfe von Verwandten oder Freunden wird an beiden Betten gut gelaunt gepackt, während sich eine allgemeine Aufbruchstimmung verbreitet. Ich beobachte das Treiben mit gemischten Gefühlen, gönne den Damen die Entlassung und neide sie ihnen gleichzeitig ein wenig. Am Tag unserer Ankunft wäre ich nie auf die Idee gekommen, ausgerechnet diese beiden *Kameliendamen* am Ende vor uns das Hospital verlassen zu sehen. Das hätte ich nie für möglich gehalten.

Bedauerlich ist auch die Veränderung des „Raumklangs", denn ich hatte längst begonnen, mich an den Soundmix aller unserer Geräusche zu gewöhnen.

Christine und ich verfolgen den Abschied der beiden Ex-Patientinnen, wie sie fertig angezogen und in Begleitung ihrer Lieben endgültig bereit zum Aufbruch sind. Sie verabschieden sich von der anderen Patientin, deren Tochter und uns. Mit den besten Wünschen fordern sie uns gestenreich zum Durchhalten auf. Zweifellos sind wir hier auf engstem Raum zu einer kleinen Gemeinschaft zusammengewachsen, haben uns eine Weile diesen Raum mit angrenzendem Badezimmer geteilt, ebenso wie das streng rationierte Toilettenpapier, den Mangel an alltäglichen Dingen, den unberechenbaren Rhythmus der medizinischen Versorgung, unsere eigenen vielfältigen Töne, selbst Tränen, die sich nicht immer zurückhalten ließen ...

„Also bleiben wir", murmelt Christine, und es hört sich an, als könne sie sich gar nicht mehr vorstellen, hier jemals wieder rauszukommen. Der wahre Schrecken ist die Sachlichkeit, mit der sie das sagt. Wir fügen uns, nehmen unser Schicksal an und lassen alles Weitere auf uns zukommen. Danach klingt das jetzt.

„So sieht es aus", bestätige ich mit belegter Stimme.

Inzwischen wirkt Christine deutlich gefasster als ich, denn mir ist zum Heulen zumute. Gleichzeitig betrachte ich sehnsüchtig die beiden frei gewordenen Betten. Am liebsten würde ich mich jetzt in einem davon verkriechen. Im Liegen schlafen – das muss herrlich sein!

Ein Umzug ins Hotel ist für mich vorerst kein Thema mehr. Christine spricht immer häufiger davon, aber ich blocke das ab. Aus gutem Grund.

Ich möchte zunächst die neuen Patientinnen begutachten um zu prüfen, ob ich meine Frau mit denen allein lassen kann, zumindest über Nacht. Ich möchte die Gewissheit haben, dass hier alles in Ordnung ist, bevor ich mich zu diesem Schritt entschließe.

Kurz darauf kommt der alte Herr pünktlich zur Nachtschicht ins Zimmer getippelt. Mit derselben Verlässlichkeit, mit der die Sonne uns Tag für Tag die Treue hält, taucht er im Krankenzimmer auf, um die nächste Nacht am Bett seiner Frau zu wachen. Er grüßt uns munter, und ich beschließe spontan, mir seine Unverwüstlichkeit zum Vorbild zu nehmen. Ich frage Christine, was uns jetzt eigentlich noch erschüttern könne? Und beginne voller Elan, meinen Liegestuhl für die Nacht zu präparieren.

Kapitel 24: Neue Geräusche

Die erste neue Patientin platzt schon wenig später in die kurzzeitig geradezu unwirkliche Idylle. Eine sehr kleine, sehr dicke und sehr sonderbare Frau mit einem bellenden Husten und einer quiekenden Stimme wird in einem Rollstuhl von einem Pfleger wie ein Paket angeliefert. Sie erinnert mich an einen Kobold mit kurzen struppigen Haaren, kurzen dicken Armen und Beinen, die von einem kugelrunden Leib abstehen wie die zu kleinen Gliedmaßen einer XXL-Puppe. In ihrem Gesicht sind die tiefliegenden Augen, die tiefliegende Nase und der tiefliegende Mund für mich kaum erkennbar. Allerdings schaue ich auch nicht so genau hin, und mein Sehvermögen ist sowieso kein Maßstab.

Die Neue erscheint in Begleitung einer jüngeren Frau, vermutlich der Tochter. Es gibt gewisse Ähnlichkeiten, besonders bei der markanten Leibesfülle und der unterdurchschnittlichen Körpergröße.

Die Belegung des letzten freien Bettes vollzieht sich in der Nacht, da habe ich grade mal wieder einen meiner ebenso zahlreichen wie sinnlosen Anläufe unternommen, es mit einem Schläfchen zu versuchen. Im ersten Moment erschreckt mich der Anblick der neuen Patientin. Bei voller Zimmerbeleuchtung liegt sie reglos im Bett, mit geschlossenen Augen und leicht geöffnetem Mund, vom Pfleger eine Weile direkt vor Christine und mir abgestellt, da haben wir unseren Vorhang noch nicht für die Nacht zugezogen. Leider! Spielen mir meine schlechten Augen gerade einen bösen Streich? Die Frau sieht aus wie eine mumifizierte Leiche mit geschrumpftem Schädel und faltigem Gesicht, die geschlossenen Augen tief in den Höhlen versunken, der kleine krause Mund verzerrt, als würde er mühsam um die letzten Atemzüge ringen. Später bestätigt Christine leise meinen Eindruck. Von *beiden* Neuzugängen! Die Patientin, die den Platz direkt neben uns bekommen hat, muss steinalt sein, liegt vermutlich im Koma, vielleicht auch im Sterben. Sie wird, so hat es den Anschein, von einigen engen Angehörigen begleitet, die um sie herum agieren wie ein eingespieltes Team, da sitzt jeder Handgriff wie beim Reifenwechsel in der *Formel 1*. Flink und zielstrebig breiten sie sich mit Hilfe der Pfleger im Schlafbereich nebenan aus und richten sich ein. Alt und jung, sehr geschäftig aber erstaunlich leise. Mehrere zusätzliche Übernachtungsgäste.

Was auch immer dazu geführt haben mag, die Frau im Fachbereich für Lungenerkrankungen unterzubringen, sie wird ihre letzten Atemzüge vermutlich hier in diesem Zimmer machen. Direkt neben uns.

Der Vorhang wird von den Angehörigen rund um das Bett geschlossen, das Meiste spielt sich fortan im Verborgenen ab, reduziert sich auf leise Geräusche und gedämpfte Stimmen.

In der nächsten Zeit werden zahlreiche Menschen hinter dem Vorhang verschwinden, offensichtlich um Abschied nehmen zu wollen. Sie kommen mit betroffenen und traurigen Mienen, verlassen den Raum später oft schluchzend aneinandergeklammert und sich gegenseitig stützend. Ein alter Mensch, ein langes Leben, das mit vielen anderen Schicksalen fest verwoben ist. Die Vergänglichkeit vor Augen, der niemand entkommen kann, lässt auch die eigenen Probleme wieder auf ein normales Maß schrumpfen. Zusätzlich verändert sich der Grundton des Raums maßgeblich, trübt die Stimmung und reduziert die Geräusche. Macht uns alle hier in gewisser Weise vom eigenen Schicksal losgelöst betroffen.

Unfreiwillig werden wir Zeugen intimer Momente, die doch eher dem engsten Kreis der Familie und Freunden vorbehalten sein sollten. Da fällt es schwer, neben dieser traurigen Situation die eigenen Gedanken weiterhin positiv auszurichten. Na ja, viel gelacht wurde hier bisher sowieso nicht. Aber der Mangel an Gründen hat zugenommen.

Der engste Familienkreis nebenan ist im Wechsel mit der Pflege und Nachtwache beschäftigt, und nie lässt sich abschätzen, wie viele Personen bei Tag oder während der Nacht hinter dem Vorhang anwesend sind. Man hört eine Fülle an Geräuschen, auch aus dem Fernsehgerät und Töne und Signale aus Smartphones und Tablets. Dazu wird oft im Flüsterton kommuniziert.

Der ältere Herr auf der anderen Zimmerseite dimmt gleich in der ersten Nacht, wahrscheinlich aus Respekt vor der besonderen Situation, sein Fernsehgerät auf eine kaum hörbare Lautstärke und schaltet es für seine Verhältnisse ungewöhnlich früh aus, um weit vor Mitternacht auf dem Fernsehsessel einzuschlafen. Die Atmosphäre im Zimmer hat sich gewandelt, war einst eher lebhaft und wirkt jetzt weitgehend gelähmt.

Die kleine dicke Frau, die uns gegenüber liegt, während ihre ebenso dicke Tochter auf einem schlichten Besucherstuhl am Bett die Nacht verbringt, hustet, quiekt und schnarcht zwar im kontinuierlichen Wechsel, aber mit Ausnahme einiger Tonfolgen aus den Smartphones um uns herum erlebe ich ansonsten die ruhigste Nacht unseres bisherigen Aufenthalts im Hospital. Kein Lärm auf dem Flur, kein Rufen und Klagen des Elefantenjungen, der vermutlich verlegt worden ist, keine Party in einem der Nachbarzimmer. Selbst die Krankenpfleger kommen nachts nicht mehr wie eine Spezialeinheit zur Geiselbefreiung bei uns rein, sondern fast schon auf leisen und höchstens leicht quietschenden Sohlen. Es kommt nur noch zu einem bemerkenswerten Zwischenfall, als sich die dicke Patientin mit Händen und Füssen gegen die Sauerstofftherapie über die Maske zur Wehr setzt, als befürchte sie, man wolle sie einschläfern. Sobald der Pfleger ihr die Atemmaske aufsetzen will, bäumt sie sich auf, wälzt sich hin und her, dreht den Kopf von einer Seite zur anderen und quiekt wie ein übergroßes Meerschweinchen. Am Ende gewinnt der Pfleger, und es würde mich nicht wundern, wenn er die störrische Frau kurz ausgeknockt hätte. Zwischenzeitlich konnte man diesen Eindruck gewinnen, während die Tochter so beruhigend wie möglich auf die zappelnde Mutter einzuwirken versuchte.

Danach ist es dann so ruhig und friedlich, da bekomme ich erst recht kein Auge mehr zu. Diese verdammte Stille!

Unwillkürlich muss ich mich wieder mit vielen unsinnigen Gedankenspielen herumplagen, über das, was ich alles tun werde, wenn ich eines Tages wieder zu Hause sein werde, und wie ich mein Leben grundsätzlich und nachhaltig ändern will, den Schwerpunkt wieder auf das Wesentliche verlagern möchte. Ich würde gern das Gespür für die schlichten Freuden des Lebens zurückgewinnen, das ich zu großen Teilen auf dem Weg von der Kindheit ins Dasein eines Erwachsenen verloren habe. Die Größer der kleinen Dinge, die vor lauter Selbstverständlichkeit kaum noch wahrnehmbar ist. Zum Beispiel der Luxus, nachts in einem Bett zu liegen.

Mein aktueller Schlafplatz verursacht bei Rückenlage Kreuzschmerzen. In Seitenlage rebellieren die jeweiligen Hüftgelenke und das Becken. Nacken und Schultern schmerzen in beliebiger Lage. Mit jeder weiteren Nacht scheint sich mein gesamtes Knochengerüst zu verformen, bis ich mich eines Tages wie *Quasimodo, der Glöckner von Notre Dame* bewegen werde.

„Hatten Sie einen Unfall?", werden mich mitleidige Zeitgenossen später fragen, und ich werde antworten: „Nein, hab nur zu viel Zeit in einem Liegestuhl auf Korfu verbracht!"

Wenigstens kann ich zukünftig von Urlaubserlebnissen berichten, die wirklich origineller als jene sind, die man üblicherweise zu hören, zu sehen oder zu lesen bekommt. *Das* kann man sich nicht besser ausdenken.

Ich stelle mir die vielen Urlauber vor, die unbekümmert durch die Straßen Kérkiras gebummelt sind, die Klosterinsel Vlachern besucht haben, ebenso wie das Schloss Repos, sich in Sidári oder sonst wo auf Korfu die Sonne auf den sorglosen Pelz haben brennen lassen. Aber wer von denen war jemals an Orten, wo man den Griechen wirklich nahekommt? Wo man ihre Alltagsgesichter sieht, ihre Alltagsgeräusche hört, umgeben von Klagen und Husten, während man mit ihnen auf engstem Raum lebt, so nah, wie man sonst nur die Familie oder sehr gute Freunde ertragen würde – und vielleicht nicht mal die! Nah genug sogar, um mitzuerleben, wie der Tod nach ihnen greift.

In einer Notaufnahme, einem Vierbett-Zimmer im Hospitalalltag, fast zu jeder Zeit dichtgedrängt in den Fahrstühlen, zu Stoßzeiten im Shop, egal zu welcher Zeit in der Administration – in der hoffentlich nie wieder!

Allerdings ist diese Form von „Urlaub" belastend und aufreibend. In manchen Momenten habe ich mich wie auf links gedreht gefühlt. Vor allen Dingen beschäftigt mich die Frage, wie lang mein Körper die beengte Haltung in dem Liegestuhl noch ohne bleibenden Schaden mitmachen wird. Immer öfter denke ich an das bezaubernde kleine Hotel in der Nähe der Klinik, mit richtigen Betten und einem echten Frühstück. Mit einer Steckdose im Badezimmer, an die ich den Rasierapparat anschließen könnte. Einfach so.

Christine drängt mich zu diesem Schritt. Tatsächlich fällt es mir mit jedem Tag schwerer, Gründe zu finden, die dagegensprechen. Obwohl ja gerade wieder Angehörige der neuen Patientinnen beweisen, wie wichtig es ist, seinen Lieben Tag und Nacht beizustehen, auch wenn es an Komfort mangelt. Ohne zu klagen verbringt das dicke Mädchen die ganze Nacht auf dem schlichten Stuhl neben dem Bett der Mutter. Bleibt geduldig und freundlich und kümmert sich unermüdlich um sie, ist bei jedem Quieken sofort hellwach zur Stelle. Dagegen habe ich es doch eigentlich recht komfortabel, in meinem funktionalen Liege-stuhl. Warum also bin ich inzwischen so verzweifelt? Vielleicht, weil es die fünfte Nacht ist, die ich hier ver-bringe, ohne Bett, ohne Decke, fast ohne Schlaf, mit be-grenzten Möglichkeiten, mich einigermaßen zu pflegen, mit einem sprießenden und juckenden grauen Vollbart und ohne jede kreative Beschäftigung, außer ab und zu über Kopfhörer Musik hören, manchmal einem Hörbuch lauschen. Ansonsten aber bin ich mit Klinik-Routine be-schäftigt, mit Christines Gemütszustand, mit meinem Gemütszustand, mit Kaffee- und Brötchenholen, mit Tele-fonaten, Klärungen von Problemen, mit Arztgesprächen, mit Warten, mit Hadern und Verzweifeln und dann schon wieder mit endlosem Warten, denn dafür gibt es hier eine Fülle von Gelegenheiten.

Christine schläft ruhig und entspannt neben mir. Wenn ich ihre Verfassung am Tag der Einlieferung mit ihrem jetzigen Zustand vergleiche, sollte ich glücklich und zu-frieden sein und unten in der kleinen offenen Kapelle gegenüber des Einkaufsshop endlich eine Kerze der Dankbarkeit entzünden, in dem Wissen, dass Christines gleichmäßige Atemzüge von einer täglich gesünder wer-denden Lunge versorgt werden. Ein schöner Gedanke!

Vielleicht ist es gerade deshalb vernünftig, wenn ich ab morgen in das Hotel wechsle. Erst einmal für ein oder zwei Nächte, und dann schauen wir, was sich bis dahin ergeben hat.

Ich habe einfach keine Lust mehr, mich an das Husten und verängstigte Quieken der Koboldfrau gewöhnen zu müssen, auch nicht an das Schnarchen der Tochter, das jetzt eingesetzt hat, weil sie doch kurz eingenickt ist. Ich will nicht neben einer dem Tode geweihten Frau die Nacht verbringen, immer in dem Gefühl, sie könne neben uns gerade den letzten Atemzug machen. Da war mir das Stöhnen und Seufzen und die maskulinen Geräusche von UFF tausendmal lieber. Immerhin klang sie lebendig. Sehr sogar! Besonders Hitzewellen und Nikotinentzug schienen die herbe Frau auf Trab zu halten und den Ausstoß der „Uffs!" zu befeuern.

Während alle schlafen oder vielleicht auch noch an den Smartphones herumfummeln, reift mein Entschluss:

Ich werde ins Hotel gehen.

Morgen!

Kapitel 25: Abschiedsstimmung

Am nächsten Morgen kann ich es kaum erwarten, mit Christine über meinen Entschluss zu sprechen. Doch erst will sie etwas Dringendes loswerden. Also lasse ich ihr den Vortritt, schließlich ist sie krank. Sie hat sich in ihrem Bett in eine bequeme Haltung gebracht, da komme ich mir in dem Liegestuhl neben ihr noch kleiner vor. Wie ein Untertan zu Füßen seiner Gebieterin. Mitfühlend von oben auf mich herabblickend teilt mir meine Gebieterin mit, dass es so einfach nicht mehr weitergehen könne; wie ich Nacht für Nacht in ungesunder Haltung auf diesem Liegestuhl verbringe. Das sei auch für sie unerträglich.

„Du musst endlich ins Hotel, Richard", fordert sie. „Und zwar noch heute."

Dieser Schritt ist nicht mehr verhandelbar. Die ersten beiden Nächte war meine Anwesenheit für sie unverzichtbar gewesen. Die dritte und vierte Nacht ein liebenswerter Beweis dafür, was ich für sie alles zu ertragen bereit bin. Aber nach der fünften Nacht wäre eine

Ruhephase im Hotel für mich sinnvoller, als den finalen Bandscheibenvorfall zu riskieren. Zumal Christines Verfassung inzwischen wieder deutlich stabiler geworden ist, was sich nicht zuletzt an ihrer Augenfarbe ablesen lässt, die sich von einem Wintergrau in Frühlingsblau gewandelt hat. Noch nicht strahlend, aber doch nahe dran am alten Leuchten.

Nun hatte ich vorhin schon auf meiner Seite des Schlafbereichs den Vorhang aufziehen wollen, wobei er sich zum Teil plötzlich oben aus der Schiene löste. Wenn ich noch einen allerletzten Grund gebraucht hätte, den Wechsel ins Hotel als unumgänglich zu betrachten, dann ist es die Tatsache, weitere Nächte hier im Hospital praktisch ohne diesen Sichtschutz auf meiner Seite verbringen zu müssen, gewissermaßen auf dem Präsentierteller, von der Zimmertür und vom Gang aus für alle sichtbar, die am Zimmer vorbeigehen oder es betreten. Eine beunruhigende Vorstellung. Wenn ich nicht einmal mehr meine Intimsphäre habe, bin ich nackter als nackt. Gerade in einer Lage, in der ich mich ohnehin nicht wohlfühle. Ich habe immer alle in dem Zimmer bewundert, die den Vorhang um ihr Bett dauerhaft offenließen, denen es egal zu sein scheint, ob und in welchem Zustand oder welcher Haltung man sie sehen kann. Das ist nicht mein Ding, und schon gar nicht als Mann in einem Krankenzimmer für Frauen.

Christines klare Meinung, mein eigener über Nacht gereifter Plan und dann auch noch das Malheur mit dem Vorhang, mehr braucht es wirklich nicht, um meinen Auszug endgültig zu beschließen. Es geht ja nur um die Nächte. Tagsüber werde ich natürlich weiterhin präsent bleiben.

Nach dieser Entscheidung fühle ich mich den restlichen Tag ziemlich aufgekratzt. Wie üblich besorge ich uns das Frühstück aus dem Shop, bin aber viel beschwingter und leichtfüßiger als sonst unterwegs. Begleite Christine später gutgelaunt zum nächsten Röntgentermin. Erfahre nach der täglichen Visite von ihr, dass sie vielleicht doch schon innerhalb der nächsten zwei Tage entlassen werden könnte und beginne munter mit konkreten Planungen unserer Heimreise. Da die digitalen Möglichkeiten in der Klinik eingeschränkt sind, habe ich noch eine Weile Kontakt zum Service des Reiseveranstalters gehalten. Doch ohne das Attest FIT TO FLY, was wie ein Zeitschriftentitel klingt, wird es von deren Seite keine Unterstützung für die Organisation des Rückflugs geben, ganz unabhängig von den Kosten, die wir sowieso selbst tragen müssen. Dasselbe gilt für die Hotline der Auslandskrankenversicherung. Da man im Callcenter jedes Mal auf eine andere Person mit anderer Mentalität trifft, erlebe ich in der Betreuung eine große Bandbreite von „engagierter Hilfsbereitschaft" bis zu „desinteressierter Arroganz". Die beflissene und fröhliche Ariane habe ich leider nur zweimal am Anfang in der Leitung gehabt, danach hat es Gespräche mit dem Arzt gegeben und daran haben sich Telefonate mit verschiedenen Mitarbeitern angeschlossen, die mal nett, mal weniger nett verliefen, aber durchweg ergebnislos.

Letztlich hake ich auch diesen Kontakt endgültig ab. Man muss in der Fremde erst einmal in eine Notsituation geraten, um die Qualität der Beratung jener Unternehmen beurteilen zu können, mit denen man durch eine gebuchte Pauschalreise automatisch verbunden ist. Herzstück der Betreuung bilden – wie fast immer, wenn es um Kundenservice geht – die Callcenter. Im Ablauf bedeutet das, von einer automatischen Stimme erst einmal mit verschiedenen Serviceoptionen vertraut gemacht zu werden. Über die Eingabe von Ziffern kann man sich über die Tastatur dichter an eine in Aussicht gestellte Problemlösung herannavigieren, zumindest wird der Glaube geweckt, es könne sich hinter dieser einen Servicenummer eine klug strukturierte Organisation perfekt ausgebildeter Fachkräfte verbergen. Dann wird man, begleitet von meist penetrant beruhigender Musik, in einer Warteschleife geparkt, bis sich irgendwann mit geschulter Rhetorik und meist ausländischem Akzent eine echte menschliche Stimme meldet, ein Kevin, ein Jonas, eine Laura, Jana oder Alina. Die arbeiten die Angelegenheit Punkt für Punkt ab und machen ihren Haken dahinter. Sollte es am Ende immer noch nicht passen, hast du Pech gehabt. Dann bleibst du nach dem letzten Haken hinter der letzten Supportoption weiter im Schlamassel stecken, und es interessiert niemanden mehr, was aus dir wird. Jeder hat im Rahmen der Möglichkeiten sein Soll erfüllt. Hat es am Ende nicht gereicht, dann hilf dir selbst! Probleme mit einem Callcenter zu besprechen erfordert die Fähigkeit, sich auf eine gespaltene Persönlichkeit einlassen zu können. Bei jedem neuen Kontakt kriegt man es mit einer anderen Beratungstype zu tun. Darauf muss man sich ein- und dabei häufig umstellen.

Die Möglichkeiten, uns von außen Unterstützung zu beschaffen, haben sich zu diesem Zeitpunkt gewaltig reduziert. Es gibt keine Mitarbeiter des Reiseveranstalters mehr vor Ort, meine Kontakte zu allen Hotlines sind abgekühlt. Und so kommt mein Freund Jo ins Spiel. Besser gesagt seine Frau Maria. Die plant und bucht seit Jahren die Reisen für ihren Mann und sich. Sie kennt sich mit dem Organisieren von Flügen und Urlaubsreisen bestens aus und hat ein eigenes System entwickelt, um immer den günstigsten Flug und die ideale Verbindung ausfindig zu machen. Dafür hat sie sich international vernetzt und könnte vermutlich innerhalb kürzester Zeit die optimale Flugverbindung von *Bullerbü* ins *Takatukaland* finden. Jo hat mir das mal vor einiger Zeit voller Stolz erzählt, nur habe ich es damals eher beiläufig zur Kenntnis genommen, ohne darin irgendeinen Benefit für mein eigenes Leben zu erkennen. Den aber sehe ich jetzt so deutlich wie nie; hier auf Korfu in dieser weiterhin unübersichtlichen Lage, in der sich nur langsam die dunklen Wolken lichten. Dunkle Wolken sind wirklich bloß eine Metapher, denn über der Insel bleibt das Wetter auch gegen Ende Oktober unverändert sommerlich. Überraschend sommerlich, sagen die Einheimischen, allen Prognosen der erfahrenen Korfu-Kenner zum Trotz. Also haben wir, wollte man es auf den Punkt bringen, überragendes Wetter gehabt, während ich viel Zeit in einem Liegestuhl verbrachte.

Ich weihe Christine in meinen Plan ein, Maria in Hamburg zu kontaktieren. Erst mal soll sie sich nur bereithalten, aber sobald wir den Entlassungstag kennen, könnte sie sofort für uns aktiv werden. Wir halten es inzwischen für am klügsten, wenn wir nach Christines Entlassung noch mindestens zwei gemeinsame Übernachtungen in dem kleinen Hotel nahe der Klinik einplanen. Alles Weitere hängt von den Rückflugmöglichkeiten ab. Böte sich da kurzfristig etwas an, werden wir sofort zuschlagen, falls nicht, müssen wir in Ruhe abwarten und notfalls den Aufenthalt im Hotel verlängern. Letztlich wollen wir einen einigermaßen erträglichen Rückflug erwischen, sowohl zeitlich als auch finanziell, mit möglichst wenigen Zwischenlandungen. Leider ist Hamburg im internationalen Flugverkehr nicht gerade ein Dreh- und Angelpunkt, was die Planung erschwert.

Also rufe ich Maria an, die von Jo schon einiges über unser Dilemma weiß.

„Ihr Armen!" Maria erkundigt sich voller Mitgefühl nach Christines Befinden und unserer allgemeinen Verfassung.

In Normalform hätte ich erst mal etwas Amüsantes geantwortet, unsere Situation mit Galgenhumor beschrieben. Aber von dieser Form bin ich weit entfernt. Nüchtern und müde bringe ich sie auf den aktuellen Stand, weihe sie in unsere Pläne ein und natürlich speziell in ihre Rolle dabei: Einmal mehr möge sie ihrem Ruf als Buchungswunder gerecht werden. Sie lacht. Will uns natürlich gern behilflich sein, sobald wir einen verbindlichen Termin wissen.

Wunderbar! Der Weg über sie funktioniert auf jeden Fall ohne FIT TO FLY! Die Sache nicht von hier aus über das Smartphone organisieren zu müssen oder direkt am Flughafen, erfüllt mich mit großer Erleichterung.

Der restliche Tag verläuft im gewohnten Trott. Besucher kommen und gehen. Genauso wie Ärzte, Pflegepersonal und Putzfrauen. Zu den üblichen Zeiten wird Essen gebracht, von dem Christine nach wie vor kaum etwas anrührt, also alles läuft wie gewohnt.

Am frühen Nachmittag kommt es während einer Ruhephase allerdings zu einem bemerkenswerten Zwischenfall, ausgelöst durch die kleine dicke Patientin. Zunächst sehe ich sie im Badezimmer verschwinden, wobei sie sich stets mit einem leichten Wackeln vorwärtsbewegt, wie eine Aufziehpuppe. Kurze Zeit später ist ein verdächtig lauter Knall mit einem dumpfen Aufprall zu hören. Es folgen verzweifelt quiekende Laute. Sie klingen nach größter Not. Ein Hilferuf? Auf jeden Fall legt die Tochter sofort das Smartphone beiseite und verschwindet eilig im

Bad. Anschließend verweilen Mutter und Tochter gemeinsam beunruhigend lange dort, und ich vernehme Geräusche, über die ich lieber nicht genauer nachdenken möchte. Als die beiden Frauen nach längerer Zeit ziemlich still und auffällig unauffällig ins Zimmer zurückkehren, bekommt das außer mir niemand mit. Die abgeschottete Familie der Komapatientin neben uns scheint mit Fernsehen beschäftigt zu sein. Auf der anderen Seite wird geruht. Auch Christine schläft. Aber ich bin hellwach und zum Platzen neugierig. Zweifellos ist da eben auf der Toilette ein Unglück passiert, und das Verhalten der beiden Frauen empfinde ich als höchst verdächtig.

Dass ich darüber hinaus plötzlich ein drängendes natürliches Bedürfnis verspüre, mag auch psychische Ursachen haben, aber abgesehen davon hat mich eine unwiderstehliche Neugier gepackt. Normalerweise bin ich gar nicht so, aber hier stürze ich mich geradezu auf solche Ereignisse. Ich will sofort das Badezimmer inspizieren. Muss herauszufinden, was passiert ist. Was die beiden seltsamen Damen dort getrieben haben. Vertuschen wollten.

Ehe ich allerdings zur Expedition ins Ungewisse aufbrechen kann, schwingt plötzlich neben mir Christine entschlossen die Beine aus dem Bett. Gerade aufgewacht verspürt sie ein Bedürfnis und handelt schneller als ich. Ausgerechnet jetzt! Noch ein wenig benommen bugsiert sie den Infusionsständer mit den eigenwilligen Rädern und dem häufig so dürftig tropfenden Infusionsbeutelchen seitlich am Bett entlang, um sich auf den Weg Richtung Badezimmer zu machen. Zweifellos hat sie von den Ereignissen zuvor nichts mitbekommen.

„Wo willst du hin?", frage ich sie.

Christine hält sich am Ständer fest und mustert mich erstaunt.

„In die Disco."

„Brauchst du lange?"

„Warum fragst du?"

„Ich wollte auch ..."

„Stell dich hinten an."

Mit einer Tüte unter dem Arm, in der ihre eigene Klorolle und einige unverzichtbare Pflegeprodukte stecken, bewegt sie sich mit dem schaukelnden Ständer Richtung Badezimmertür, dreht sich auf halbem Wege noch mal kurz zu mir um und steckt mir neckisch die Zunge raus. Der Ständer wurde schon mehrfach ausgetauscht, die Räder aber verkanten bei jedem, vermutlich eine besondere Baureihe dieser Dinger, eine spezielle Anfertigung für Korfu, um die Patienten stärker zu fordern.

Fasziniert beobachte ich, wie Christine die Tür zum Bad öffnet und zusammen mit dem stählernen Begleiter, den sie inzwischen meistens trägt, im Inneren verschwindet.

Es ist still.

Bleibt still.

Ich halte den Atem an.

Wird sie gleich schreien?

Niemals!

Eher Fluchen.

Aber noch immer kein Laut.

Auch kein Hilferuf.

Nichts.

Nach einer Weile absolut geräuschloser Hochspannung rauscht mehrfach die Klospülung. Klingt irgendwie nachdrücklich. Gleich danach öffnet sich die Tür. Christine. Bleich, mit starrem Blick, eine Hand fest um den Ständer. Sie hält sich aufrecht und wirkt beherrscht. Zu beherrscht.

Was los sei, will ich flüsternd wissen, nachdem sie den Infusionsständer mühsam neben das Bett rangiert hat, danach still und reglos auf dem Rücken liegt und zur Decke starrt, wie nach einem Schock. Ich platze fast vor Neugier.

Aber auf meine Frage reagiert sie nicht.

Erst als ich nicht locker lasse murmelt sie:

„Ich will nach Hause."

Ach so. Und was gibt's Neues?

„Das Bad ist jetzt frei!", sagte sie.

Ich erhebe mich.

Sie schaut mich undurchsichtig an.

„Dann gehe ich mal", sage ich zögernd.

„Ja, tu das", entgegnet sie und wünscht mir viel Spaß.

Ich nehme an, preisgünstige Plastikklobrillen können unter extremer Belastung durchaus wegbrechen. Wenn das zu einem ungünstigen Zeitpunkt geschieht, kann es neben einer aus der Verankerung gerissenen Klobrille auch noch zu anderen unerfreulichen Begleiterscheinungen kommen. Die sollten sich allerdings durch den gezielten Einsatz einer Klobürste durchaus vollständig beseitigen lassen. Hat es solche Bestrebungen gegeben, so sind sie jedenfalls in diesem Fall wenig erfolgreich gewesen. Natürlich kann ich Christine als Schuldige am Zustand der Toilette ausschließen. Allerdings hat es außer der mehrfachen und vermutlich höchst angewiderten Betätigung der Spülung ihrerseits keine weiteren Säuberungsbemühungen gegeben. Also bin ich mal wieder das letzte Glied in der unseligen Kette. Der Depp, an dem alles hängenbleibt. Der Tatortreiniger! Wieso packt mich gleich wieder dieses dämliche Schuldgefühl? Die nächste Person, die nach mir das Bad aufsuchen sollte, würde das Unglück sehen und sich sofort erinnern, wer kurz zuvor drin war. Nicht die beiden dicken Frauen. Nicht Christine. Nein, ich! The German! Dann würden sie sich über mich bestimmt die Mäuler zerreißen. Eine wahrhaft beschissene Situation!

Der da war's. Der Graubärtige! Der Deutsche! Machen uns anderen Europäern so gern Vorhaltungen, aber verwandeln ein Klo in einen Saustall. Und sind sich zu fein, um mal eine Klobürste in die Hand zu nehmen.

Typisch!

Wozu ich mich in den folgenden Minuten mit gepresstem Atem überwinde, das tue ich nicht nur für mich und meinen Ruf, sondern für den aller deutschen Urlauber im Ausland. Furchtlos hantiere ich mit der Klobürste und erledige den Job. Ich hab hier jetzt schon so viel Unglaubliches erlebt, da haut mich das auch nicht mehr um. Die Klobrille ist allerdings hin, da ist nichts zu retten. Ich platziere sie sorgsam auf der ordentlich gereinigten Kloschüssel und säubere mir anschließend minutenlang mit Kernseife die Hände inklusive der Unterarme.

Als ich nach dem Spezialeinsatz mit erhobenem, aber auch leicht gerötetem Haupt das Bad verlasse, verfolgen die beiden Übeltäterinnen hochkonzentriert eine Sendung im Fernsehen. Sie beachten mich nicht, während ich unmittelbar an ihnen vorbeischreite. Zeigen keine Spur Schuldgefühl oder schlechtem Gewissen.

Und Christine? Die ist schon wieder eingeschlafen.

Ist das zu fassen?

Am späten Nachmittag verlässt uns die kleine Familie von schräg gegenüber. Für mich kommt das völlig unerwartet. Damit hätte ich am wenigsten gerechnet. Die Frau wirkt unverändert krank und zerbrechlich wie an unserem Ankunftstag, viel kränker als Christine. Ein FIT TO FLY würde die garantiert nicht bekommen. Braucht sie aber auch nicht. Mit einem Auto ist sie schnell zu Hause. Dort wird sie abends mit ihrem Mann vor dem Fernsehgerät sitzen, so wie die letzten Abende hier in der Klinik, und irgendwie wird ihr Leben einfach weitergehen, auf ähnliche Weise, wie ich es hier erlebt habe.

Die Tochter ist uns gegenüber auf zurückhaltende Art hilfsbereit gewesen, hat mir anfangs den Weg zum Shop erklärt, gezeigt wo der Raum des Pflegepersonals zu finden ist, mir oft Zeichen gegeben, wenn alle Angehörigen aufgefordert wurden, das Zimmer zu verlassen, hat uns mal ein Obstmesser geliehen, und uns dabei geholfen, einen am Infusionsständer verwickelten Schlauch des Infusionsbeutels wieder frei zu bekommen. Auf dezente Weise immer präsent, wenn wir Hilfe brauchten.

Ich hab die Familie schnell ins Herz geschlossen, ihr Aufbruch stimmt mich traurig, obwohl ich mich eigentlich für sie freuen sollte.

Der ältere Herr war morgens wie üblich gegangen. Ich begegne ihm aber nachmittags noch einmal zufällig bei den Fahrstühlen, als ich im Wartebereich einige Telefonate erledigen will.

Da nickt mir der alte Grieche zu wie einem guten Bekannten, lächelt und sagt etwas in seiner Landessprache. Ich verstehe nichts, bin mir aber sicher, dass die freie Übersetzung ungefähr „Alles Gute!" lauten könnte, auf jeden Fall etwas Nettes und Aufmunterndes.

Komisch, in der ersten Nacht hat mich die Lautstärke seines Fernsehgerätes fast in den Wahnsinn getrieben, aber heute finde ich es bedauerlich, Abschied nehmen zu müssen.

Was auch immer ich hier sonst erlebt habe, die unaufgeregte Art und Weise, mit der die kleine Familie ihr Schicksal im Hospital gemeistert hat, oft, wie es schien, in stiller

Übereinkunft, immer in warme kleine Gespräche und Gesten eingebunden, hat mich berührt und wird eine der prägendsten Erinnerung dieses „Urlaubs" bleiben.

Ein schicksalhaftes Kommen und Gehen. Nur für eine kurze Zeit ist man miteinander verbunden, um wieder gesund zu werden. Mal ist man sich auf die Nerven gefallen, mal hat man sich geholfen oder Mut gemacht und das gemeinsame Los getragen, Patient oder Angehöriger zu sein, hier und jetzt.

Später erleben Christine und ich von unserer Ecke aus mit der Gelassenheit routinierter Hospital-Veteranen die Ankunft der nächsten Generation; eine neue Patientin samt Familie. Christine liest, ich suche letzte Sachen für den Umzug ins Hotel zusammen.

Zum Abendbrot besorge ich uns Wraps, und wir lassen diesen Tag entspannt ausklingen. Christine umgeben jetzt lauter neue Gesichter, sie wird sich an fremde Stimmen und Stimmungen gewöhnen müssen, an andere Geräusche und neue Arten des Hustens. Da bin ich ehrlich erleichtert, mir das ersparen zu können, zumindest nachts. Mir fallen solche Veränderungen immer viel schwerer als ihr.

Die dicke Tochter hat den breiten Mietsessel des älteren Herrn übernommen. Einiges wurde umgestellt. Das Zimmer wirkt völlig verändert. Fremd.

Genau das meine ich. Es wird eine Weile dauern, bis ich mich an all das gewöhnt habe. Ich will mich aber nicht mehr gewöhnen müssen!

Als ich Christine auf die Umstellung des Sessels aufmerksam mache, schaut sie mich fragend an.

„Welcher Sessel?"

Kapitel 26: Das Hotel

Ich habe meinen Rucksack fertig gepackt, meine Jacke übergezogen, geprüft, ob ich auch Handy, Ausweise und Geld eingesteckt habe, stehe vor Christines Bett wie ein Weltreisender kurz vor dem Aufbruch ins nächste Abenteuer und bemühe mich um ein halbwegs normales Grinsen. Vielleicht bin ich doch nur ein mieser Verräter, der gerade im Begriff ist, seine Gefährtin im Stich zu lassen. Der vorzeitig aufgibt, statt ihr weiter beizustehen, inmitten von Komapatientinnen, KoboldFrauen, zerbrochenen Klodeckeln und verschobenen Sitzmöbeln.

„Nun geh schon", fordert Christine mich auf (würde mich wirklich gern mal mit ihren Augen sehen, wenn sie mich so anlächelt). „Ich bin müde. Es stört mich nur, wenn du noch länger hier rumlungerst."

Da gebe ich ihr einen Abschiedskuss, fühle mich dabei wirklich schlecht, verabschiede mich mit einem „Kalispera" in die Runde und mache mich auf den Weg.

Ich nehme die Treppe, will mich endlich wieder mehr bewegen. Unten in der Halle ist wie immer um diese Zeit, es ist gerade mal zwanzig Uhr, viel los. Rush Hour – das übliche Kommen und Gehen wie in einer Bahnhofshalle ohne Züge.

Außerhalb des Hospitalgebäudes empfängt mich, sobald ich die vor der Tür stehenden Raucher hinter mir gelassen habe, eine milde klare Luft. Nachdem ich auch genügend Abstand zu einigen lautstarken Telefonaten gewonnen habe, tritt zusätzlich eine wohltuende Stille ein. Gemessen an den zurückliegenden Tagen kommt mir das Normale so fremd vor, als hätte ich mich verlaufen. Es war ein krasser Wechsel vom Hotel ins Hospital. Genau so krass empfinde ich jetzt die umgekehrte Richtung. Dazu allein. Ohne Christine.

Beinahe hätte ich mich umgedreht, um zu schauen wo sie bleibt, noch ein wenig matt und außer Atem vielleicht, aber schon wieder neugierig auf das, was hinter der nächsten Kurve auf uns wartet. Ganz so, wie es sie immer vorwärtstreibt, wenn wir zusammen Städte, Gegenden oder Strecken erkunden, Orte, Bergdörfer oder Trails zum Wandern.

Den Weg, der vor mir liegt, kenne ich genau, bin ihn real mehrfach und im Geiste viel öfter gegangen; den an vielen Stellen holprigen Bürgersteig folgend immer geradeaus, an einigen geparkten Autos vorbei bis zum leeren Pförtnerhäuschen, durch das offene Tor gleich rechts die Straße runter, weiter zur nächsten Kreuzung, rüber auf die linke Straßenseite, dann keine zwanzig Schritte mehr und schon bin ich da. So kurz – und doch eine andere Welt.

Da ist *mein* Hotel!

Der Chef empfängt mich wie einen Freund. Ich erzähle ihm, dass es Christine schon besser gehe, und er freut sich. Bevor ich mein Zimmer beziehe, möchte ich noch ein Gläschen Wein trinken. Ich ritualisiere gern besondere Momente, und wenn das jetzt kein besonderer Moment ist, werde ich wohl keinen mehr erleben. Aus einer Art Gefangenschaft entlassen, hat die Freiheit einen besonderen Duft und Klang, sie hat besondere Farben und verbreitet eine besänftigende Atmosphäre. Dafür muss sie sich gar nicht anstrengen, nur einfach da sein.

Der Hotelbesitzer serviert mir an seiner kleinen Bar einen fruchtigen Rosé, und wir geraten ein wenig ins Plaudern. Ich bin der einzige anwesende Gast, er kann sich auf mich konzentrieren.

Er erzählt mir von seiner Zeit in Deutschland, und was ihn wieder zurück nach Griechenland geführt hat. Wie er schließlich vom Festland kam, um hier auf Korfu das Hotel zu übernehmen, das er seit einiger Zeit mit seiner Frau und seiner Nichte betreibt.

Ich erzähle die eine oder andere Episode aus dem Hospital. Berichte von den Gefühlen der Dankbarkeit den Ärzten und dem Pflegepersonal gegenüber, die viel für uns getan haben, und den Dingen, die fehlen, schlecht organisiert sind, gar nicht organisiert sind bis hin zu den unerfreulichen Begegnungen im tiefsten Inneren der Klinikbürokratie.

„Weißt du", sagt der Hotelbesitzer. „Vor einigen Jahren war unser Hospital ein Prunkstück. Alles war da, alles modern eingerichtet, alles gut organisiert. Dann kam die große Krise, all die Sparmaßnahmen, und danach noch mehr Sparmaßnahmen. Unser Gesundheitswesen wurde davon besonders hart getroffen. Entlassungen, Einsparungen bei allem, was sonst selbstverständlich war, alles wurde schlecht. Viele Griechen machen die EU dafür verantwortlich, und besonders die deutschen Politiker. Egal, ob das richtig ist oder nicht, es sind Entwicklungen, und es sind Emotionen. Früher waren wir stolz auf unser Hospital. Heute macht man lieber einen großen Bogen darum."

„Aber wenn man wirklich krank ist", werfe ich ein. „Meine Frau haben sie dort ... ja ... gerettet."

Er schaut mich ernst an und nickt.

„Dann ist es gut, mein Freund. Dann war es die richtige Entscheidung. Aber dann sind die anderen Umstände egal. Sie spielen keine Rolle."

Später rufe ich vom Zimmer aus noch kurz bei Christine an.

„Wie geht es dir in deinem gemütlichen Hotel?", will sie träge wissen. Das klingt viel weiter entfernt als der kurze Fußmarsch, der zwischen uns liegt.

Na, ich hab vorhin zwei Gläschen Wein getrunken und mich nett unterhalten, danach habe ich mich rasiert und geduscht und jetzt liege ich auf einem richtigen Bett, mit einer richtigen Matratze und einer richtigen Decke. Wie wird es mir wohl gehen?

Ich scherze über meinen Körper, der sich an ein normales Bett erst mal wieder gewöhnen müsse.

Dann berichtet Christine von einem überraschenden Besuch des Chefarztes. Vor einer knappen halben Stunde erst. Plötzlich habe er am Fußende ihres Bettes gestanden, sei wie aus dem Nichts aufgetaucht.

Ob er schon ihre Entlassungspapiere dabeihatte, will ich gutgelaunt wissen, entspannt wie lange nicht mehr, federleicht von zwei Gläsern Wein und einem Übermaß an Ruhe.

Das muss Christine leider verneinen. Im Gegensatz zu anderen Ärzten seines Teams gefiele ihm ihre Lunge auf dem aktuellen Röntgenbild nicht so gut. Er halte den Entzündungsherd noch immer für zu markant.

Ich richte mich auf.

„Das heißt was?"

Sie seufzt.

„Na, zu groß eben."

„Zu groß für was?"

„Keine Entlassung innerhalb der nächsten Tage. Vermutlich doch erst zum Wochenende. Vielleicht auch später."

Ich kann's bald nicht mehr hören!

Das wären ja noch mindestens ... weitere fünf Tage!

„Genau das", bestätigt Christine. „Nun schlaf dich erst mal aus, bring mir morgen früh meinen Kaffee und mein Croissant, und dann sehen wir weiter."

Sie beendet das Gespräch, bevor ich noch etwas kommentieren kann. Sie ist tapfer, aber ich konnte ihrer Stimme anhören, wie schwer ihr das fiel. Immer wieder neue Diagnosen und Meinungen, wer soll da noch durchsteigen?

Unter normalen Umständen hätte mich diese Nachricht wieder die halbe Nacht wachgehalten. Doch die Umstände sind schon lange nicht mehr normal. Nach höchstens zehn Minuten falle ich in einen tiefen Schlaf.

Kapitel 27: Hin und her

Die unterschiedlichen, gelegentlich sogar gegensätzlichen Meinungen der Ärzte über Christines Heilungsprozess haben uns während des Aufenthalts im Hospital immer wieder zu schaffen gemacht. Im Grunde genommen wird man irgendwie mit allem fertig, akzeptiert die Krankheit, findet sich mit den damit verbundenen Umständen ab, gewöhnt sich an die fremde Umgebung und die Eigenarten der Mitpatienten und fügt sich den unvermeidlichen medizinischen und organisatorischen Abläufen. Das funktioniert, weil es dazu keine Alternativen gibt.

Doch sich mittags über die Aussicht auf eine baldige Entlassung aus dem Hospital zu freuen, die noch am selben Abend widerrufen wird, diese emotionale Achterbahnfahrt zehrt an den Nerven. Am heutigen Morgen ist mal wieder ein neuer Tiefpunkt erreicht. Diesmal reagiert Christine gefasster als ich, scheint sich mehr für den Kaffee und das mitgebrachte Croissant zu interessieren, als für ein Gespräch über den Stand der Dinge.

Aber meine Verärgerung reicht locker für uns beide.

„Unfassbar! Das gibt's doch gar nicht!" Das hab ich jetzt schon mehrfach gesagt, mit genau diesen oder ähnlichen Worten.

Christine packt das Croissant aus und beißt gierig hinein. Während sie genüsslich kaut, schaut sie an mir vorbei ins unbestimmte Nichts. Erfreulich, dass Essen für sie wieder an Bedeutung gewonnen hat. Aber das Interesse an unserer Lage sollte deshalb nicht völlig verloren gehen.

„Ich werde hier noch verrückt", sage ich.

Sie nippt an ihrem Kaffee. Schließt die Augen. Genießt.

„Ist doch wahr", grolle ich. „Die erzählen uns jeden Tag was anderes!"

Christine macht den Eindruck, als ginge sie das hier alles nichts mehr an. Sie hat einen Kaffee und was zu essen, und das scheint ihr für den Augenblick vollauf zu genügen.

Ich sitze neben ihrem Bett und beobachte sie argwöhnisch. Hat sie aufgegeben? Hat man ihr ein Beruhigungsmittel verpasst? Etwas, das ihr den Willen raubt.

Wenigstens nimmt sie morgens wieder regelmäßig etwas zu sich. Und ich hab mich – unabhängig von den negativen Nachrichten – so richtig erholt, bin frisch rasiert, konnte in aller Ruhe duschen und mich pflegen und hab mich aus dem letzten Rest meiner noch sauberen Klamotten frisch eingekleidet. Nach nur einer Nacht in der Normalität fühle ich mich heute in der Klinik wie ein Besucher und nicht mehr wirklich zugehörig. Ich bin jetzt wieder einer von Draußen!

Wie sich Christine fühlt, weiß ich nicht, sie sagt ja nichts.

„Hätte ich gestern schon gewusst, dass du nun doch länger bleiben musst, wäre ich noch nicht ins Hotel gezogen", versichere ich ihr.

Jetzt richtet sie den Blick auf mich, als fiele ihr meine Anwesenheit gerade erst auf. Entgegnet kauend:

„Quatsch! Das war genau richtig."

Ich lehne mich auf dem Besucherstuhl zurück und schlage die Beine übereinander. Der Liegestuhl wurde bereits gestern Abend abgeholt. Meine Spuren verblassen schnell. Heute Abend werde ich meinen Koffer mit ins Hotel nehmen. Wir verschwinden hier Stück für Stück. Das ist der Plan.

„Was machen wir nun?", will ich wissen.

„Nichts", entgegnet Christine. „Was sollen wir schon machen?"

Offensichtlich hat sie den Punkt erreicht, an dem ihr langsam aber sicher alles egal geworden ist. Nimmt es fortan wie's kommt.

Wir sollten die heutige Visite abwarten, meint sie. Vielleicht würden wir dann mehr erfahren.

Nee, schon klar. Das ist ja gerade das Problem. Nach jedem Gespräch mit den Ärzten schrumpft die Gewissheit, weiß ich weniger als vorher. Womit sollen wir da konkret planen können?

Bevor ich meine Zweifel anmelden kann, wechselt Christine lieber das Thema, will wissen, wie mir das Leben im Hotel gefällt. Ob ich gut geschlafen habe. Wie das Zimmer ist. Wie mir das Frühstück geschmeckt hat. Ob die Menschen im Hotel nett sind.

Ich zeige ihr Fotos, damit sie schon mal einen Eindruck gewinnt. Schließlich wird sie demnächst auch Gast dort werden, in zwei Tagen oder fünf oder was weiß ich wann.

Ich habe im Hotel ein ganz normales Frühstück eingenommen, empfand es aber im Vergleich zu den Tagen
zuvor als geradezu luxuriös. Endlich wieder in aller Ruhe
an einem Frühstückstisch sitzen, mit einem Kännchen
frischen Kaffee, Brot, Aufschnitt, Butter, Marmelade,
Orangensaft, einem gekochten Ei und etwas süßem Ge-
bäck, das hat mich restlos glücklich gemacht. Draußen
hatte längst der nächste sonnige Tag begonnen, mit wol-
kenlosem Himmel, einer unvermindert kräftigen Sonne
und von vielfältigem Vogelgezwitscher begleitet. Ich habe
mich an der Erkenntnis berauscht, das große Glück in den
kleinen Dingen zu entdecken, als geschähe das alles gerade nur für mich. Aber die nötige Sensibilität für solche
Stimmungen wird vermutlich nur geweckt, wenn einem
zuvor das Normale und Alltägliche über einen gewissen
Zeitraum entzogen worden ist. Menschen besuchen Vor-
träge und Seminare, um zu solchen Einsichten vorzudrin-
gen. Das hat Korfu geschafft. Nicht während einer Wanderung, auch nicht angesichts einer dieser spektakulären
Sonnenuntergänge am Meer. Ein schlichtes Hotel, ein
angenehmer Frühstücksraum und ein normales Frühstück
reichen völlig!

„In dem Hotel fühle ich mich wie im Paradies",
schwärme ich Christine mit verklärtem Blick vor.

Ihr Frühstück hat sie jetzt beendet. Hockt in etwas un-
entschlossener Haltung auf dem Bett, nachdenkliche Miene, Leggins und Kapuzenshirt. Seit heute ist sie mit keinem Tropf mehr verbunden. Die jüngere der beiden
dicken Frauen hält das für ein sicheres Zeichen der baldigen Entlassung, aber Christine will diesem Umstand vorerst keine besondere Beachtung beimessen. Dafür sind wir
zu oft enttäuscht worden. Eher ergibt sich für sie die Frage, welcher unmittelbare Nutzen sich aus der unerwarte-

ten Freiheit gewinnen ließe. *Das* ist Klinikalltag. Das Lauern auf Gelegenheiten. Das Nutzen der wenigen Chancen. Ist das Klo frei? Hängt man gerade nicht am Tropf? Ist die Steckdose neben der Tür verfügbar, um das Handy aufzuladen?

„Ich habe übrigens sechs Steckdosen in meinem Hotelzimmer", prahle ich.

Habe tatsächlich alles auf einen Schlag aufladen können. Handy, iPod, Rasierer, E-Book, Fotoapparat.

Christine nimmt das mit anhaltender Gleichgültigkeit zur Kenntnis. Ja, klar, sie ist mit den Gedanken immer noch woanders, und die Anzahl der Steckdosen in meinem Hotelzimmer versetzt sie nicht in Ekstase.

Seit es ihr etwas besser geht, will sie sich endlich mehr bewegen, so viel wie möglich hin- und herlaufen, um sich wieder in Form zu bringen. Will auf alles vorbereitet sein, egal was kommt. Sie darf laut Klinikordnung die Etage nicht verlassen, was ihren Aktionsradius natürlich massiv einengt. Dennoch marschiert sie auch heute wieder los, und ich folge ihr. Ohne den bockigen Infusionsständer an ihrer Seite ist sie ein seltsam unvollständiger Anblick, als würde ihr ein Körperteil fehlen. Verrückt, wie schnell man sich an das Ungewöhnliche gewöhnt!

Von einem der Fenster im Wartebereich kann man das Hotel sehen, in dem ich jetzt wohne. Besser gesagt, *fast* sehen. Ich zeige Christine die Richtung, doch einige Bäume verdecken die Sicht auf mein neues Zuhause.

Dass man vom Balkon meines Zimmers aus das Hospital sehen kann, findet Christine lustig. Sie überlegt, ob das ein für das Hotel nutzbarer Standortvorteil sein könnte: statt Zimmer mit Meerblick den Blick auf eine nahegelegene Klinik anpreisen zu können. Wie auch immer, für mich ist die Nähe zum Hospital ein Segen.

Wir begegnen mal wieder der älteren deutschen Dame, die ist immer noch mit Krücke unterwegs, beim ruhelosen Humpeln durch Etagen und Gänge, als sei sie auf der Suche nach ... ja, wonach eigentlich? Im Zweifel nach Gesprächspartnern. Eigentlich, hat sie mir erzählt, sei sie im ersten Stock untergebracht. Dennoch trifft man sie fast überall im Klinik-Gebäude, heute sogar bei uns auf der dritten Etage.

Mir ist ihre Eigenart aufgefallen, uns immer nur Varianten ein und derselben Geschichte zu erzählen: Man wolle sie seitens der Hospitalleitung loswerden, aber es gebe kein geeignetes Hotel, in das man sie abschieben könne. Ohne Frage ist sie freundlich, scheint sich auch gut auf der Insel auszukennen, aber der wahre Hintergrund ihres Schicksals und worauf das alles hinauslaufen wird, erschließt sich uns nicht so ganz. Inzwischen halten Christine und ich sie tatsächlich für ein wenig verwirrt, aber wohin ihr Weg auch immer führen mag, er hat sich in den letzten Tagen ab und zu mit unserem gekreuzt. So tauscht man sich aus, zeigt gegenseitiges Interesse, bringt sich auf den neuesten Stand und äußert die Hoffnung auf eine baldige positive Wende für uns alle.

Nachdem sie uns auch heute wieder die übliche Geschichte erzählt hat, möchte sie wissen, ob sich bei uns etwas Neues ergeben habe. Nun, im Grunde genommen ist es bei Christine genau umgekehrt. Die will man hier einfach nicht weglassen, aber nach einem Hotelzimmer brauchen wir wenigstens nicht mehr zu suchen, wir haben eins. Die alte Dame freut sich mit uns, zeigt aber für die erwähnte Unterkunft null Interesse, und ich sehe keinen Sinn mehr darin, näher darauf einzugehen.

Abschließend wünschen wir uns alles Gute, und die Frau humpelt eilig in Richtung Fahrstuhl davon, als habe sie noch jede Menge zu erledigen, während wir am Fenster zurückbleiben.

„Ich glaube, sie würde hier in der Klinik am liebsten überwintern", sage ich zu Christine, während ich die rätselhafte Dame dabei beobachte, wie sie – uns ein letztes Mal zuwinkend – im Fahrstuhl verschwindet.

„Kann schon sein", sagt Christine. „Ich will das jedenfalls nicht."

Dann setzten wir den Marsch auf der Etage fort, um sie für den Ernstfall fitzumachen. Ich nutze die Gelegenheit, um ihr die Geschichte zu erzählen, die ich mir zu der seltsamen deutschen Frau ausgedacht habe. Sie handelt von einem Ehepaar – so wie wir – und es begegnet in einem Hospital auf Korfu einer älteren Frau – so wie sie. Man läuft sich häufiger über den Weg, plaudert miteinander, und schließlich offenbart die Frau nach und nach ihre Lebensgeschichte. Eine spannende und faszinierende Geschichte, in deren Mittelpunkt eine leidenschaftliche Liebe steht, die in einem dramatischen Finale auf Korfu gipfelt.

Ob sie mir irgendwas in der Art erzählt habe, will Christine wissen.

Nein, das habe ich mir ausgedacht.

Sie ist stehengeblieben und schaut mich erwartungsvoll an.

Na, und weiter?

Immerhin konnte ich sie mit meiner Fantasie aus ihrer lethargischen Stimmung locken.

„Nun, kurz vor der Entlassung will sich das Ehepaar von der alten Dame verabschieden. Sie machen sich im Hospital auf die Suche nach ihr. Fragen sich überall durch. Sogar in der Administration, wo außerordentlich freundliche Griechinnen und Griechen arbeiten. Sie begegnen einer älteren Krankenschwester, die sich an die Dame erinnern kann. Das aber sei lange her, denn tatsächlich wäre sie schon vor einigen Jahren in der Klinik gestorben."

„An einer Lungenentzündung", schlägt Christine vor.

Ich ignoriere den Vorschlag und will wissen, wie sie meine Idee findet

„Meine Lieblingsstelle ist die, wenn das Ehepaar aus dem Hospital entlassen werden soll", meint Christine.

Ich meinte eher den Spannungsbogen.

„Du und deine Geschichten", sagt Christine und hakt sich lachend bei mir unter. „Am Ende schreibst du noch darüber, was uns hier auf Korfu passiert ist."

Na, so weit kommt das noch!

Kapitel 28: 98%

Ich habe eine zweite erholsame Nacht im Hotel verbracht, in aller Ruhe ein weiteres fabelhaftes Frühstück genießen können und mich dann auf den Weg ins Hospital gemacht. Die Sonne empfängt mich wie eine gute Freundin und wird uns heute wieder mit bis zu 27 Grad verwöhnen. Vieles an dieser Reise war anders als erwartet, das Wetter glücklicherweise auch. Denn das sei höchst untypisch für Ende Oktober, hat mir der Hotelier vorhin versichert, als wir hemdsärmelig auf der Terrasse vor dem Hotel standen, die Sonnenstrahlen genießend, die Hände während der morgendlichen Plauderei in den Hostentaschen vergraben. Sonst wäre es zu dieser Jahreszeit schon kühler und windiger und regnete viel öfter. Da bin ich aber froh, dieses Jahr eine solche meteorologische Ausnahme erleben zu dürfen. Wenn alles andere schon nicht wie gewöhnlich läuft, dann kommt mir ein ungewöhnlich langer Sommer auf Korfu gerade recht. Nicht auszudenken, in welcher Stimmung ich in derselben Lage bei Dauerregen und Kälte wäre.

Christine erwartet das tägliche Frühstück, das ich ihr ans Krankenbett bringe, mit der Gier eines kleinen ausgehungerten Raubtiers. Die Therapie mit Infusionen scheint tatsächlich beendet zu sein, auch heute ist sie frei, der Zugang wurde bereits entfernt. Ohne jede Beeinträchtigung kann sie mir den Kaffeebecher und die Tüte mit dem Croissant aus den Händen reißen. Das Offensichtliche macht jedenfalls einen guten Eindruck.

Während sie frühstückt, lasse ich den Blick durch das Zimmer schweifen. Sämtliche Vorhänge sind offen. Die uralte Komapatientin aus dem Nebenbett ist fort. Nicht gestorben, wie mir Christine kauend berichtet. Verlegt worden. Gleich danach hat sich die kleine dicke Frau den Platz am Fenster gesichert. Ist mit Hilfe der Tochter samt Bett umgezogen, kaum dass die andere Patientin weg war. Fast apathisch und mehr wie ein unnatürlich gealtertes Kind wirkend, genießt sie den neuen Standort und lässt sich wie immer von einem viel zu lauten Fernsehprogramm beschallen. Ich hab keine Ahnung, wie viel Zeit der durchschnittliche Grieche normalerweise vor dem Fernsehgerät verbringt, aber im Krankenhaus kommen einige Patienten locker auf sechzehn bis achtzehn Stunden.

Ich verlagere den Blick vom Nebenbett zurück auf meine Frau und erkundige mich nach sonstigen Neuigkeiten. Ob vielleicht irgendein Arzt kurzfristig entschieden habe, sie zur Sicherheit noch bis Ostern in der Klinik behalten zu wollen. Doch es war eine Nacht ohne besondere Vorkommnisse. Trotzdem äußert Christine eine unbestimmte Vorahnung, meint es könne heute noch etwas passieren.

Kurze Zeit später wird diese unbestimmte Vorahnung zur Gewissheit. Die hübsche Ärztin kommt gewohnt hektisch ins Zimmer gerauscht, so als müsse sie uns wegen eines Feueralarms sofort evakuieren lassen. Eigentlich hat man bei ihr immer das Gefühl, es wäre schon fast zu spät, egal was.

Anfangs habe ich wegen des lauten Fernsehgeräts nebenan akustisch Probleme, danach meine ich, die englischen Erklärungen der Ärztin nicht richtig zu verstehen, und dann ist es doch ziemlich unmissverständlich:

Christine soll entlassen werden.

Wie oft habe ich mir diesen Moment in den letzten Tagen schon vorgestellt, und jedes Mal verlief er aufregend, spektakulär und voller Emotionen. In der Realität erwischt uns die Nachricht total unvorbereitet, aus heiterem Himmel. Außerdem wirkt die Botschaft, in nur einen einzigen Satz gequetscht, geradezu banal. Dabei war ich inzwischen schon wieder auf einen längeren Aufenthalt eingestellt.

Sprachlos lauschen wir den weiteren Ausführungen der jungen Medizinerin. Christine, ich und andere Personen im Zimmer; die jüngere der dicken Frauen (die Mutter natürlich nicht) und von der anderen Seite des Zimmers eine neue ältere Patientin und deren hübsche Tochter, die Christine heute Morgen sogar schon beherzt beim Bettenmachen geholfen hat.

Laut Information der Ärztin habe man noch einmal sämtliche Untersuchungsergebnisse ausgewertet. Christines Lunge sei zu 98% entzündungsfrei und unter diesen

Umständen könne man eine Entlassung medizinisch vertreten.

Wann?

Die Ärztin mustert mich wie eine Lehrerin den dümmsten ihrer Schüler – obwohl ich gerade diese Frage naheliegend finde. Möglicherweise aber ist mir der Teil ihrer Erklärung entgangen, der die Frage überflüssig gemacht haben könnte. Die aus den Verständigungsproblemen resultierenden Missverständnisse trüben selbst die schönsten Momente. In einem Tonfall, der ihre Geduld mehr als nur überbetont, antwortet sie:

„Today! Okay?"

Es müssen nur noch ein paar Formalitäten vorn im Büro der Stationsärzte besprochen werden, und dann sei die Sache erledigt. Okay?

Sie fordert uns auf, ihr zu folgen, marschiert in der nächsten Sekunde aus dem Raum und legt ein Tempo vor, mit dem wir unmöglich Schritt halten können, zumindest Christine hat da noch Defizite. Aber das macht nichts, wir wissen ja, wo wir hinmüssen.

Als wir mit deutlichem Rückstand im Büro der Stationsärzte eintreffen, wartet die Ärztin schon ungeduldig hinter einem der beiden Schreibtische und erläutert uns, nachdem wir vor ihr Platz genommen haben, was wir an offiziellen Unterlagen von der Klinik erhalten werden. Jetzt höre ich sehr aufmerksam zu. Am Ende bleibt leider eine wichtige Frage offen; zu wichtig, um sie nicht zu stellen. Natürlich wollen wir hier so schnell wie möglich raus, und ich möchte die Chance, die sich uns so überraschend bietet, nicht durch übertriebene Vorsicht gefährden. Aber gerade, weil speziell die Bedeutung dieses einen Dokuments zuvor immer wieder von verschiedenen Seiten ausdrücklich betont wurde, interessiert es mich

schon, warum es ausgerechnet in diesem Gespräch uner-
wähnt bleibt. Zumal wir vorher immer wieder darauf
hingewiesen haben, ohne dieses Papier auf keinen Fall
unseren Rückflug buchen zu können. Zumindest dann
nicht, wenn wir dafür externe Stellen bemühen wollen;
beispielsweise unseren Reiseveranstalter oder den Service
der Auslandskrankenversicherung.

Das FIT TO FLY? Was ist damit? Bekommen wir das
vom Hospital?

Die hübsche Ärztin blickt mich durch ihre Hornbrille
resignierend an. Ihre Miene versteinert sich. Alles hätte so
einfach und glatt laufen können. War sie nicht gerade mal
richtig nett zu uns? Und dann komme ich mit meinem
kleinkarierten Einwand!

Ich ernte ein bedauerndes Kopfschütteln. Nein, das FIT
TO FLY werden wir vom Hospital nicht bekommen. Sorry, aber das sei nicht möglich. Keine weiteren Erklärungen. Nur Ablehnung und Achselzucken. *Okay?*

Was nun?

Mindestens genauso hart, wie das Team im Hospital
Christines Lungenentzündung bekämpft hat, habe ich
parallel täglich mit unvermeidlichen bürokratischen
Auswüchsen gerungen. Zweifellos waren die Ärzte in
ihrem Kampf erfolgreicher als ich in meinem, aber mein
Gegner war auch viel unerbittlicher. Das nahm schon in
der Notaufnahme seinen Anfang und fand später in der
Administration eine extreme Fortsetzung. Selbst bei den
unterschiedlichen Meinungen der Ärzte habe ich meistens
Haltung bewahrt. Darüber hinaus habe ich mich mit den
Bestimmungen des Reiseveranstalters und der Behäbig-
keit des angeschlossenen Callcenters auseinandergesetzt,
hab danach in dem klebrigen Spinnennetz gezappelt, das

aus den Regularien einer Auslandskrankenversicherung gewoben ist.

Auch wenn ich weiß, dass wir ein FIT TO FLY für Christine höchstwahrscheinlich nicht zwingend benötigen werden, sofern wir unsere Rückflüge privat buchen – beispielsweise über unsere Freundin Maria von Hamburg aus – gibt es sie immer und überall, die vor der Apotheke kotzenden Pferde. Anders ausgedrückt: In letzter Zeit ist in unserem Leben zu viel schiefgegangen, da werde ich jetzt in diesem entscheidenden Moment kein Risiko eingehen oder an falscher Stelle Zugeständnisse machen.

Entschieden erkläre ich der Ärztin, dass wir ohne das FIT TO FLY nicht nach Hause kommen werden. Für die Buchung des Rückflugs nach dem Krankenhausaufenthalt ist ein Attest für die wiederhergestellte Flugtauglichkeit eines Patienten unerlässlich. Ich muss also darauf bestehen. Das entspricht zwar nicht ganz der Wahrheit, aber die Ärztin kennt die zusätzlichen Optionen mit Maria nicht, muss also immer noch davon ausgehen, dass wir den Rückflug über den Reiseveranstalter oder die Versicherung organisieren müssen.

Nachdenklich starrt sie eine Weile auf die vor ihr liegenden Papiere. Besonders die jetzt einsetzende leichte Röte steht ihrem aparten Gesicht außerordentlich gut. Ich möchte lieber nicht darüber spekulieren, was genau ihr dabei gerade durch den Kopf geht. Ob nach uns jemals wieder kranke Urlauber in das Hospital gelassen werden?

Nach einem Moment intensivsten meditativen Stressabbaus teilt sie uns mit, dieses Problem im Ärzteteam erneut diskutieren zu müssen. Was die da jetzt noch groß besprechen wollen, erschließt sich mir allerdings nicht. Um eine grundsätzliche Entscheidung kann es wohl kaum gehen, wir können ja nicht die ersten Touristen sein, die in einem derartigen Dilemma stecken, und das FIT TO FLY ist meines inzwischen erweiterten Fachwissens nach im internationalen Flugverkehr gängige Praxis und müsste auch in Griechenland bekannt sein.

Aber die Entscheidung ist gefallen, die Faktenlage klar. Nach einer weiteren Besprechung werde man uns informieren. Fürs Erste können wir wieder gehen. Ergebnislos!

Also verlassen wir das Büro mit leeren Händen, was wirklich nicht in meiner Absicht lag.

„Das hast du ja prima hingekriegt", sagt Christine draußen auf dem Gang.

„Hör mal", entgegne ich beleidigt. „Von Anfang an ging es um dieses verdammte Attest, oder etwa nicht? Das haben wir immer wieder betont. Und jetzt haben die das überhaupt nicht mehr auf dem Zettel? Das ist absurd!"

„Aber wozu das ganze Theater? Wenn Maria uns von Hamburg den Rückflug bucht, wird uns niemand nach dem Dingsda fragen."

„FIT TO FLY heißt das!"

„Ist mir so was von egal, wie das heißt. Was hast du nun erreicht? Jetzt müssen wir wieder warten. Und was willst du tun, wenn die uns das einfach nicht geben? Machen wir dann eine Schiffsreise?"

Wir sind im Krankenzimmer angekommen. Die anderen Patientinnen und deren Angehörige schauen uns erwartungsvoll an. Fast alle. Wenn die jetzt die große Konfettiparade zum Abschied erwartet haben, müssen wir sie enttäuschen. Die junge dicke Frau erkundigt sich besorgt, wie es gelaufen sei, und Christine erklärt ihr den Stand der Dinge, ohne mich zu outen. Sie sagt nicht: *Mein Mann, dieser sture Bock, will wieder mal seinen Dickschädel durchsetzen, nur um dieses Dingsda zu bekommen!*

Weil sie es neutral schildert, nicken alle verständnisvoll und mitfühlend. Fast alle. Diese Ärzte! Was wissen die schon von den Nöten der Patienten!

Die dicke Tochter erzählt uns, dass es mit der Entlassung ihrer Mutter ebenfalls Probleme gebe, während die Mutter unverändert in die Glotze stiert, als ginge sie das alles hier nichts an. Selbst ein Erdbeben könnte diese Frau vermutlich nicht von dem Fernsehgerät trennen. Ich versuche mir ihr Leben außerhalb der Klinik vorzustellen und lasse es gleich wieder. Ich möchte mir so ein Leben nicht vorstellen – ich will das FIT TO FLY und dann ... Abflug!

Christine streckt sich auf ihrem Bett aus und greift nach dem Buch. Wirklich lesen will sie wahrscheinlich nicht, viel lieber würde sie es mir an den Kopf schleudern. An meinen verdammten Dickschädel. Ihre ganze Haltung drückt Enttäuschung aus. Ich fühle mich im Recht und trotzdem schuldig.

Statt uns jetzt von allen hier zu verabschieden und beschwingt das Weite zu suchen, stehen wir vor der nächsten Geduldsprobe. Warten!

Christine bleibt schweigend in ihr Buch vertieft, und allgemein kümmert man sich im Zimmer wieder um die eigenen Belange. Da stecken wir also immer noch mittendrin im Alltag des Hospitals, dabei waren wir schon zu 98% draußen.

„Wir könnten die griechische Staatsbürgerschaft beantragen und für immer auf Korfu bleiben", versuche ich es mit einem müden Witzchen. „Die Mieten sind hier bestimmt nicht so hoch wie in Hamburg."

„Ja", sagt Christine, ohne von der Lektüre aufzublicken. „Das ist ein toller Plan, Richard. Aber wenn wir dieses Dingsda ..."

„FIT TO FLY!"

„... nicht bekommen, werde ich trotzdem fliegen. Und du kannst griechischer Staatsbürger werden. Vielleicht findest du einen Job hier im Hospital. In der Administration zum Beispiel. Da werden Paragraphenreiter bestimmt gern genommen."

Wie soll ich ihr erklären, um was es mir bei der Sache geht? Ich beharre ja nicht auf dem FIT TO FLY, weil ich ein Korinthenkacker bin. Es steckt doch viel mehr dahinter. Selbstachtung. Würde. Gerechtigkeit. Diesen Kampf dürfen wir nicht verlieren, sonst könnte ich nie mehr morgens in den Spiegel schauen. Ich würde dort immer einen Verlierer sehen, der sich in einem entscheidenden Moment nicht hatte durchsetzen können. Sie sind uns den FIT TO FLY einfach schuldig. Wir haben ein Recht darauf. Und ich bin nicht gewillt, sie einfach so davonkommen zu lassen.

Ich glaube, in diesem Punkt ticken Männer und Frauen grundsätzlich verschieden. Christine kann sich nicht mal den korrekten Namen des unverzichtbaren Dokumentes merken. Das zeigt schon, wie unwichtig es ihr ist. Sie würde sich ins Flugzeug setzten, nach Hause fliegen und nie wieder einen Gedanken an dieses *Dingsda* verschwenden, sollten die Ärzte es uns tatsächlich verweigern. Da wir es aller Wahrscheinlichkeit nach nicht mehr benötigen, ist es ihr auch egal. So einfach ist das. Ich dagegen werde noch Jahre später mit meinem Wissen glänzen, auf Feiern in geselliger Runde oder beim Essen mit Freunden; auch damit, wie unbeugsam ich um das FIT TO FLY kämpfte. Und wie erfolgreich am Ende.

„Stell dir nur mal vor", sage ich zu einer verbissen schweigenden Christine „wenn wir durch irgendeinen blöden Zufall beim Einchecken doch das FIT TO FLY vorweisen müssen. Jede Fluggesellschaft kann das einfach so verlangen. Man hat schon die verrücktesten Sachen erlebt. *Wir* haben schon die verrücktesten Sachen erlebt. Gerade in diesem Urlaub. Findest du nicht?"

Nein, das findet sie nicht. Straft mich lieber mit Schweigen, als auf meine Überlegungen einzugehen. Liest sich aus der Diskussion. Benutzt das Buch als Mauer. Sorry, aber es sei gerade so spannend. Seufzend lasse ich mich auf dem Besucherstuhl sinken und schmiede schon mal Pläne für die Zeit danach. Wonach auch immer.

Letztlich verlängert sich unser Aufenthalt im Hospital um zwei weitere Stunden. Dann wird uns das salomonische Urteil des Ärzteteams verkündet: Wir bekommen das FIT TO FLY mit einer Einschränkung. Christines Flugtauglichkeit wird auf 98% festgeschrieben. Damit wahren beide Seiten ihr Gesicht.

Zusätzlich erhalten wir einen allgemeinen Bericht über Christines Zustand bei Aufnahme ins Hospital und die nachfolgende Therapie auf Englisch sowie eine Reihe verschiedener Untersuchungsergebnisse in einem Mix aus Griechisch und Englisch. Auch der FIT-TO-FLY-Beleg ist in englischer Sprache und wurde recht formlos verfasst. Die Frage der Ärztin, ob es dafür eine Vorlage gebe, kann ich ebenso wenig beantworten wie die nach irgendwelchen Pflichtangaben. Woher soll ich das wissen? Vor unserer Reise nach Korfu hatte ich noch nie von diesem Dingsda gehört.

Christines Lunge ist zu 98% flugtauglich. Ich bestehe zu 98% aus Aufbruchstimmung. Freudig nehme ich all diese wunderbaren Papiere entgegen.

Wieso nur habe ich trotzdem noch diesen miesen kleinen zweiprozentigen Rest einer Vorahnung im Kopf, dass wir hier noch nicht endgültig raus sind.

Ob da nicht doch noch irgendwas im Hinterhalt lauert? Eine letzte Hürde, von der wir keine Ahnung haben.

Kapitel 29: Der letzte Stempel

Bevor wir gehen dürfen, wird uns tatsächlich noch eine letzte große Mutprobe abverlangt: Die Austrittspapiere müssen abgestempelt werden.

Ich hoffe, die Ärztin bemerkt nicht das leichte Zittern in meiner Stimme, als ich mich erkundige, wo wir zum Stempeln hinmüssen. Denn es gibt eigentlich nur einen Bereich, den man mit Austrittspapieren und Stempeln in Verbindung bringen könnte: *Die Administration!*

Genau die aber ist unser nächstes Ziel. Dorthin habe ich nie wieder zurückgehen wollen, doch das Schicksal, das auf Korfu einen eigenwilligen Humor entwickelt hat, entscheidet mal wieder anders.

Die Ärztin erklärt uns den Weg. Hoffnungsvoll lausche ich ihrer Beschreibung, vielleicht gibt es ja noch einen zweiten administrativen Bereich. Gibt es nicht.

Der Weg ,der uns beschrieben wird, ist mir so unauslöschlich bekannt, weil er direkt in die Dunkelheit führt. So was vergisst man nicht.

„Was ist denn jetzt schon wieder?", fragt mich Christine irritiert, während uns der Fahrstuhl mit den Papieren abwärtsfährt. Wonach sehe ich bloß wieder aus?

Ich halte ihr die Unterlagen hin.

„Wie wär's, willst du das allein erledigen?"

„Warum sollte ich?"

„Dann frag nicht, was los ist. Ich hab dir doch erzählt, wie es in der Administration zugeht."

„Aber du neigst auch gern mal zu Übertreibungen."

Diese Behauptung kann ich nur noch mit einem bitteren Lachen beantworten.

„Schön wär's. Mach dir bloß keine Hoffnungen. Ich hab nicht übertrieben!"

Im Erdgeschoss verlassen wir den Fahrstuhl und folgen der wohlbekannten Ausschilderung ADMINISTRATION. Ich schaffe es, langsamer zu gehen als meine geschwächte Frau, die sich mehrfach kopfschüttelnd nach mir umdreht. Vermutlich gehe ich inzwischen langsamer, als manche Menschen stehen.

Ungeduldig wartet Christine auf mich. Sie will das erledigen und hier endlich rauskommen.

„Die sind bestimmt nicht so schlimm, wie diese eine fürchterliche Person in der Notaufnahme", sagt sie. „Das kann ich mir nicht vorstellen."

Soll mir das etwa Mut machen?

Die fürchterliche Person in der Notaufnahme, von der sie spricht, ist in der Tat eine Begegnung der ganz besonderen Art gewesen! Wenn ich es noch richtig in Erinnerung habe, war das vor vier Tagen.

Auch da war es um das Abstempeln mehrerer Papiere gegangen, und ich begleitete Christine, die zu diesem Zeitpunkt noch ebenso wackelig auf den Beinen war, wie ihr Infusionsständer, in die Notaufnahme. Leider saß die jüngere kaugummikauende Frau mit der pfiffigen Dolmetscher-App an diesem Tag nicht in ihrem Schalter, und so landeten wir bei der Kollegin nebenan mit den hängenden Mundwinkeln. Ich glaube, sie erkannte mich sofort von unserer ersten und einzigen unerfreulichen Begegnung und hatte mich wenig schmeichelhaft in Erinnerung behalten. Wir musterten uns in angemessen tiefer Verachtung; wobei ich sie wie eine kleine Kröte in einem Terrarium anstarrte und sie mich wie ein ekeliges Insekt.

„Die hasst mich", hatte ich Christine noch zuraunen können, aber meine Frau vertritt ja unerschütterlich die Meinung, man müsse einfach nur positiv auf die Menschen zugehen, denn schon durch ein kleines Lächeln würde sich nahezu jede Tür öffnen lassen. Wie man in den Wald hineinriefe, so schalle es doch üblicherweise heraus.

Aber *der Wald* war heute so was von mies drauf, noch schlimmer als das letzte Mal, das war deutlich zu sehen.

Tapfer lächelnd trat Christine an den Schalter, während die Frau dahinter, die mich an einen Hobbit erinnerte, keine Anzeichen von Freundlichkeit erkennen ließ. Sie studierte die Papiere, die wir damals zum Abstempeln mitgebracht hatten, mit unbewegter Miene. Schob dann wortlos eine Unterlage samt Stift durch den Schlitz und forderte uns mürrisch auf, diese auszufüllen.

Christine nahm den Bogen und den Stift und betrachtete das Papier, erst interessiert, dann mit Augen, die sich vor Unglauben langsam weiteten. Hilflos sah sie mich an.

„Was ist?", wollte ich wissen.

„Alles auf Griechisch", flüsterte sie. „Keine Ahnung, wo ich da was eintragen soll."

„Frag die da", schlug ich vor und nickte in Richtung des Hobbits hinter der Glasscheibe. Zugleich wich ich einen Schritt zur Seite. „Die hilft dir sicher gern."

Die Frau hinter dem Schalter trommelte unterdessen nervös mit den Fingern vor sich auf der Arbeitsplatte herum und verdrehte genervt die Augen. Hinter uns warteten schon die nächsten Bittsteller.

Christine – jederzeit eine starke und mutige Persönlichkeit – hielt das Papier hoch und machte der Frau hinter der Scheibe freundlich lächelnd klar, dass sie es nicht lesen könne. Das wäre alles in griechischer Schrift verfasst.

Die Frau erwiderte ärgerlich, sie möge bitte ihren Namen, die Anschrift und Telefonnummer eintragen, das könne ja wohl nicht so schwierig sein! Wieder mit verdrehten Augen. Vielleicht war das auch ihr normaler Blick, denn wenn ich es recht überlegte, sah man den nahezu immer.

Christine improvisierte, trug die geforderten Daten dort ein, wo sie glaubte, dass sie passen könnten und gab den Bogen – natürlich mit freundlichem Lächeln – zurück.

In diesem Moment schoss der Hobbit aus seinem Stuhl hoch, presste wütend das Dokument gegen die Scheibe und spuckte Gift und Galle, und das erschreckend laut:

„BÖTHDEI! BÖTHDEI!! BÖTHDEI!! BÖTHDEI!!!!"

Die Warteschlange hinter uns wich erschrocken zurück, außerdem war uns auch sofort die Aufmerksamkeit sämtlicher Anwesenden in der Notaufnahme gewiss, die vermutlich annahmen, jemand mit dem Namen *Böthdei* sei aufgerufen worden. *Sehr* laut aufgerufen worden!

Christine war nicht zurückgewichen und musterte die aufgebrachte kleine Frau ungläubig. Fast mitleidig.

Dann fragte sie, zu mir gewandt: „Was meint die denn bloß?"

Ich zuckte mit den Achseln. *Böthdei*? Nie gehört.

Ein junger Grieche aus der Warteschlange erbarmte sich unser und kam uns zur Hilfe. In perfektem Deutsch erklärte er Christine, dass sie auf dem Formular noch ihr Geburtsdatum eintragen müsse, ihren BIRTHDAY, und zeigte ihr die Stelle, wo es am besten passte.

Die Frau hinter der Scheibe verfolgte den Vorgang mit finsterer Miene. Danach begann sie, die Unterlagen so zornig zu stempeln, als wolle sie ihnen wehtun. Böse, wütend, und sie würdigte uns keines Blickes mehr. Nicht mal mit verdrehten Augen.

Ich entschuldigte mich bei ihr noch mit vor der Brust gefalteten Händen und devoten Verbeugungen, was Gelächter hinter uns auslöste und ihre Meinung über uns garantiert nicht verbesserte.

Verständlicherweise verknüpft Christine dieses Erlebnis mit keinen guten Erinnerungen, und dieser Schalter löst bei ihr eine ähnlich traumatische Assoziation aus, wie bei mir der Besuch in der Administration, wobei auch die Notaufnahme auf der Liste meiner Lieblingsplätze im Hospital keinen der vorderen Plätze belegt. In Wahrheit rangiert sie sogar noch hinter der Herrentoilette im Wartebereich der dritten Etage, wo selten Klopapier vorhanden ist und die Klobürste keinen Stiel zum Greifen mehr hat.

Nun aber führe ich meine Frau geradewegs in die Administration, gehe jetzt wieder ritterlich voraus. Schließlich sind wir da: dort, wo links der junge Mann mit den notorischen Zuckungen und rechts die magere Frau mit dem Raucherhusten herrschen. Normalerweise. Aber heute?

Der linke Schalter dunkel. Licht aus, niemand da. Kein Zucken erkennbar. Im Schalter gegenüber brennt zwar Licht, aber da wird nicht gehustet, kein Mensch zu sehen. Kein Schild, kein Zettel, kein Hinweis, keine Öffnungszeiten, nicht mal was auf Griechisch, nur Leere und Stille.

„Mittagspause", vermute ich und komme der Wahrheit bestimmt recht nahe.

Da stehen wir also mal wieder vor der nächsten Hürde. Mit ungestempelten Entlassungspapieren vor einem unbesetzten Schalter. Wir schauen uns an, und wäre das alles nicht so nervenaufreibend, wäre jetzt vielleicht ein befreiendes Gelächter angebracht. Was kommt als Nächstes?

Ich möchte nicht wissen, was die hübsche Ärztin sagen wird, wenn wir ohne gestempelte Papiere in ihr Büro zurückkehren. Nun, da man uns sogar das FIT TO FLY gewährt hat, sind wir den Ärzten was schuldig, und sei es wenigstens den unbedingten Einsatzwillen bei dem Kampf um den letzten Stempel!

„Was nun?", frage ich Christine. Und mich.

Statt zu antworten beugt sie sich zum Sprachschlitz vor und ruft in den Schalter hinein: „Hallo?"

Mehrfach. Immer wieder Hallo! Am Anfang noch glockenhell zuversichtlich. Am Ende unwirsch. Bis ihr klar wird, hier mit keiner Variante von *Hallo* was zu erreichen. Da würde es auch nichts nützen, die griechische Übersetzung von „Hallo" zu kennen. Die magere Frau ist beim Essen. Oder, noch wahrscheinlicher: Beim Rauchen.

Dieser Bereich wirkt so ausgestorben wie die Kulissen eines Zombiefilms.

„Ich will hier nie wieder her", sage ich andächtig.

„In die Administration?", fragt Christine.

„Nach Korfu", entgegne ich.

Es ist, als laste auf unserem diesjährigen Urlaub oder auf der Insel ein Fluch, der jeden Tag neue Varianten des Scheiterns bietet. Selbst in einer Situation, in der wir uns eigentlich vor Freude in den Armen liegen müssten, stehen wir wieder mal vor dem Nichts in das wir blöde „Hallo!" hineinrufen, wie zwei Schauspieler, die immer wieder im falschen Film landen.

„Wenn du lange genug in einen leeren Schalter blickst, blickt der Schalter auch in dich hinein", sage ich zu Christine.

Da ist ihr Vorrat an Humor längst aufgebraucht. Sie verzieht keine Miene.

Wenn sie wüsste, wo die verdammten Stempel sind, sagt sie, würde sie das ja selbst erledigen. Forschend drücken wir unsere Nasen an der Scheibe platt. Christine kann sogar auf dem Schreibtisch eine Reihe Stempel liegen sehen. So dicht vorm Ziel. Und doch so weit entfernt.

„Hallo!", rufe ich ärgerlich. Jetzt viel lauter als zuvor Christine. Verdammt noch mal!

Aus einem etwas entfernten Büro den Gang runter tritt plötzlich ein Mann, wie die Nebenfigur aus einem anderen Stück, verschließt die Tür und wendet sich rasch zum Gehen um, ohne uns zu beachten. Wie ich schon vermutete: Mittagspause! Der wohl letzte Angestellte hier unten in der Administration hat Hunger und wird sich durch uns nicht von seinem Moussaka abhalten lassen.

Christine reagiert sofort, ist schneller bei dem Mann, als ich noch einmal „Hallo" rufen kann. Ganz sicher ist er unsere letzte Chance. Sie erklärt dem Herrn unsere Notlage und wedelt ihm mit den Papieren, für die wir so dringend Stempel benötigen, vor der Nase herum. Freundlich interessiert nimmt er ihr die Dokumente aus der Hand und studiert sie eine Weile aus schmalen Augen.

Dann hat er verstanden, nickt und ... lächelt!

Reicht Christine die Unterlagen zurück und macht uns ein Zeichen. Wir mögen ihm bitte folgen.

Wir folgen ihm willig.

Er führt uns nicht nur aus der menschenleeren Administration und dem Erdgeschoss hinaus, sondern wir verlassen kurze Zeit später sogar den ganzen Trakt. Es geht vom Nebeneingang des Hospitals draußen in der Sonne ein Stück um das verschachtelte Klinikgebäude herum, und ehe wir uns versehen, stehen wir plötzlich wieder auf LOS: vor der ... Notaufnahme!

Irgendwie schließt sich der Kreis. Hier hat alles begonnen.

Der nette Grieche aus der Administration (ab sofort kein Widerspruch!) weist in Richtung der beiden uns bekannten Schalter. Dort bekämen wir die Stempel, verspricht er uns. Immer noch lächelnd. Wir danken ihm, man wünscht sich einen guten Tag. Er wird wohl einen haben. Bei uns bin ich mir da nicht so sicher.

Beide Schalter sind frei. Das nenne ich schon mal Glück – auch, dass hier momentan kaum was los ist. Selbst die Not scheint Mittagspause zu haben. Einige Menschen sitzen auf den Bänken in dem Warteraum, in dem wir vor acht Tagen noch selbst einer guten ärztlichen Versorgung *entgegenfieberten*. Keine Schlange am Schalter, da können wir ohne Umschweife unser Anliegen vortragen. Weniger glücklich ist allerdings, dass nur einer der beiden Aufnahmeschalter besetzt ist, und in dem lauert natürlich – übellaunig wie gewohnt – *Frau Böthdei*. Der Hobbit! Das Gegenteil des freundlichen und hilfsbereiten Herrn, der uns hergeführt hat.

Sie wirkt wie eine kleine gefährliche Natter hinter der Scheibe. Hasst sie ihren Job, hasst sie Kundenverkehr im Allgemeinen oder hasst sie ausschließlich uns? Ich könnte auf Anhieb hundert Orte aufzählen, an denen ich gerade lieber wäre als hier, selbst auf dem Stuhl meines Zahnarztes, bei dem ich heute einen Termin gehabt hätte.

Christine tritt unerschütterlich an den Schalter vor, um das mit unseren Papieren zu regeln. Wo holt sie bloß immer dieses Lächeln her? Höflich informiert sie die Frau über unser Anliegen, über die Notwendigkeit von Stempeln auf den Dokumenten. Mit frostiger Miene studiert die Frau die Unterlagen, die Christine ihr durch den Schlitz geschoben hat, wie eine Lehrerin, die nur drauf aus ist, in einem Diktat Fehler zu finden, um die Schülerin zusammenzustauchen. Eine spannungsgeladene Stille tritt ein. Auf unserer Seite aus Furcht vor dem nächsten Donnerwetter, auf der anderen Seite ist das möglicherweise nur die Ruhe vor dem Sturm.

„Vielleicht fehlt wieder das Geburtsdatum", raune ich Christine zu, und sie knufft mich und muss sich ein Lachen verbeißen.

„Böthdei", flüstere ich, und Christine hält sich die Hand vor den Mund.

„Lass das jetzt!", zischt sie. „Du verdirbst noch alles."

Die Frau hebt irritiert den Kopf, um den Anlass unserer Heiterkeit herauszufinden. Wir machen sofort ernste Mienen und stehen stramm.

Los, du blöde Kuh. Die paar Stempel. Das wird doch mal ohne das übliche Theater über die Bühne gehen können!

Erneut senkt sich ihr Blick auf die Papiere. Sie hat noch nicht einmal die Augen verdreht – hoffentlich ein gutes Zeichen!

Lohnt es sich, jetzt noch schnell zu beten? Zu Gott? Zu Zeus? Weiß einer von denen, dass wir hier sind? Was wir schon alles erlebt haben.

Dann geschieht das Wunder.

Keine Beschimpfung, kein Geschrei, kein unverständliches Formular, das wir noch mal eben ausfüllen müssen, kein fehlendes Geburtsdatum!

Mit fast übermütigem Schwung stempelt die Frau die Unterlagen ab, eine nach der anderen, schiebt sie Christine zurück und wendet sich wieder anderen Dingen zu. Alles wortlos und mit stoischem Gesichtsausdruck.

Der letzte Stempel ist noch nicht getrocknet, da schauen Christine und ich uns so glücklich an, als hätten wir gerade unsere Heiratsurkunde bekommen. Dabei sind es die Scheidungspapiere. Wir und das General Hospital in Kontokáli auf Korfu, wir werden uns trennen. Heute noch!

Mit den frisch beglaubigten Scheidungspapieren kehre ich allein in das Büro der Stationsärzte zurück. Christine sucht derweil das Krankenzimmer auf. Um zu packen.

Die Ärztin stellt mir noch schnell ein Rezept für ein Antibiotikum aus, damit Christine die Therapie auch außerhalb des Hospitals fortsetzen kann. Schließlich ist sie noch nicht gesund, nur ausreichend wiederhergestellt, um nach Hause fliegen zu können. Zu 98%! In Hamburg aber soll sie sich umgehend in weitere ärztliche Behandlung begeben.

Neben dem Rezept und den dringenden Anweisungen bekomme ich auch noch den vollständigen Satz Unterlagen ausgehändigt, der für uns bestimmt ist. Inklusive des FIT TO FLY! Liebevoll betrachte ich speziell dieses hart umkämpfte Stück Papier. Es ist handschriftlich verfasst und bescheinigt Christine tatsächlich eine nicht vollständige Flugtauglichkeit. Ich werde es mir einrahmen und in meinem Arbeitszimmer aufhängen. 98% – die beste Quote, die wir unter diesen Umständen kriegen konnten. Abgestempelt! Ohne besondere Zwischenfälle.

Zum Abschied schließen die Ärztin und ich Frieden. Ich lobe aufrichtig die Leistung der Ärzte, bedanke mich für das, was sie für uns getan haben und bitte um Verständnis dafür, sollte manche unserer Reaktionen etwas nervös oder unverständlich gewirkt haben. Wenn man als Urlauber aus heiterem Himmel vom Hotel ins Hospital wechseln muss, braucht es eine gewisse Zeit der Anpassung. Jedes Wort meiner Ausführungen meine ich ernst. Klar habe ich oft gehadert und mich an manchen Tagen mies gefühlt. In keiner Nacht hab ich wirklich schlafen können, und nicht jede Entscheidung der Ärzte war mir verständlich. Aber trotzdem werde ich nie wieder den wunderbaren Moment der Erleichterung vergessen, als die geschwächte und fiebrige Christine hier zum ersten Mal am Tropf hing und von Ärzten und dem Pflegepersonal versorgt wurde. Unfassbar beruhigend! Denn ich wusste, nun kümmern sich Menschen um sie, die wissen, was zu tun ist, deren Job es ist, Kranke wieder gesund zu machen, hohes Fieber zu senken und Lungenentzündungen zu heilen.

Auf Deutsch hat die Dankesrede in meinem Kopf richtig ergreifend gewirkt, auf Englisch bleibt davon nicht allzu viel Glanz übrig. Das war das Problem von Anfang an. Nichts in der Kommunikation lief so glatt, wie ich es mir gewünscht hätte. Vieles lässt sich dann einfach nicht auf den Punkt bringen. Zu Hause werde ich einen Englischkurs belegen, das ist sicher – Schwerpunkt: *In the Hospital*.

Immerhin nimmt die Ärztin meinen Dank lächelnd und verständnisvoll nickend zur Kenntnis, reicht mir dann – schon wieder hektisch – die Hand und sagt: „Okay, okay!"

Selbst für Lobeshymnen fehlt ihr die Zeit. Sie muss wieder los, wünscht mir und Christine noch alles Gute und einen baldigen Rückflug. Dann rauscht sie, mir ein letztes Mal „Okay?" zurufend, eilig davon.

Nun halte ich die erforderlichen Papiere zum offiziellen Verlassen des Hospitals und für den Rückflug in Händen, suche zufrieden das Krankenzimmer auf, wo Christine alles gepackt hat und auf ihrem Bett sitzend schon auf mich wartet. Alle anderen im Zimmer wissen längst Bescheid. Wir sind tatsächlich die Nächsten, die gehen dürfen. Fliegen werden. Wir sind fit to fly! Wir wünschen uns gegenseitig nur das Beste, und das war's dann im General Hospital auf Korfu. Ob ich je wieder normal und entspannt in einem Liegestuhl sitzen werde? Je wieder auf diese Insel kommen mag?

Als wir im Erdgeschoss das Klinikgebäude über den Seitenausgang Richtung Hotel verlassen, scheint natürlich die Sonne. Ich ziehe Christines Rollkoffer hinter mir her und trage ihre Sporttasche über der Schulter. Meine Frau ist mir langsam durch den Eingangsbereich nach draußen gefolgt. Auf einer Etage regelmäßig hin und her zu laufen, ist eine Sache, aber das Hospital endgültig zu verlassen, sich mit jedem weiteren Schritt aus der Sicherheit zu entfernen, die man im Krankenbett, behütet von Ärzten und Pflegepersonal, verspürt hat, ist etwas anderes. Die Entfernung des Tropfs bedeutete die Abnabelung von der klinischen Versorgung. Nun also der nächste Schritt.

Ich bleibe stehen und warte. Christine folgt mir gemächlich. Nachdem wir den Zigarettenrauch und die Telefonate im Eingangsbereich hinter uns gelassen haben, blinzelt sie zur Sonne hinauf, atmet mehrmals tief durch und seufzt glücklich. Dann setzt sie ihren Weg so konzentriert fort, als habe sie im Hospital ein neues Paar Füße bekommen, mit denen sie erst wieder laufen lernen muss. So ähnlich empfindet sie das wahrscheinlich auch, und für einen euphorischen Gefühlsausbruch fehlt ihr sowieso noch die Kraft.

Wir sind draußen. Nur das zählt.

Kapitel 30: Draußen

Im Hotel empfängt uns der Chef mit offenen Armen, freut sich, Christine nach der aufregenden Vorgeschichte erstmalig persönlich begrüßen zu können, in der für sie neuen Umgebung. Während sie sich mit dem Hotelbesitzer angeregt unterhält, wird mir noch mehr bewusst, wie stark die Krankheit sie ausgezehrt hat. Im Hospital wirkte das eher unauffällig, aber draußen sehe ich sie in einem anderen Licht. Die Lungenentzündung mag so gut wie ausgeheilt sein, doch es wird noch eine Weile dauern, bis sämtliche Nachwirkungen überstanden sind.

Später gehen wir auf *mein* Zimmer, ab sofort *unser* Zimmer. Jetzt könnte schon fast wieder Urlaub sein, aber so fest kann ich die Augen nicht zukneifen, um die dazu passende Stimmung zu erzeugen. Während sich Christine mit noch unentschlossenen Bewegungen einzurichten versucht, rufe ich Maria in Hamburg an. Endlich kann ich ihr unsere Flugbereitschaft avisieren. Heute ist Freitag, ab Sonntag würden wir jeden Flug nehmen, der einigermaßen passt, sowohl zeitlich als auch monetär. Maria freut sich mit uns und will sich sofort daran machen, eine geeignete Flugverbindung zu finden. Wie beruhigend.

Nach dem Telefonat mache ich mich allein auf den Weg ins Ortszentrum, vereinbare für Christine beim Friseur, den ich vorher schon ausgekundschaftet hatte, für morgen einen Termin und kaufe danach ein. Ich kann es noch immer kaum glauben: Wir haben es fast geschafft! Aus zwei geplanten Wochen Urlaub sind bis heute einundzwanzig Tage auf Korfu geworden, davon vierzehn im Kampf gegen Christines Lungenentzündung, die uns eine

Menge abverlangt haben. Nun müssen wir nur noch nach Hause kommen.

Der sonnige Tag geht in einen milden Abend über. Ich habe alle Nahrungsmittel gekauft, auf die Christine Lust verspürte, und auf dem Balkon unseres Hotelzimmers einen kleinen wackeligen Tisch gedeckt. Obwohl wir uns sonst weitgehend fleischlos ernähren, gibt es heute einen Mix italienischer (!) Wurstsorten aus einem griechischen Supermarkt, dazu Brot, Frischkäse, Tsatsiki, Oliven, Gurken, Tomaten, Wasser, Zitronenlimonade und Obst. Bei weiterhin angenehmen Temperaturen riskieren wir, draußen zu essen, Christine dick eingemummelt. Das Zirpen der Grillen klingt wie bestellt für diesen Moment, fast schon kitschig. Ist das echt? Anfang November auf einem Balkon eines kleinen Hotels auf Korfu in einer erholsamen Lücke zwischen dem was war und dem was kommt.

Der heutige Tag bot bis jetzt kaum die Gelegenheit, etwas zu essen. Ich bin ausgehungert, und sogar Christine zeigt wieder mehr Appetit. In seiner Schlichtheit ist es ein besonders schöner Abend, der sich aus der Summe harmonischer Kleinigkeiten ergibt. Umgebung, Wetter, Ausblick, Stimmung, Geräusche und die Lust auf genau dieses Essen und diese Getränke.

Wir reden nicht viel, wissen aber genau, wie gut uns das gefällt, hier und jetzt, der Abend und die improvisierte Mahlzeit. Das Hotel erweist sich als Glücksfall, die letzte Station vor dem Heimflug. Zugleich ist es eine seltsame Zwischenzeit. Die Ereignisse in der Klinik liegen hinter uns, der Weg nach Hause vor uns. Unter normalen Umständen wären wir nie auf die Idee gekommen, hier zu sein, nicht an diesem Ort, nicht in diesem Hotel zu dieser Zeit. Gerade das ist einer der schönsten Momente der Reise. Alles ist ganz ungeplant, wie es sein soll.

Mein Handy klingelt. Maria hat einen Flug für uns. Am Sonntag. Früher Vormittag. Von Korfu nach München, und von dort aus nach Hamburg. Alles in allem keine vier Stunden! Es ist allerdings „nur" noch die *Business Class* frei, und es wird uns am Ende so viel kosten wie der gesamte Urlaub. Aber ... wir kommen nach Hause! Ich gebe Maria unser Okay zum Buchen und bedanke mich für ihre Hilfe und Mühe. Sobald sie die Unterlagen hat, wird sie uns alles per E-Mai schicken und wir werden es hier im Hotel ausdrucken, das ist schon besprochen und geklärt.

Sonntag fliegen wir. Kurzfristig durchzuckt mich die Furcht, im nächsten Augenblick in einem unbequemen Liegestuhl im Hospital neben Christines Krankenbett erkennen zu müssen, das alles geträumt zu haben; wieder umgeben von keuchenden und schnarchenden Frauen, plärrenden Fernsehgeräten, lauten Geräuschen, einem klagenden Elefantenjungen, dem stoischen Pflegepersonal, und Ärzten, die uns kein FIT TO FLY erteilen wollen. Aber alles bleibt, wie es ist.

Kapitel 31: Aufbruchsstimmung

Heute ist Samstag, unser vorletzter Tag auf Korfu. Ich weiß nicht, ob sich in unseren Köpfen im Zusammenhang mit den Erlebnissen auf dieser Insel eine Art Trauma festsetzen wird, das uns davon abhalten könnte, jemals wieder herzukommen. In der zurückliegenden Zeit war ich mehr als einmal in der Stimmung, Korfu für immer und ewig zu verdammen und dem unschuldigen Urlaubsparadies eine schlechte Ausstrahlung zu unterstellen, die uns nur wenige normale Ferientage gönnte. Selbst Christine mit ihrem unerschütterlichen Optimismus hatte mal im Hospital darüber sinniert, nächstes Jahr lieber eine Autoreise durch Ostfriesland machen zu wollen, ihre alte Heimat. Da saß ich trübsinnig in meinem Sonnenstühlchen neben ihr und fasste den Entschluss, überhaupt nicht mehr reisen zu wollen, weder mit dem Auto, der Bahn noch mit dem Flugzeug. Ja, natürlich, das mag erbärmlich engstirnig klingen, aber ich finde, nach allem was hinter uns lag, hatte ich zwischendurch das Recht auf pure Verzweiflung. Es macht eben einen Riesenunterschied, ob man in einem Sonnenstuhl am Pool selig vor sich hindöst, oder im Hospital neben dem Bett der kranken Frau nicht wirklich in den Schlaf findet. Und Temperaturen von über vierzig Grad können an vielen wunderbaren Urlaubsorten noch mühelos erträglich sein, aber im menschlichen Körper gemessen und über ein Fieberthermometer ausgewiesen, dämpfen sie jegliche Reiselust.

„Was macht man, wenn man auf Baltrum ernsthaft krank wird", habe ich Christine gefragt, und sie hat lachend abgewinkt:

„Jetzt hör aber mal auf!"

Sollte uns die nächste Reise tatsächlich nach Ostfriesland führen, werde ich mich ausführlich mit der ärztlichen Grundversorgung dieser Region beschäftigen. Was Lungenentzündung auf Friesisch Platt heißt und andere wichtige Details. Aber jetzt sind wir nicht in Ostfriesland, sondern immer noch auf Korfu.

Das gemeinsame Frühstück in dem gemütlichen Speiseraum eines Hotels kommt Christine und mir noch ungewohnt vor. Jetzt, da alles wieder im Fluss ist, stellt sich das Gefühl von Normalität nur zögernd wieder ein.

Wir sind an diesem Morgen im Frühstücksraum die einzigen Gäste, uns allein gehört der Moment, die Stille, der Garten und die Sonne. Wir wollen nicht gleich von Wunder reden, weder in Bezug auf die in diesem Jahr erstaunliche Wetterlage, noch mit Blick auf das Hotel, das einfach da war, als wir es brauchten. Nicht mal angesichts der Tatsache, dass Christine im Hospital in einer Woche eine schwere Lungenentzündung so weit überwinden konnte, bis sie FIT TO FLY war. Zumindest mit 98%.

Nach dem Frühstück begleite ich Christine zum Friseur. Während sie dort eine Weile beschäftigt sein wird, suche ich nach der nächsten Apotheke, um das Rezept aus dem Hospital einzulösen. Noch darf das Antibiotikum nicht abgesetzt werden.

Ich haste nicht mehr zielstrebig durch die Gegend, sondern schlendere wieder, bin nicht mehr so fokussiert, seit auch die Gedanken zu schlendern begonnen haben.

Später hole ich Christine vom Friseur ab, und wir gehen in Richtung Ortszentrum. Alles ganz in Ruhe und mit Pausen.

Christine verspürt Hunger auf eine richtige Mahlzeit. Gut so!

Da könnte man eher von einem Wunder sprechen, ein solches Bedürfnis hat sie so bestimmt schon lange nicht mehr geäußert.

Wir verlassen die lebhaft befahrene Hauptstraße, an der alle wichtigen Geschäfte angesiedelt sind, Supermarkt, Apotheke, Friseur, und tauchen in eine parallele Nebenstraße ein, die ich schon erkundet habe, mit jeder Menge Tavernen zu beiden Seiten – ideal für Menschen, deren Lust auf gutes Essen wiedererwacht ist.

Christine kann jetzt einen ihrer besonders ausgeprägten Instinkte einsetzen: die Fähigkeit, in fremder Umgebung die besten Restaurants oder Cafés aufzuspüren. Wie genau sie das macht, weiß keiner. Sie bewegt sich eine Weile durch einen fremden Ort und bleibt irgendwann wie angewurzelt stehen, als trüge sie eine innere Wünschelrute oder etwas in der Art in sich, die im entscheidenden Moment ausschlägt.

In Kontokáli bekomme ich den Beweis, dass dieser Instinkt nach überstandener Krankheit immer noch existent ist. Wir kommen an so vielen ansprechenden Tavernen vorbei, die Christine nicht interessieren. Manche wirken sowieso geschlossen. Bei anderen stehen die Türen einladend offen, werden Außentische zurechtgerückt und Sonnenschirme aufgespannt. Nur eins fehlt: Gäste. Touristen. Urlauber, die Speisekarten studieren, erste Tische besetzen, Getränke vor den sonnenbebrillten Nasen haben und allen Etablissements Leben verleihen. Ohne sie wirkt das hier so unwirklich wie eine ausgediente Filmkulisse. Romantisch, aber nutzlos. Bei bestem Wetter spazieren wir also als einzige an verlockenden Tavernen vorbei und haben freie Auswahl.

Schließlich bleibt Christine vor einer Taverne stehen. Das kleine Restaurant sticht nicht sonderlich heraus. Ich hätte mich längst in einem der anderen niedergelassen, an denen wir bis jetzt vorbeigingen. Doch Christine dreht sich entschlossen zu mir um.

Hier!

Keine Frage. Keine Entscheidung. Nur der Hinweis auf das Anschlagen der gastronomischen Wünschelrute.

Wir betreten die kleine Gaststube. Ein einfacher Raum, schlichte quadratische Tische, kahle Holzstühle, ein paar Schwarzweißfotos an weißen Wänden, alles hell, freundlich und unaufdringlich. Hier wird mit wenig Aufwand etwas erreicht, das manche Restaurants bei uns nicht mal mit dem Einsatz massiver Investitionen schaffen: Vertrauen auf eine gute und ehrliche Küche! Eine ältere Frau kommt uns entgegen, und wir versuchen herauszufinden, ob wir hier und jetzt willkommen sind. Aus ihren Antworten wird schnell klar, dass sie uns weder auf Deutsch noch auf Englisch weiterhelfen kann, auch kein Smartphone aus der Tasche ihrer Kittelschürze ziehen und eine Dolmetscher-App aktivieren wird. Aber sie macht einige einladende Gesten, was uns zum Bleiben animiert.

Wir antworten per Zeichensprache, wie gern wir hier essen würden und fragen, ob die Taverne schon geöffnet habe.

Lächelnd entblößt sie eine begrenzte Anzahl noch vorhandener Zähne.

„Calamari?", fragt sie hoffnungsvoll.

Christine, die lieber verhungern würde, als Kopffüssler in jeglicher Form zu essen, schüttelt entschieden den Kopf. Nichts mit Fangarmen und Saugnäpfen, ein Fisch soll es sein, gern eine Dorade.

„Calamari!", beharrt die griechische Seniorin und formt mit Daumen und Zeigefinger einen Kreis, der uns von ihrer Empfehlung überzeugen soll. Offensichtlich die Spezialität des Hauses. Oder der stark eingeschränkte Mittagstisch. Heute gibt es CALAMARI. Punkt.

„Dorade!", widerspricht Christine.

Die Alte strahlt. Scheint jetzt verstanden zu haben.

„Ah!", sagt sie und macht uns Zeichen, hier zu warten. Holt sie jetzt eine fangfrische Dorade?

Auf jeden Fall verschwindet sie geschäftig durch einen klappernden Vorhang.

Kurze Zeit später kommt sie zurück. Stolz präsentiert sie uns: einen Wecker.

„Okay", sage ich zu Christine. „Ich nehme die Calamari, du kriegst den Wecker!"

Christine boxt mich in die Seite und versucht es erneut. Kämpft mit Händen und Füßen für eine Dorade. Die Alte nickt unbeirrt freundlich, als sei jetzt alles klar. Aber wie soll sich aus der bisherigen Kommunikation etwas Essbares für uns beide ergeben?

Christine gestikuliert unermüdlich weiter, ich schweige lieber, die Frau zeigt abwechselnd auf einen der Tische und wieder auf den Wecker. Wir müssen dieses Rätsel lösen.

Versuchen es zunächst mit Hinsetzen, und da nickt sie zufrieden. So weit so gut.

Sie verschwindet erneut und kommt auch nicht wieder. Stattdessen sind betriebsame Geräusche aus der Küche zu hören. Emsiges Klirren, Klappern und Scheppern, als wären große Dinge in Vorbereitung.

„Jetzt macht sie Calamari!", scherze ich, erkenne aber gleich, wie wenig witzig Christine das findet. Nun hat sie endlich mal wieder Appetit und dann drohen ihr Fangarme mit Saugnäpfen.

Da sitzen wir also hier und warten gespannt. Aber auf was eigentlich?

Möglicherweise hat die Lungenentzündung Christines natürliches Navi doch beschädigt.

Ich schlage vor, einfach wieder zu verschwinden und es anderswo zu versuchen, bevor wir hier in ein großes Missverständnis hineinschliddern, in dem ich vermutlich gleich zwei Portionen Calamari vertilgen müsste, begleitet vom Christines knurrenden Magen.

Ich will mich schon erheben, aber meine Frau schüttelt den Kopf. Sie möchte bleiben. Vertraut immer noch ihrem Instinkt.

Bloß Calamari wird sie auf keinen Fall essen, weder gegrillt noch frittiert. Und ich keinen Wecker.

Sie lacht wieder nicht.

Nach einigen Minuten der Ungewissheit betritt ein gut gelaunt pfeifender und mit einem Korb voll Salaten und Gemüse beladener Grieche in den besten Jahren die Taverne, begrüßt uns fröhlich in einer einigermaßen verständlichen Mischung aus Englisch und Deutsch und stellt sich als Chef des Hauses vor. Versichert uns, geöffnet zu haben, wir seien herzlich willkommen. Erkundigt sich nach unseren Wünschen. Wunderbare Wendung! Christine fragt nach Salat, Fisch, Wasser und ich nach Wein. Auf seine Empfehlung hin soll es statt Calamari Seebrasse geben. Damit sind wir mehr als einverstanden.

Was folgt, ist eines der besten Fischgerichte, die ich seit langem zu mir nehmen durfte. Vorab Oliven und Brot mit Tsatsiki, dann Salat und Fisch, alles frisch und auf den Punkt, dazu einen wohlschmeckenden Hauswein, den ich allein trinken „muss", weil Christine ja immer noch Antibiotikum nimmt. Der Wirt versichert ihr zwar, griechischer Wein sei gesünder als jede Arznei, aber das wird er danach vom Ouzo genauso behaupten.

Christine stößt mit dem Wirt pro forma an, und „trinkt" mit geschlossenen Lippen. Er ist zufrieden.

Der Chef kennt sich mit Deutschland aus. Als er mir dazu seine Assoziationen *Merkel* und *Bayern München* liefert, und ich mit *HSV* antworte, zeigt er tiefes Mitgefühl. Er kennt sich also wirklich aus.

Dann erklärt er uns das Rätsel mit dem Wecker. Seine Mama war der Meinung, wir hätten für den heutigen Abend einen Tisch reservieren wollen und nahm an, mit Hilfe des Weckers hätten wir am besten die gewünschte Zeit festlegen können. Unser Essen habe sie persönlich zubereitet und sei selbstverständlich die beste Köchin der Insel. Daran zweifeln wir nicht. Es war einfach großartig, da kommen wir aus dem Schwärmen gar nicht mehr heraus. Ein Genuss!

Würden wir in diesem Ort länger bleiben, ich hätte meine Stammtaverne gefunden.

Den Besitzer unseres Hotels kennt der Chef der Taverne auch, und bittet uns, seinen guten Freund herzlich zu grüßen.

Ins Hotel zurückgekehrt gratuliert uns dessen Nichte an der Rezeption zu unserer Wahl, wir wären tatsächlich im besten Fischrestaurant des Ortes gelandet. Überhaupt zähle es zu den besten der Insel. Ich bin wieder einmal voller Bewunderung für Christines Instinkte.

Es ist ein gutes Gefühl, endlich zurück in der Spur zu sein, ich meine die reibungslosen Abläufe eines normalen Lebens. Wie wichtig die sind, weiß man erst, wenn sie eine Weile verloren gehen.

Am Abend ist Christine erschöpft – glücklich erschöpft, darauf legt sie Wert. Wir haben alles gepackt, den Ruhetag zwischen Hospitalentlassung und Rückflug nach Hamburg zur Entspannung und Entkrampfung genutzt. Alles hätte noch viel schlimmer kommen können, und irgendwie haben wir sogar unsere alte Urlaubslaune wiedergefunden. Das Gefühl für gute Momente.

Am nächsten Morgen nehmen wir von einem angenehmen Hotel Abschied. Vom Chef, seiner Frau und der Nichte. Die schmeißen hier zu dritt den Betrieb, rund um die Uhr, zwölf Monate im Jahr, immer geöffnet, und das bemerkenswert entspannt und gastfreundlich. Dazu muss eine Unterkunft mit Blick auf ein Hospital kein Nachteil sein, auch das ist eine Erfahrung. Meerblick wird allgemein überschätzt.

Ich sage noch einmal zum Chef: Als ich vor einigen Tagen das erste Mal sein Hotel betrat, war das, als sei ich als Schiffbrüchiger auf einer paradiesischen Insel gelandet. Ich trug sogar einen Bart wie *Robinson Crusoe*.

Er lächelt, und wir geben uns die Hand wie Männer, die nicht viel Worte machen müssen, wenn es um das Wesentliche geht.

Mit dem Taxi fahren wir Richtung Flughafen.

Ob wir einen schönen Urlaub gehabt hätten, will der junge Taxifahrer auf Englisch wissen. O je, was soll man darauf antworten? Ich wähle die Version, die mich vor weiteren Ausführungen bewahrt und trotzdem keine Lüge ist:

Bezeichne unseren Urlaub als *unvergesslich*.

Epilog: Über den Wolken

Wir fliegen mit *Lufthansa*. Wie gesagt, nur noch die *Business-Class* war verfügbar. Das ist eine erhebliche Abweichung von unserem ursprünglich veranschlagten Budget. Andererseits können wir an einem fast leeren Schalter einchecken, gehören später zu den ersten Passagieren, die an Bord dürfen, kommen in den Genuss eines guten Essens, dazu Getränke satt, der Service ist freundlich und aufmerksam, ich fühle mich wie jemand, der ich nicht bin.

Aber ich wäre ein Heuchler, würde ich behaupten, dieser Art zu reisen nichts abgewinnen zu können.

Ob es ihr ähnlich gut gehe, will ich von Christine über den Wolken wissen, mit einer Ahnung von grenzenloser

Freiheit, weil im Vergleich zum Hinflug alles so entspannt abläuft.

Sie nickt schläfrig.

Natürlich wird sie in Hamburg weiter krank geschrieben bleiben. Sie ist noch schwach. Der Weg bis ins Flugzeug hat ihr alles abverlangt. Sie hat Untergewicht. Niemand käme bei ihrem Anblick auf die Idee, dass eine Urlaubsreise hinter ihr liegt. Eher sehen wir beide urlaubsreif aus, blass und erschöpft. Abgemagert.

Ich habe die letzten Tage oft betont, nie wieder nach Korfu zu wollen. Ja, ich habe in diesem Urlaub viel gesagt, und nicht selten aus dem Zentrum meiner aufgewühlten Emotionen heraus. In Verzweiflung verpackt.

Und ich habe mich gefragt, wie Christine das alles wegstecken wird. Sie, deren Glas immer halbvoll ist, die sich nie unterkriegen lässt und bevorzugt das Gute sieht. Wird der unvergessliche Urlaub vielleicht auch in ihrer Lebensphilosophie eine Delle hinterlassen?

Eine ganz spezielle Form der Unvergesslichkeit?

Kurz bevor die Maschine, in die wir in München umgestiegen sind, zum Landeanflug in Hamburg ansetzt, weiht mich Christine in ihre Gedanken ein, die sie sich während des Fluges über die zurückliegende Zeit gemacht hat. Dabei sei ihr eine wunderbare Idee gekommen.

Nun denn!

Ich hatte ein gutes Essen.

Drei Gläser Chardonnay.

Zwei Pralinen.

Und einen doppelten Espresso.

In knapp zwanzig Minuten werden wir landen, endlich wieder Hamburger Boden unter den Füßen haben, mein Schwager Hannes, die gute Seele, wird uns abholen.

Es gibt keinen besseren Zeitpunkt, um mit mir über wunderbare Ideen zu reden.

Also vertraut mir Christine mit entrücktem Lächeln und buddhistischer Gelassenheit ihren wunderbaren Plan an.

Von dem Ort, in dem wir zuletzt eher unfreiwillig stationiert waren, Kontokáli, sei es nicht weit bis Korfu Stadt. Der Hotelbesitzer habe ihr erzählt, dass zwischen den Orten in beide Richtungen alle zwanzig Minuten Busse verkehrten. Wer sich also beispielsweise eine Woche in dem kleinen netten Hotel einmieten würde, könne täglich problemlos mit öffentlichen Verkehrsmitteln zu Besichtigungstouren nach Korfu Stadt aufbrechen.

Ja, sage ich träge, klar ist das möglich. Der Hotelbesitzer hat mir von vielen Gästen berichtet, die genau das machen.

Aber was hat das mit uns zu tun?

Christine spricht weiter, beschreibt eine Reise im kommenden Jahr. Eine Woche Korfu. In dem Hotel in Kontokáli. Vorsaison. Und von diesem idealen Standort aus ließe sich in aller Ruhe und stressfrei Korfu Stadt erkunden, den Teil einer Reise, auf den wir uns besonders gefreut und den wir letztlich verpasst haben.

So könne man das machen, meint sie.

Vielleicht war es doch ein Gläschen Wein zu viel, ich kann immer noch nicht folgen.

Wer soll das machen?

„Na, wir!", sagt Christine.

Was noch zu sagen bleibt

Diese Geschichte ist in vielen Punkten wahr. Nur wenige dramaturgisch unvermeidliche Über- oder Untertreibungen und Umschreibungen sind einem gefälligeren Lauf der Dinge geschuldet, auch unter Wahrung einer bestmöglichen Anonymität realer Personen, die den Figuren im Roman vorbildlich dienten. Die Handlung ist immer dann wahr, wenn geschilderte Zustände, Erlebnisse oder Personen sympathisch und liebenswert erscheinen, während davon abweichende Passagen auch nicht immer erfunden wurden. Das Unglaublichste sowieso nicht.

Ein spezieller Dank gilt den herzlichen und hilfsbereiten Besitzern und Belegschaften zweier Hotels auf Korfu, durch die selbst die nervenaufreibendsten Momente erträglicher wurden und die extremsten Herausforderungen bewältigt werden konnten.

Ein ausdrücklicher Dank gilt den Ärztinnen und Ärzten, dem Pflegepersonal und allen anderen Angestellten des Staatlichen Hospitals auf Korfu, die mit den ihnen zur Verfügung stehenden Möglichkeiten und Mitteln unter allen Umständen großartige Arbeit leisten.

Niemand wird im Urlaub gern krank. Weder auf Korfu noch sonst wo auf der Welt. Aber in der Fremde zumindest wieder Fit To Fly zu werden, das hinterlässt einen unauslöschlichen Eindruck und eine tiefe Dankbarkeit. Auch das kann einen Urlaub im besten Sinne unvergesslich machen.

Der Autor dankt darüber hinaus für Hilfe, Zuspruch, Beistand, erste Meinungen, Lektorat, Korrektorat, Lob und aufbauende Worte, aber auch für die Unterstützung bei einer komplizierten Rückreiseplanung:

Reiseleiterin Magda, Marion und Harald Levern, Joern Rauser, Sylke Theissen, Andrea Müller, Jens Kruze, Ulrich Rieger, Petra und Joachim Duveneck, Gerald und Alina Allenstein und Christa Theissen.

Dieses Buch ist von ganzem Herzen meiner Frau Barbara gewidmet. Welche Geschichte wäre besser dafür geeignet?

Bernd Richard Knospe
Hamburg im Oktober 2020

Besuchen Sie mich gern auf meiner Website unter

www.bernd-richard-knospe.de

Mehr Information zu meinen Büchern finden Sie auch auf Facebook und Lovely Books und auf den Seiten des Online-Buchhandels.

Ich freue mich über Interesse, Reaktionen und Meinungen.

Beachten Sie gern auch den nachfolgenden Buchtipp.

Wenn Ihnen „Urlaub, bis der Arzt kommt" gefallen hat, dann dürfen Sie auf keinen Fall die Familiensaga

BILDERGESTÖBER

Versäumen.

Die Geschichte der Familie Richard Bluhms, eine emotionale Achterbahnfahrt, die über verschiedene Zeitebenen durch mehr als 100 Jahre führt.

Spannend, unterhaltsam, bewegend, vielschichtig, abwechslungsreich und überraschend.

Mit viel Lob von Leserinnen und Lesern bedacht, u. a. auf *Lovely Books*, *Thalia Online* und

AMAZON.

BILDERGESTÖBER – im Handel als Buch und E-Book erhältlich.

BILDERGESTÖBER von Bernd Richard Knospe